FANTASY

Der Shannara-Zyklus

Das Schwert von Shannara (23828)
Der Sohn von Shannara (23829)
Der Erbe von Shannara (23830)
Die Elfensteine von Shannara (23831)
Der Druide von Shannara (23832)
Die Dämonen von Shannara (23833)
Das Zauberlied von Shannara (23893)
Der König von Shannara (23894)
Die Erlösung von Shannara (23895)

FANTASY

TERRY BROOKS

DIE ELFENSTEINE VON SHANNARA

THE ELFSTONES OF SHANNARA 1

Deutsche
Erstveröffentlichung

GOLDMANN VERLAG

Aus dem Amerikanischen übertragen von Mechthild Sandberg

Made in Germany · 12/89 · 6. Auflage

Umschlagentwurf: Design Team München
Umschlagillustration: Darrell K. Swert/Random House, New York
Satz: Fotosatz Glücker, Würzburg
Druck: Elsnerdruck, Berlin
Verlagsnummer: 23831
Lektorat: Werner Morawetz/Peter Wilfert/CG
Herstellung: Peter Papenbrok
ISBN 3-442-23831-5

Für Barbara,
in Liebe

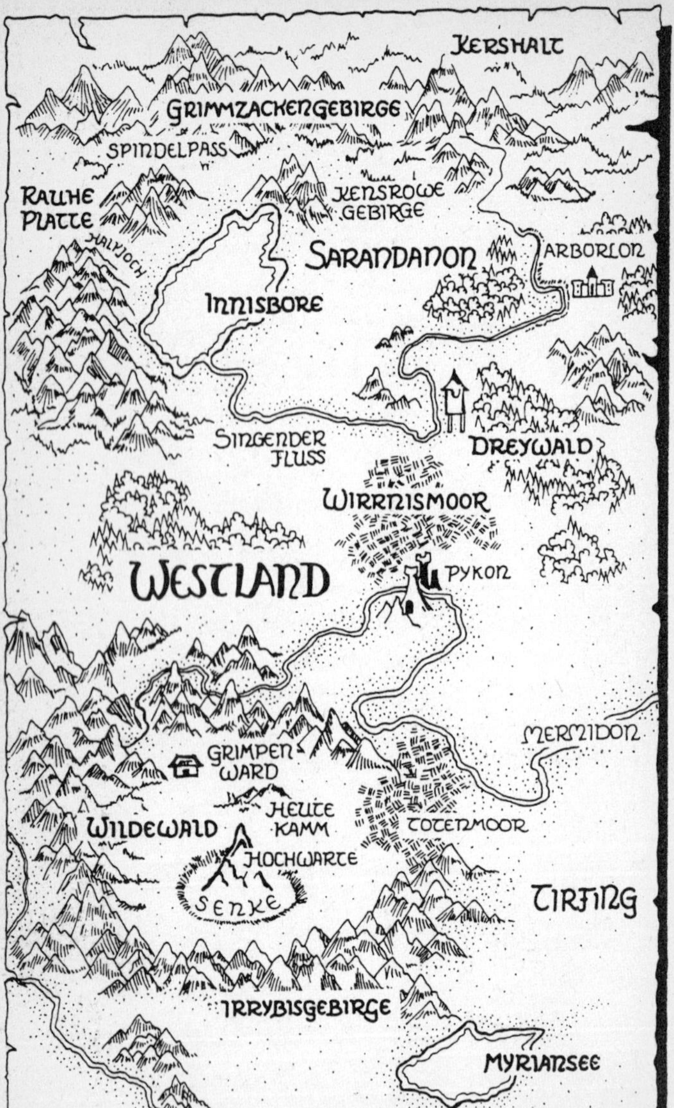
KERSHALT
GRIMMZACKENGEBIRGE
SPINDELPASS
RAUHE PLATTE
HALYJOCH
KENSROWE GEBIRGE
SARANDANON
ARBORLON
INNISBORE
SINGENDER FLUSS
DREYWALD
WIRRNISMOOR
WESTLAND
PYKON
MERMIDON
GRIMPEN WARD
HEUTE KAMM
WILDEWALD
TOTENMOOR
HOCHWARTE
SENKE
TIRFING
IRRYBISGEBIRGE
MYRIANSEE

NORDLAND
SCHADELREICH
CHARNAL-GEBIRGE
SCHADEL BERG
KIERLAK WÜSTE
MALG SUMPF
MESSERGEBIRGE
LETHE
STRELEHEIM EBENE
JANNISON-PASS
OSTLAND
TAL VON RHENN
PARANOR
RABB EBENE
WESTLAND
ANAR
RABB
MERMIDON
DRACHENZÄHNE
TAL VON SHALE
KENNON PASS
WOLFSKTAAG GEBIRGE
KERN
STORLOCK
JADE-PASS
RUNNE-GEBIRGE
VARFLEET
TYRSIS
CALLAHORN
REGENBOGEN-SEE
SILBER-FLUSS
CULHAVEN
NEBEL-SUMPF
SÜDLAND
DULN-WALD
LEAH
SHADY VALE
TIEFLAND VON CLETE
TIEFLAND VON BATTLE MOUND
ANAR

Die nahende Morgendämmerung erhellte schwach den nächtlichen Himmel, als die Erwählten die Gärten des Lebens betraten. Draußen lag in tiefem Schlaf die Stadt der Elfen Arborlon, ihre Bewohner noch in die Wärme und Geborgenheit ihrer Lager gehüllt. Für die Erwählten jedoch hatte der Tag bereits begonnen. Ihre wallenden weißen Gewänder bauschten sich leicht in der sommerlichen Brise, als sie zwischen den Posten der Schwarzen Wache hindurchschritten, die starr und unbewegt vor dem gewölbten schmiedeeisernen Tor mit den kunstvollen Einlegearbeiten in Silber und Elfenbein standen, wie über Jahrhunderte hinweg die endlose Zahl ihrer Vorgänger vor ihnen. Rasch eilten die Erwählten zwischen ihnen hindurch, und nur ihre leisen, hüstelnden Stimmen und das Knirschen ihrer mit Sandalen bekleideten Füße auf dem Weg störten die Stille des neuen Tages, als sie in die tiefen Schatten des Föhrenhains traten.

Die Erwählten waren die Hüter und Pfleger des Ellcrys, dieses seltsamen und wunderbaren Baumes, der in der Mitte die Gärten überragte. Dieser Baum, so berichtete die Legende, schützte das Elfenreich vor bösen Mächten aus grauer Vorzeit, die schon vor Jahrhunderten das Volk der Elfen beinahe vernichtet hätten und die seither, seit einer Epoche, die weit vor dem Erwachen der Menschheit lag, von der Erde verbannt waren. In den folgenden Jahrhunderten hatten sich stets Erwählte gefunden, den Ellcrys zu hegen und zu pflegen. Sie befolgten eine Tradition, die von Elfengeneration zu Elfengeneration weitergegeben worden war, und die Elfen erblickten in der Aufgabe, welcher die Erwählten sich zu unterziehen hatten, eine hohe Ehre und feierliche Pflicht.

Von Feierlichkeit jedoch war bei dem Zug, der an diesem Morgen durch die Gärten eilte, kaum etwas zu verspüren. Zweihundertdreißig Tage ihres Dienstjahres waren vorüber, und das jugendliche Feuer in ihren Adern ließ sich nicht länger unterdrükken. Das anfängliche Gefühl tiefer Ehrfurcht vor der hohen

Verantwortung, die man ihnen übertragen hatte, war längst verflogen, und die Erwählten der Elfen waren nunmehr nichts weiter als sechs junge Männer, im Begriff, sich einer Aufgabe zu entledigen, die sie seit dem Tag ihrer Erwählung täglich erfüllt hatten. Alt und vertraut war ihnen diese Aufgabe inzwischen geworden – die Ehrerbietung des Morgengrußes an den Baum beim ersten Schimmer der aufgehenden Sonne. Nur Lauren, der Jüngste der Erwählten dieses Jahres, war still und in sich gekehrt. Er blieb ein paar Schritte hinter den anderen zurück und beteiligte sich nicht an ihrem übermütigen Geplauder. In Gedanken versunken hielt er sein rotbeschopftes Haupt gesenkt, und auf seiner Stirn stand eine tiefe Falte der Nachdenklichkeit. So sehr war er mit seinen eigenen Gedanken beschäftigt, daß es ihm sogar entging, als das Geplapper vor ihm verstummte und einer der anderen sich umwandte, um sich zu ihm zu gesellen. Erst als eine Hand seinen Arm berührte, hob er überrascht den Blick und bemerkte, daß Jase ihn forschend betrachtete.

»Was ist mit dir, Lauren? Fühlst du dich unwohl?« fragte Jase. Er war einige Monate älter als die anderen Erwählten, und sie akzeptierten ihn deshalb als ihren Führer.

Lauren schüttelte den Kopf, doch der Ausdruck innerer Beunruhigung wich nicht gänzlich von seinem Gesicht.

»Nein, nein, es geht mir gut.«

»Aber irgend etwas bedrückt dich. Du grübelst schon den ganzen Morgen. Ja, und gestern abend warst du auch so still und schweigsam«. Jase legte dem jungen Mann die Hand auf die Schulter und drehte ihn herum, so daß er ihm ins Gesicht sehen mußte. »Komm schon, heraus mit der Sprache. Niemand erwartet von dir, daß du am Morgendienst teilnimmst, wenn du dich nicht wohl fühlst.«

Lauren zögerte, dann seufzte er und nickte.

»Also gut, es geht um den Ellcrys. Gestern abend bei Sonnenuntergang, kurz bevor wir gingen, hatte ich den Eindruck, daß Flecken auf seinen Blättern sind. Es sah aus wie Welke.«

»Welke? Im Ernst? Solche Krankheiten befallen die Ellcrys doch nie – das zumindest hat man uns erzählt«, erwiderte Jase zweifelnd.

»Es kann ja sein, daß ich mich getäuscht habe«, gab Lauren zu. »Die Dämmerung brach schon herein. Ich hab' mir selbst gesagt, daß der Eindruck wahrscheinlich nur von den Schatten hervorgerufen wurde, die auf den Blättern lagen. Aber je mehr ich darüber nachdenke, desto sicherer werde ich, daß es sich wirklich um Welke handelt.«

Aus der Gruppe der anderen drang verstörtes Gemurmel herüber, und einer von ihnen machte seiner Beunruhigung Luft.

»Das ist Amberles Schuld. Ich habe von Anfang an gesagt, daß die Erwählung eines Mädchens nur Unheil bringen kann.«

»Es sind auch schon früher Mädchen in den Kreis der Erwählten aufgenommen worden, und nie ist deswegen etwas Schlimmes geschehen«, protestierte Lauren. Er hatte Amberle immer gemocht. Sie war aufgeschlossen und entgegenkommend gewesen, auch wenn sie die Enkelin von König Eventine Elessedil gewesen war.

»Seit fünfhundert Jahren nicht mehr, Lauren«, entgegnete der andere.

»Hört mal, jetzt ist's genug«, mischte sich Jase ein. »Wir haben vereinbart, kein Wort über Amberle zu sagen. Das wißt ihr alle.«

Einen Moment lang schwieg er, während das, was Lauren gesagt hatte, seine Gedanken beschäftigte. Dann zuckte er die Schultern. »Es wäre schlimm, wenn dem Baum etwas geschehen würde, schon gar, solange er unserer Pflege anvertraut ist. Aber es ist nun einmal so, daß nichts auf dieser Welt ewigen Bestand hat.«

Lauren war zutiefst entsetzt. »Aber, Jase, wenn die Lebenskraft des Baumes nachläßt, zerreißt der Bann, und die Dämonen, die jetzt in ihm gefangen sind, werden frei sein!«

»Glaubst du denn wirklich diese alten Märchen, Lauren?« fragte Jase lachend.

Lauren starrte den Älteren ungläubig an.

»Wie kannst du ein Erwählter sein und *nicht* glauben?«

»Ich kann micht nicht entsinnen, daß mich jemand danach gefragt hat, was ich glaube, als ich erwählt wurde. Bist du befragt worden, Lauren?«

Lauren schüttelte den Kopf. Denen, welche sich um die Ehre

bewarben, in den Kreis der Erwählten aufgenommen zu werden, wurden niemals Fragen gestellt. Die jungen Elfen, die im verflossenen Jahr das Erwachsenenalter erreicht hatten, wurden dem Baum ganz einfach vorgestellt. In der Morgendämmerung des neuen Jahres versammelten sie sich in den Gärten des Lebens, um dann unter seinen ausladenden Ästen durchzuschreiten und von ihm angenommen zu werden. Jene, die der Baum an den Schultern streifte, wurden die neuen Erwählten, die ihm bis zum Ablauf des Jahres zu dienen hatten.

Lauren konnte sich noch der glühenden Freude und des Stolzes erinnern, die er verspürt hatte, als ein schlanker Zweig sich zu ihm hinuntergeneigt und ihn berührt hatte. Gleichzeitig hatte er den Ruf seines Namens vernommen.

Und er gedachte auch der Verwunderung aller Anwesenden, als Amberle gerufen worden war...

»Das ist doch nur ein Märchen, um den Kindern Furcht einzuflößen«, sagte Jase gerade. »Tatsächlich soll der Ellcrys die Elfen nur daran erinnern, daß sie genau wie er alle Veränderungen überleben, welche die Geschichte der vier Länder geprägt haben. Der Baum ist ein Symbol der Kraft unseres Volkes, Lauren – nichts weiter.«

Er bedeutete ihnen allen, den Weg durch die Gärten fortzusetzen, und wandte sich ab. Lauren verfiel wieder in tiefes Nachdenken. Die beiläufige Art und Weise, wie der ältere Freund die Legende von dem Baum abgetan hatte, hatte ihn betroffen gemacht. Allerdings stammte Jase ja auch aus der Stadt, und Lauren hatte beobachtet, daß die Bewohner von Arborlon alten Überlieferungen und Traditionen nicht solche Bedeutung beimaßen wie die Bewohner des kleinen Dorfes im Norden, wo seine Wiege gestanden hatte. Doch alles, was über den Ellcrys und den Bann der Verfemung berichtet wurde, war nicht einfach eine Legende – es war das Fundament all dessen, was wahrhaft elfisch war, das bedeutendste Ereignis in der Geschichte seines Volkes.

Vor langer, langer Zeit, noch vor der Geburt der neuen Welt, hatte es sich zugetragen. Damals hatte ein gewaltiger Kampf zwischen den Mächten des Guten und des Bösen getobt, und die Elfen hatten schließlich gesiegt, indem sie den Ellcrys schufen und einen Bann der Verfemung verhängten, der die Dämonen des Bösen in zeitlose Finsternis verbannte. Und solange der Ellcrys in der Blüte seiner Kraft blieb, solange würde das Böse nicht über das Land herfallen können.

Solange der Ellcrys gesund blieb ...

Voller Zweifel schüttelte er den Kopf. Vielleicht hatte ihm nur seine Phantasie etwas vorgegaukelt, als er gemeint hatte, Flecken auf den Blättern des Baumes zu sehen. Vielleicht hatte das Dämmerlicht ihn genarrt. Und wenn nicht, dann mußten sie eben ein Heilmittel finden. Und es gab immer ein Heilmittel.

Wenige Augenblicke später hatte er zusammen mit den anderen den Baum erreicht. Zaudernd blickte er auf, dann stieß er einen Seufzer der Erleichterung aus. Der Ellcrys schien unverändert. Vollendet in seiner Gestalt reckte sich der silberweiße Stamm himmelwärts, und über ihm spannte sich in sanfter Wölbung ein Netzwerk sich verjüngender Äste und Zweige, deren breite, fünfzackige Blätter blutrot leuchteten. Am Fuß des Baumes wucherten Streifen grünen Mooses in Rissen und Spalten der glatten Borke, zogen sich durch das Silberweiß wie smaragdgrüne Bäche, die einen Berghang hinunterschießen. Keine Wunden entstellten die schönen Linien des Stammes, kein Ast war geknickt oder gebrochen. So vollendet schön, dachte er. Und wieder begutachtete er aufmerksam den Baum, konnte jedoch kein Anzeichen der Krankheit wahrnehmen, die er befürchtet hatte.

Die anderen gingen davon, um die Geräte herbeizuholen, welche sie zur Pflege des Baumes und der ihn umgebenden Gärten brauchten. Als auch Lauren gehen wollte, hielt Jase ihn zurück.

»Möchtest du heute den Morgengruß sprechen, Lauren?« fragte er.

Lauren dankte ihm stammelnd vor Überraschung. Eigentlich wäre die Reihe an Jase gewesen, den Morgengruß zu entbieten; doch er schien die Hoffnung zu hegen, er könne Lauren damit aufheitern, wenn er ihm diese Aufgabe übertrug.

Lauren trat unter das ausladende Dach der Zweige und legte seine Hände auf den glatten Stamm, während die anderen sich etwas abseits versammelten, um den Morgengruß zu sprechen.

Erwartungsvoll blickte er gen Himmel, hielt Ausschau nach dem ersten Sonnenstrahl, der den Baum erleuchten würde.

Doch beinahe in demselben Moment wich er entsetzt zurück. Die Blätter unmittelbar über ihm waren übersät mit dunklen Flecken. Eine tiefe Beklommenheit übermannte ihn. Nun sah er auch an anderen Stellen Flecken, dunkle Flecken überall im Laub des Baumes. Das war keine Täuschung, hervorgerufen durch das trügerische Spiel von Licht und Schatten. Das war Wirklichkeit.

Mit einer heftigen Bewegung winkte er Jase und wies auf die fleckigen Blätter, während die anderen näher kamen. Sie schwiegen, so wie es das Ritual zu dieser morgendlichen Stunde gebot, doch Jase entfuhr ein nur mühsam unterdrückter Aufschrei des Schreckens, als er sah, wie groß der Schaden schon war. Langsam schritten die beiden jungen Männer um den Baum. Überall entdeckten sie jetzt Flecken, von denen manche noch kaum sichtbar waren, während andere sich schon so weit ausgebreitet hatten, daß das ehemals leuchtende Blutrot der Blätter wie geronnen wirkte.

Ganz gleich, wie er zu der Legende stand, die sich um den Baum rankte, Jase war zutiefst erschrocken, und sein Gesicht spiegelte seine Beunruhigung wider, als er zurücktrat, um sich flüsternd mit den anderen zu beraten. Lauren wollte sich ebenfalls zu ihnen gesellen, doch Jase schüttelte heftig den Kopf, während er zum Wipfel des Baumes hinaufdeutete. Die ersten Strahlen der Morgendämmerung hatten die obersten Zweige beinahe erreicht.

Lauren kannte seine Pflicht. Ganz gleich, was geschah, die Erwählten mußten dem Ellcrys auch an diesem Tag den Morgengruß entbieten, so, wie das seit der Gründung ihres Ordens Tag um Tag erfolgt war.

Behutsam legte er seine Hände auf die silberne Borke, und die Worte des Morgengrußes formten sich schon auf seinen Lippen, als ein schlanker Ast des uralten Baumes sich leicht abwärts neigte und seine Schulter berührte.

›Lauren!‹

Der junge Elf fuhr beim Klang seines Namens heftig zusammen. Doch niemand hatte gesprochen. Der Laut war durch seinen Geist gedrungen, die Stimme kaum mehr gewesen als ein schemenhaftes Bild seines eigenen Gesichts.

Der Ellcrys hatte ihn angesprochen!

Lauren hielt den Atem an, während er den Kopf wandte, um einen flüchtigen Blick auf den Zweig zu werfen, der auf seiner Schulter ruhte. Dann wandte er sich hastig wieder ab. Verwirrung und Bestürzung übermannten ihn. Nur einmal bisher hatte der Baum zu ihm gesprochen – am Tag seiner Erwählung. Auch damals hatte er seinen Namen ausgesprochen; er hatte ihrer aller Namen genannt. Es war das erste- und letztemal gewesen. Seitdem hatte er nie wieder die Worte an einen von ihnen gerichtet. Außer an Amberle, doch Amberle gehörte nicht mehr zu ihnen.

Er warf rasch einen Blick auf die anderen. Sie starrten ihn an, verwundert und neugierig, daß er so plötzlich innegehalten hatte. Der Zweig, der auf seiner Schulter ruhte, glitt abwärts, um ihn lose zu umfangen, und Lauren zuckte unwillkürlich zusammen bei seiner Berührung.

›Lauren! Ruf die Erwählten zu mir!‹

Die Bilder flackerten schnell auf und verschwanden wieder. Zögernd winkte Lauren seinen Kameraden. Sie traten näher, und Fragen bildeten sich auf ihren Lippen, während sie mit leicht erhobenen Häuptern auf den silbern glänzenden Baum blickten. Zweige senkten sich hernieder um jeden von ihnen zu umschlingen, und die Stimme des Ellcrys flüsterte eindringlich.

›Hört mich. Merkt euch, was ich euch sage. Laßt mich nicht im Stich!‹

Wie ein kalter Schauder rann es über sie. Die Gärten des Lebens lagen in tiefe, dumpfe Stille eingehüllt, so als wären sie, die Erwählten, auf der ganzen Welt die einzigen Lebewesen. Bilder, die einander in schneller Folge ablösten, erfüllten ihren Geist. Grauen und Entsetzen brachten diese Bilder. Wären die Erwählten dazu in der Lage gewesen, so hätten sie sich eilends abgewendet, um zu fliehen und sich zu verbergen, bis sich der Alptraum, der von ihnen Besitz ergriffen hatte, aufgelöst hätte und ins Nichts versunken wäre. Doch der Baum hielt sie in seinem Bann, und die Bilder ergossen sich weiter über sie, und das Grauen wuchs, bis sie wähnten, es nicht länger ertragen zu können.

Dann endlich war es vorüber. Der Ellcrys schwieg, seine

Zweige hoben sich von ihren Schultern und spannten sich weit aus, um die Wärme der Morgensonne aufzufangen.

Lauren stand wie erstarrt, während Tränen seine Wangen hinunterrannen. Fassungslos blickten die sechs Erwählten einander an, während in ihren Gemütern das lautlose Flüstern der Wahrheit widerhallte.

Die Legende war keine Legende. Die Legende war Wirklichkeit. Jenseits eines Bannes der Verfemung, den der Ellcrys aufrechterhalten hatte, lauerte in der Tat die Macht des Bösen. Nur der Ellcrys hatte das Elfenvolk vor Unheil und Gefahr bewahrt.

Und jetzt starb er.

Weit im Westen von Arborlon, jenseits des Grimmzacken-Gebirges, regte sich etwas in der Luft. Etwas, das schwärzer war als die Dunkelheit des frühen Tages, tauchte auf, zuckte und zitterte unter der Gewalt von Schlägen, die es zu treffen schienen. Einen Augenblick hielt der schwarze Schleier noch. Dann riß er auf, zerfetzt von der Gewalt, die er umhüllt hatte. Gellendes Kreischen und Heulen des Triumphs drangen aus der undurchdringlichen Schwärze, während Dutzende von klauenbewehrten Gliedmaßen, nach dem Licht drängend, den Riß zu vergrößern suchten. Plötzlich barst die Schwärze in einer gewaltigen Fontäne roten Feuers, und die klauenbewehrten Hände zuckten verbrannt und rußgeschwärzt zurück.

Schnaubend vor Wut tauchte der Dagda Mor aus der Finsternis auf. Sein Stab der Macht spie heiße Flammen, als er die Ungeduldigen zur Seite stieß und kühn durch die Öffnung trat. Einen Augenblick später folgten ihm die dunklen Gestalten des Raffers und des Wandlers. Andere Leiber drängten verzweifelt vorwärts, doch die Ränder des Risses schlossen sich schnell, sperrten die Finsternis hinaus und die Wesen, die in ihr lebten. Nur Augenblicke dauerte es, dann war die Öffnung völlig verschwunden, und die drei ungewöhnlichen Gestalten standen allein.

Argwöhnisch blickte der Dagda Mor um sich. Sie standen im Schatten des Grimmzacken-Gebirges. Das Morgenlicht, das schon den Frieden der Erwählten zerstört hatte, war kaum mehr als ein schwacher Glanz am östlichen Himmel jenseits der mächtigen Bergkette. Wie gewaltige, spitze Zähne schlugen die grimmigen Gipfel in den Himmel hinein und spien bedrohliche Schatten über die Trostlosigkeit der Rauhen Platte, die sich vom Fuß der Berge in westlicher Richtung ins Leere dehnte – eine nackte, unfruchtbare Wüstenei, in der Lebensspannen in Minuten und Stunden gemessen wurden. Nichts regte sich auf ihr. Kein Laut durchbrach die Stille des frühen Morgens.

Der Dagda Mor lächelte, und seine Hakenzähne blitzten. Niemand hatte sein Kommen bemerkt. Nach all den Jahren war er endlich frei, wieder frei unter denen, die ihn einstmals eingekerkert hatten.

Aus der Ferne hätte man ihn vielleicht für einen der ihren halten können. Seine Erscheinung glich der eines Menschen. Er ging aufrecht auf zwei Beinen, und seine Arme waren nur um ein geringes länger als jene der Menschen. Er hielt sich nicht gerade, sondern ging vornübergebeugt und war in seinen Bewegungen durch eine merkwürdige Krümmung seiner Schulter gehemmt, doch die dunklen Gewänder, die ihn einhüllten, ließen nur schwer erkennen, was die Ursache war. Erst wenn man ihm ganz nahe war, konnte man deutlich den massigen Höcker sehen, der sich über seinen Schultern wölbte. Und erst wenn man ihm nahe war, konnte man die dichten Büschel grünlichen Haares erkennen, die wie Garben von Riedgras an allen Teilen seines Körpers herauswuchsen. Erst wenn man ihm nahe war, konnte man die Schuppen wahrnehmen, die seine Unterarme und Beine bedeckten; die Klauen an Händen und Füßen; die Ähnlichkeit seines Gesichts mit der dreieckigen Schnauze einer Katze; die glimmenden schwarzen Augen, die so täuschend ruhig wirkten wie zwei Brunnen, in deren Tiefe das Böse und Zerstörerische lauerte.

Hatte man all diese Merkmale einmal gesehen, so konnte man keinen Zweifel mehr am Wesen des Dagda Mor hegen. Dann war offenbar, daß er kein Mensch war, sondern ein Dämon.

Und der Dämon war getrieben von Haß. Er haßte mit einer

Intensität, die an Wahnsinn grenzte. In Hunderten von Jahren der Gefangenschaft in dem schwarzen Kerker hinter der Mauer des Banns der Verfemung hatte sein Haß ungehindert wuchern und wachsen können. Und jetzt verzehrte ihn dieser Haß. Er war alles, was ihm geblieben war. Er gab ihm seine Macht, und er würde diese Macht einsetzen, um die Geschöpfe zu vernichten, die ihn in so tiefes Elend gestürzt hatten. Die Elfen! Alle Elfen! Und selbst das reichte jetzt nicht mehr, seinen Haß zu stillen; nein, das war nicht genug nach Jahrhunderten der Verbannung aus dieser Welt, die einst ihm gehört hatte, nach Jahrhunderten des Eingesperrtseins in diesem amorphen, leblosen Nichts endloser Finsternis und schrecklichen Stillstands. Nein, die Vernichtung der Elfen würde nicht ausreichen, die Schmach wieder gutzumachen, die ihm angetan worden war. Auch die anderen mußten vernichtet werden. Menschen, Zwerge, Trolle, Gnome – alle jene, die Angehörige der Menschheit waren, die er so sehr verabscheute, all die verschiedenen Spielarten der menschlichen Rasse, die auf dieser Welt lebten und sie als ihr Eigentum beanspruchten.

Seine Rache, dachte er, würde kommen. Genauso wie seine Freiheit gekommen war. Er spürte es. Jahrhundertelang hatte er abgewartet, beständig an der Mauer des Bannspruchs gelauert, um ihre Stärke zu prüfen, nach schwachen Stellen zu suchen, weil er die ganze Zeit über gewußt hatte, daß sie eines Tages würde nachgeben müssen. Und nun war dieser Tag gekommen. Der Ellcrys war dem Tode nahe. Ach, süße Worte! Am liebsten hätte er sie laut hinausgeschrien! Der Ellcrys war dem Tode nahe! Er war dem Tode nahe und konnte den Bann der Verfemung nicht länger aufrechterhalten.

Der Stab der Macht glühte rot auf in seinen Händen, als der Haß ihn durchströmte. Die Erde unter der Spitze des Stabes verglühte zu schwarzer Asche. Mit einer ungeheuren Willensanstrengung beruhigte er sich, und der Stab kühlte wieder ab.

Eine Zeitlang würde der Bann der Verfemung noch weiterwirken. Der totale Verfall würde nicht über Nacht eintreten, sondern sich vielmehr über mehrere Wochen hinziehen. Selbst für den schmalen Spalt, den er in die Mauer gebrochen hatte, hatte er ungeheurer Kräfte bedurft. Doch der Dagda Mor verfügte über unermeßliche Kräfte, über weit größere Kräfte als jene, die noch hinter der Mauer des Bannspruchs gefangensaßen. Er war ihr Führer; er herrschte über sie. Einige hatten es gewagt, in den langen Jahren der Verfemung dieser Herrschaft zu trotzen – nur einige wenige. Er hatte ihnen das Rückgrat gebrochen, ein abschreckendes Exempel an ihnen statuiert. Jetzt gehorchten sie ihm alle bedingungslos. Sie fürchteten ihn. Und sie teilten seinen Haß auf jene, die ihnen diese Erniedrigung angetan hatten. Auch sie verzehrten sich vor Haß. Er hatte in ihnen ein rasendes Verlangen nach Rache entfacht, und wenn sie endlich wieder frei waren, würde es lange, lange Zeit dauern, dieses Verlangen zu befriedigen.

Vorläufig aber mußten sie noch warten. Vorläufig mußten sie Geduld üben. Doch es würde nicht mehr lange dauern. Mit jedem Tag würde die Kraft des Bannspruchs nachlassen, so wie die Lebenskraft des Ellcrys täglich mehr schwinden würde. Es gab nur ein Mittel, dieses zu verhindern – eine Wiedergeburt.

Der Dagda Mor sann vor sich hin. Gut kannte er die Geschichte des Ellcrys. War er nicht dabei gewesen, als der Baum zum Leben erwacht war, als er ihn – den Dagda Mor – und seine Brüder aus ihrer Welt des Lichts in das Verlies der Finsternis verbannt hatte? Hatte er nicht das Wesen der Zauberkunst wahrgenommen, die sie besiegt hatte – einen Zauber von solcher Macht, daß er selbst über den Tod hinaus wirksam war? Und er wußte auch, daß seine Freiheit ihm auch jetzt noch wieder geraubt werden konnte. Wenn es einem der Erwählten gelang, ein Samenkorn des Ellcrys zum Kraftquell des Baumes zu bringen, dann konnte der Zauberbaum wiedergeboren und der Bann der Verfemung erneuert werden. Dies wußte er, und dieses Wissen war der Grund dafür, daß er den Befreiungsversuch gewagt hatte. Er war keinesfalls sicher gewesen, daß es ihm gelingen würde, die Mauer des Bannspruchs zu durchbrechen. Es war ein gefährliches Wagnis gewesen, so viel Kraft bei dem Versuch einzusetzen; wäre er fehlgeschlagen, so wäre es für diejenigen hinter der Mauer, die über beinahe ebenso enorme Kräfte verfügten wie er, ein leichtes gewesen, ihn in diesem Zustand der Schwäche zu vernichten.

Doch es war ein notwendiges Wagnis gewesen. Die Elfen waren sich des Ausmaßes der Gefahr, die ihnen drohte, nicht bewußt. Noch glaubten sie, sicher zu sein. Sie hielten es nicht für möglich, daß einer im finsteren Verlies des Bannes der Verfemung über so gewaltige Kräfte verfügte, um die Mauer zu sprengen. Zu spät würden sie erkennen, daß sie einem Irrtum erlegen waren. Wenn es soweit war, würde er – der Dagda Mor – schon dafür Sorge getragen haben, daß der Ellcrys nicht wiedergeboren, der Bannspruch nicht erneuert werden konnte.

Aus diesem Grund auch hatte er die beiden anderen mit sich genommen.

Jetzt blickte er sich nach ihnen um. Den Wandler entdeckte er sofort. Sein Körper unterlag einer ununterbrochenen Folge von Wandlungen in Farbe und Gestalt, während er sich darin übte, die Lebensformen nachzuahmen, die er hier vorfand – am Himmel einen nach Beute spähenden Falken, dann einen Raben; auf dem Boden zunächst ein Murmeltier, dann eine Schlange, ein vielbeiniges Insekt mit einer Schwanzzange, dann wieder etwas anderes. Die Verwandlungen folgten einander in so rascher Folge, daß das Auge sie kaum wahrnehmen konnte. Denn der Wandler vermochte alles und jedes zu sein. Eingeschlossen in die Finsternis, wo er nur seine Brüder zum Vorbild hatte, war ihm die volle Entfaltung seiner besonderen Kräfte versagt gewesen. Ja, sie waren praktisch unnütz gewesen. Hier jedoch, in dieser Welt, waren der Möglichkeiten unendlich viele. Alles konnte er sein, Mensch oder Tier, Fisch oder Vogel, ganz gleich welcher Größe, welcher Gestalt, welcher Farbe, welcher Fähigkeiten. Er konnte ihre Eigenschaften vollendet nachahmen. Selbst dem Dagda Mor war die wahre Gestalt des Wandlers fremd; dieses Wesen wurde von einem so ausgeprägten Hang getrieben, sich anderen Lebensformen anzupassen, daß es in jedem Augenblick etwas war, das es in Wirklichkeit nicht darstellte.

Es war dies eine ungewöhnliche Gabe, und sie gehörte zu einem Wesen, dessen Energie zum Bösen beinahe so groß war wie die des Dagda Mor. Auch in den Adern des Wandlers floß Dämonenblut. Er war zutiefst von Selbstsucht und Haß benerrscht. Er war falsch und hinterhältig und genoß es, anderen zu schaden. Nie hatte er den Elfen und ihren Verbündeten etwas anderes entgegengebracht als Feindseligkeit, und er verachtete ihre liebevolle Sorge um das Wohl der niedrigeren Lebewesen, die ihre Welt bevölkerten. Dem Wandler bedeuteten niedrigere Lebewesen nichts. Sie waren schwach und leicht verletzbar; sie waren dazu bestimmt, von höheren Wesen – so wie er selbst eines war – für ihre Zwecke benutzt zu werden. Die Elfen waren nicht besser als die Geschöpfe, die sie zu schützen suchten. Sie konnten oder wollten nichts vortäuschen, wie er es ständig tat. Sie waren alle in dem Wesen gefangen, das sie verkörperten; sie konnten nichts anderes sein. Er jedoch konnte jede Gestalt annehmen, welche immer er wollte. Er verachtete sie alle. Der Wandler hatte keine Freunde. Und er wollte keine. Außer einem, dem Dagda Mor, denn der Dagda Mor besaß etwas, was selbst ihm Achtung abverlangte – eine Macht, die größer war als seine eigene. Aus diesem Grund – und einzig aus diesem Grund – hatte sich der Wandler bereit gefunden, sich ihm zu unterwerfen.

Den Raffer zu finden, brauchte der Dagda Mor etwas länger. Er entdeckte ihn schließlich kaum fünf Schritte entfernt. Völlig reglos, wenig mehr als ein Schatten im blassen Licht des frühen Morgens, stand er da, ein Stück verbleichender Nacht vor dem Grau des öden Flachlands. Von Kopf bis Fuß in Gewänder gehüllt – in der Farbe feuchter Asche –, war der Raffer beinahe unsichtbar, zumal sein Gesicht im Schatten seiner weiten Kapuze verborgen war. Keinem lebenden Wesen war es gestattet, diese Züge öfter als einmal zu sehen. Der Raffer zeigte sie nur seinen Opfern, und seine Opfer ereilte der Tod.

Um vieles gefährlicher noch als der Wandler war der Raffer, denn er war ein Töter. Sein einziger Lebenszweck lag im Töten. Er war ein massiges Geschöpf, muskulös, kräftig und groß wie ein Bär, wenn er sich zu seiner vollen Höhe aufrichtete. Doch diese Massigkeit täuschte, denn er war keineswegs schwerfällig. Er bewegte sich mit der Geschmeidigkeit und Anmut des geschicktesten Elfenjägers – behende, gewandt, schnell und lautlos. Und wenn er einmal die Jagd aufgenommen hatte, gab er nicht eher auf, als bis er sein Opfer erlegt hatte. Etwas, was sich der Raffer einmal als Beute ausgesucht hatte, entkam ihm nie.

Selbst der Dagda Mor begegnete dem Raffer mit Vorsicht, obwohl dieser seine Kräfte nicht mit den seinen messen konnte. Er war auf der Hut, weil der Raffer ihm aus einer Laune heraus diente, nicht aus Furcht oder Respekt wie die anderen. Der Raffer fürchtete nichts. Er war ein Ungeheuer, dem das Leben nichts galt, nicht einmal sein eigenes. Und er tötete nicht, weil er Freude daran hatte, obwohl er in Wahrheit tatsächlich auch Freude am Töten fand. Er tötete, weil sein Instinkt es ihm befahl, weil er es notwendig fand zu töten. In der Finsternis der Verfemung, abgesondert von allen Lebewesen außer von seinen eigenen Brüdern, war er manchmal kaum zu bändigen gewesen. Der Dagda Mor hatte ihm niedrigere Dämonen zum Töten opfern müssen und hatte ihn nur mit einem Versprechen zähmen können. Wenn sie erst einmal aus dem Bann der Verfemung befreit waren – und dieser Tag der Freiheit würde kommen –, dann würde dem Raffer sich eine ganze Welt voller Lebewesen auftun, an der er sich laben konnte. Dann konnte er jagen, solange es ihm beliebte. Am Ende würde er sie vielleicht alle töten.

Der Wandler und der Raffer. Der Dagda Mor hatte eine gute Wahl getroffen. Der eine sollte ihm Auge sein, der andere Hand, und dieses Auge und diese Hand würden tief in das Herz des Elfenvolkes eindringen und auf immer jede Möglichkeit einer Wiedergeburt des Ellcrys zunichte machen.

Mit scharfem Blick spähte er nach Osten, wo hinter den Spitzen des Grimmzacken-Gebirges jetzt die Morgensonne unaufhaltsam aufstieg. Es war Zeit zum Aufbruch. Noch an diesem Abend mußten sie in Arborlon sein. Auch dies hatte er mit Sorgfalt geplant. Die Zeit war kostbar; keine Minute durfte er vergeuden, wenn er die Elfen übertölpeln wollte. Sie durften erst dann von seiner Rückkehr in die Welt erfahren, wenn es schon zu spät war, irgend etwas dagegen zu unternehmen.

Mit einer Geste winkte der Dagda Mor seinen Gefährten, dann wandte er sich ab und schlurfte schweren Schrittes in den Schatten der zerklüfteten Berge. Seine schwarzen Augen schlossen sich in innerer Genugtuung, als er im Geist schon den Erfolg auskostete, den der kommende Abend ihm bringen würde. Wenn dieser Abend vorüber war, gab es für die Elfen keine Rettung mehr.

Wenn dieser Abend vorüber war, würden sie nur noch tatenlos zusehen können, wie ihr geliebter Ellcrys dahinsiechte, ohne daß auch nur Hoffnung auf eine Wiedergeburt bestand.

Ja, so war es. Denn wenn dieser Abend vorüber war, würden alle Erwählten den Tod gefunden haben.

Tief im bergenden Schatten der felsigen Gipfel verharrte der Dagda Mor. Mit beiden Händen umschloß er den Stab der Macht, stellte ihn aufrecht, die Spitze fest in die trockene, rissige Erde gerammt. Leicht senkte er den Kopf, und seine Hände umspannten den Stab fester. Lange stand er so, regungslos. Seine beiden Gefährten hockten zusammengekauert hinter ihm und beobachteten ihn neugierig aus gelbfunkelnden Augen.

Plötzlich begann der Stab der Macht schwach zu glühen, er leuchtete in einem bleichen roten Schein, der die massige Gestalt des Dämonen aus der Dunkelheit heraushob. Gleich darauf erglühte der Stab in einem Licht von tieferem Rot, das zu pulsieren begann. Es strömte von dem Stab in die Arme des Dagda Mor und färbte seine grünliche Haut blutrot. Der Dämon hob den Kopf, und Feuer züngelte aus dem Stab himmelwärts, schoß in einem feinen, leuchtenden Flammenstreif in den Morgen hinein wie ein erschrecktes lebendes Wesen. In Sekundenschnelle war es verschwunden. Das Glühen, das den Stab der Macht erleuchtete, flammte noch einmal auf und erstarb.

Der Dagda Mor trat einen Schritt zurück und senkte den Stab. Die Erde rund um ihn war schwarz und verkohlt, und die feuchte Luft roch nach verglimmender Asche. Auf dem weiten Ödland herrschte Totenstille. Der Dämon ließ sich nieder, und seine schwarzen, unergründlichen Augen schlossen sich befriedigt. Danach rührte er sich nicht mehr. Und seine beiden Gefährten blieben so reglos wie er. Gemeinsam warteten sie – eine halbe Stunde, eine Stunde, zwei Stunden. Und noch immer warteten sie.

Bis schließlich aus den endlosen leeren Weiten des Nordlands auf gewaltigen Schwingen der geflügelte Nachtalp herabschwebte, den der Dämon herbeigerufen hatte, um ihn und seine Gefährten nach Arborlon zu tragen.

»Jetzt werden wir sehen«, flüsterte der Dagda Mor.

Gerade erst war die Sonne hinter dem Horizont emporgetaucht, als Andor Elessedil aus der Tür seines kleinen Hauses trat und den Fußpfad hinaufschritt zum eisernen Tor des Schloßparks. Als zweiter Sohn Eventines, des Königs der Elfen, hätte er im königlichen Palast leben können; doch vor Jahren schon hatte er sich mit seinen Büchern in das kleine Haus zurückgezogen und sich auf diese Weise ein Leben der Ruhe und Ungestörtheit gesichert, das ihm im Palast nicht vergönnt gewesen wäre. Zumindest hatte er das damals geglaubt. Jetzt war er davon nicht mehr so überzeugt; da die Aufmerksamkeit seines Vaters nahezu ausschließlich dem Ältesten, Arion, galt, hätte Andor wahrscheinlich auch im Palast ungestört seinen Neigungen leben können.

Er atmete die frische und frühe Wärme der Morgenluft und lächelte flüchtig. Ein idealer Tag für einen Ausritt. Die Bewegung würde ihm und dem Pferd gut tun.

Er zählte vierzig an Jahren, kein junger Mann mehr. Das magere Elfengesicht durchzogen kleine Fältchen an den Winkeln der schmalen Augen, und die scharfkantige Stirn durchschnitt eine tiefe Furche; doch sein Schritt war leicht und schnell, und seine Züge beinahe jungenhaft, wenn er lächelte – wenn das auch dieser Tage selten vorkam.

Als er sich dem Tor näherte, sah er Went, den alten Gärtner, schon bei der Arbeit. Eine kleine Hacke in der Hand stand er, dürr und betagt, über eines der Blumenbeete gebeugt. Als er Andor herannahen hörte, richtete er sich mühsam auf, und eine Hand griff zum Rücken.

»Guten Morgen, Prinz. Ein schöner Tag, nicht?«

Andor nickte. »Ein herrlicher Tag, Went. Bereitet der Rücken noch immer Kummer?«

»Hin und wieder.« Der alte Mann rieb sich vorsichtig über den Rücken. »Man wird eben alt. Aber mit den Jungen, die mir als Helfer zugeteilt werden, kann ich's immer noch aufnehmen.«

Wieder nickte Andor. Er wußte, daß diese prahlerisch klingenden Worte des Alten der schlichten Wahrheit entsprachen. Schon vor Jahren hätte Went in den Ruhestand gehen sollen, doch er hatte sich hartnäckig geweigert, seine Arbeit aufzugeben.

Die Wachposten nickten grüßend, als Andor durch das Tor schritt, und er erwiderte den Gruß. Lange schon hatten die Wachen und er beschlossen, auf Formalitäten zu verzichten. Arion, der Kronprinz, mochte darauf bestehen, mit ehrfürchtigem Respekt behandelt zu werden; Andor, von niedrigerem Rang, gab sich auch mit weniger zufrieden.

Er schlenderte die Straße entlang, die sich hinter einigen Zierbüschen nach links wand, den Stallungen entgegen. Das Donnern von Hufen und ein lauter Ruf zerrissen plötzlich die morgendliche Stille. Andor sprang zur Seite, als Arions grauer Hengst ihm entgegenflog, daß der Kies aufspritzte. Wiehernd bäumte das Tier sich auf und stand.

Noch bevor das Pferd ganz zur Ruhe gekommen war, sprang Arion aus dem Sattel und trat vor seinen Bruder hin. Blond und hochgewachsen stand er dem kleinen, dunklen Andor gegenüber, und seine Ähnlichkeit mit ihrem Vater, als dieser im gleichen Alter gewesen war, war unverkennbar. Es nahm daher nicht wunder, daß er, der außerdem noch ein hervorragender Athlet, ein glänzender Reiter und Jäger war, ein Meister im Umgang mit Waffen jeglicher Art, daß er also Eventines ganzer Stolz und helle Freude war. Hinzu kam, daß von ihm eine Ausstrahlung ausging, deren Zauber sich kaum jemand entziehen konnte.

»Wohin, Brüderchen?« fragte er jetzt. Fast immer, wenn er mit seinem jüngeren Bruder sprach, lag in seiner Stimme ein feiner Anflug von Spott und Verachtung. »Ich würde Vater jetzt an deiner Stelle nicht stören. Er und ich haben gestern bis in die tiefe Nacht hinein über Staatsangelegenheiten beraten, die ziemlich dringend waren. Als ich eben bei ihm hineinschaute, schlief er noch.«

»Ich wollte zu den Stallungen«, versetzte Andor ruhig. »Ich hatte nicht die Absicht, irgend jemanden zu *stören*.«

Arion lächelte überlegen und trat wieder zu seinem Pferd. Eine Hand auf den Sattelknauf gelegt, schwang er sich geschmeidig auf den Rücken des Tieres, ohne den Steigbügel zu benutzen. Dann drehte er sich leicht zur Seite und blickte zu seinem Bruder hinunter.

»Ich muß für ein paar Tage ins Sarandanon. Die Bauern dort

sind ganz aus dem Häuschen – wegen irgendeines alten Märchens, nach dem uns allen schreckliches Unheil drohe. Das ist natürlich der blanke Unsinn, aber ich muß hin, um die guten Leute wieder zu beruhigen. Mach dir nur keine Hoffnungen. Bevor Vater nach Kershalt aufbricht, bin ich wieder zurück.« Er lachte. »Inzwischen kannst du ja hier nach dem Rechten sehen, hm, Brüderchen?«

Mit leichter Hand zog er flüchtig am Zügel und preschte los, hinaus durch das Tor und auf und davon. Andor stieß eine unterdrückte Verwünschung aus und machte kehrt. Die Lust auf einen Ausritt war ihm vergangen.

Nicht von Arion, sondern von ihm hätte sich der König nach Kershalt begleiten lassen sollen. Die Vertiefung der freundschaftlichen Beziehungen zwischen den Trollen und den Elfen war eine äußerst wichtige Aufgabe. Zwar war das Fundament schon gelegt, doch der Ausbau der Beziehungen würde weiterhin viel Diplomatie und geschicktes Verhandeln erfordern. Arion war zu ungeduldig und zu unbekümmert, den Bedürfnissen und Vorstellungen anderer gegenüber nicht offen genug. Andor fehlten die körperliche Gewandtheit seines Bruders – auch wenn er beileibe nicht schwerfällig war – und Arions natürliche Gabe, andere zu führen. Doch er verfügte über Besonnenheit und Urteilsvermögen sowie über die Geduld und die Einfühlungskraft, die in der Diplomatie vonnöten waren. Bei den wenigen Gelegenheiten, zu denen man ihn hinzugezogen hatte, konnte er diese Fähigkeiten hinreichend unter Beweis stellen.

Er zuckte mit den Schultern. Es hatte keinen Sinn, noch länger bei dieser Sache zu verweilen. Er hatte den König bereits gebeten, ihn auf dieser Reise begleiten zu dürfen, und war abgewiesen worden. Der Vater hatte Arion den Vorzug gegeben. Arion würde eines Tages König werden; er mußte sich die notwendige Praxis in der Staatsführung aneignen, solange Eventine noch am Leben war und ihm mit Rat und Tat zur Seite stehen konnte. Und das war vielleicht ganz vernünftig so, dachte Andor.

Früher einmal hatten er und Arion einander sehr nahe gestanden. Damals hatte Aine noch gelebt – Aine, der jüngste der Elessedil-Söhne. Doch Aine war vor elf Jahren bei einem Jagdunfall ums Leben gekommen, und danach hatten die Bande des Blutes für den Zusammenhalt nicht mehr ausgereicht. Amberle, Aines kleine Tochter, hatte bei Andor Hilfe gesucht, nicht bei Arion, und die Eifersucht des Älteren war bald in offene Verachtung umgeschlagen. Als Amberle dann die Aufgaben, die ihr als Erwählte des Ellcrys oblagen, einfach im Stich gelassen hatte, schrieb Arion seinem Bruder die Schuld daran zu, und seine Verachtung hatte sich zu kaum verhohlener Feindseligkeit gesteigert. Andor vermutete, daß er auch beim Vater gegen ihn intrigierte. Doch er hatte keine Möglichkeit, etwas dagegen zu tun.

Tief in Gedanken schritt er durch das Tor und schlug den Fußweg zu seinem kleinen Haus ein, als ein lauter Ruf ihn aus seiner Versonnenheit riß.

»Herr! Prinz Andor! Wartet!«

Überrascht blickte Andor der weißgewandeten Gestalt entgegen, die mit wild wedelnden Armen auf ihn zugelaufen kam. Es war einer der Erwählten, der rothaarige – hieß er nicht Lauren? Höchst ungewöhnlich, daß einer der jungen Männer sich zu dieser Stunde außerhalb der Gärten des Lebens aufhielt. Er wartete, bis der junge Elf ihn erreichte und mit schweißnassem Gesicht schwankend vor ihm zum Stehen kam.

»Herr, ich muß den König sprechen«, stieß der Junge atemlos hervor, »aber die Wache läßt mich nicht vor. Könnt Ihr mich gleich jetzt zu ihm bringen?«

Andor zögerte. »Der König schläft noch ...«

»Ich muß ihn aber auf der Stelle sprechen!« beharrte der andere. »Bitte! Diese Sache kann nicht warten.«

Verzweiflung spiegelte sich in seinen Augen und in seinem angestrengten, weißen Gesicht. Die Stimme überschlug sich in seinem Bemühen, dem Prinzen klarzumachen, wie dringend sein Anliegen war und keinen Aufschub duldete.

Andor überlegte, fragte sich, was denn von solcher Wichtigkeit sein könnte.

»Wenn du in Schwierigkeiten bist, Lauren, kann ich vielleicht –«

»Es geht nicht um mich, Herr! Es geht um den Ellcrys!«

Da gab es für Andor kein Zaudern mehr. Er nickte und nahm Lauren beim Arm.

»Komm mit mir!«

Gemeinsam eilten sie zum Herrenhaus, während die Wachen ihnen verwundert nachblickten.

Gael, der junge Leibdiener des Königs Eventine Elessedil, schüttelte mit Entschiedenheit den Kopf – auch wenn der schlanke Körper unter dem dunklen Morgengewand sich förmlich krümmte vor Unbehagen, und seine Augen denen Andors nicht begegnen wollten.

»Ich kann den König nicht wecken, Prinz Andor. Er befahl mir – sehr nachdrücklich –, ihn auf keinen Fall zu stören.«

»Willst du mir allen Ernstes sagen, daß ich meinen Vater nicht sprechen kann?«

Gael antwortete nicht. Als Andor Anstalten machte, auf das Schlafgemach des Königs zuzugehen, eilte der junge Elf an ihm vorbei.

»Ich werde ihn wecken. Bitte wartet hier.«

Es dauerte ein paar Minuten, bis er wieder erschien. Sein Gesicht war noch voller Besorgnis, doch er nickte Andor zu.

»Er erwartet Euch, Prinz Andor. Aber nur Euch allein.«

Der König lag noch in seinem Bett, als Andor eintrat, und leerte gerade das Glas Wein, das Gael ihm offenbar eingeschenkt hatte. Er nickte seinem Sohn zu, dann streifte er mit leichtem Zaudern die warmen Bettdecken ab. Sein alter Körper fröstelte in der frühmorgendlichen Kühle des Raumes. Gael, der mit Andor eingetreten war, reichte dem König einen Morgenrock. Eventine schlüpfte hinein und gürtete das Gewand fest um die Körpermitte.

Trotz seiner zweiundachtzig Jahre war Eventine Elessedil bei ausgezeichneter Gesundheit. Sein Körper war straff und beinahe noch jugendlich muskulös. Er war immer noch ein guter Reiter, mit dem Schwert noch immer so schnell und sicher, daß seine Gegner ihn fürchteten. Sein Geist war scharf und wach; wenn die Situation es verlangte, wie das häufig vorkam, konnte er mit schneller Entschlossenheit handeln. Er besaß noch immer ein stark ausgeprägtes Gefühl für Ausgewogenheit und gesunde Proportionen – die Fähigkeit, alle Aspekte einer strittigen Frage klar zu sehen, jeden sachlich zu beurteilen und sich schließlich für jenen zu entscheiden, der seinem Volk und ihm selbst den größten Nutzen versprach. Ohne diese Gabe hätte er nicht König bleiben können – er wäre wahrscheinlich nicht einmal am Leben geblieben. Andor war ziemlich sicher, daß er diese Gabe von seinem Vater geerbt hatte, wenn sie ihm auch in seiner augenblicklichen Situation wertlos zu sein schien.

Der König zog die handgewebten Vorhänge, die eine ganze Wand des Raumes verhüllten, auseinander und öffnete die hohen Fenstertüren, die zum Wald hinausblickten. Weiches, mildes Licht flutete ins Zimmer, und der süße Geruch des Frühtaus strömte herein. Im Rücken des Königs eilte Gael lautlos durch das Gemach und entzündete die Öllampen, um die dunklen Schatten der Nacht aus Ecken und Nischen zu vertreiben.

Vor einem der Fenster verharrte Eventine und blickte einen Moment lang unverwandt auf das Spiegelbild seines Gesichtes im leicht beschlagenen Glas. Die Augen, die ihm entgegenblickten, waren von einem auffallend leuchtenden Blau, aber hart und durchdringend, die Augen eines Mannes, der in seinem Leben allzuviel Unerfreuliches gesehen hatte. Seufzend wandte er sich an Andor.

»Also, Andor, was gibt es? Gael sagte, du seist mit einem der Erwählten gekommen, der mir etwas mitzuteilen hätte.«

»Ja, Vater. Er behauptet, eine dringende Botschaft vom Ellcrys zu überbringen.«

»Eine Botschaft von dem Baum?« Eventine runzelte die Stirn. »Wie lange ist es her, seit er das letzte Mal einem Menschen eine Botschaft aufgetragen hat – sind es nicht schon mehr als siebenhundert Jahre? Wie lautet denn die Botschaft?«

»Das wollte er mir nicht sagen«, antwortete Andor. »Er will es nur Euch mitteilen.«

Eventine nickte. »Gut, dann soll er seine Botschaft bringen. Führ ihn herein, Gael.«

Gael verneigte sich und eilte hinaus, ohne die Tür des Schlafgemachs hinter sich zu schließen. Kaum war er gegangen, da stieß ein großer, zottiger Hund die Tür auf und trottete zum König hinüber. Es war Manx, sein Wolfshund, und er begrüßte das Tier liebevoll, indem er ihm den grauen Kopf kraulte und mit weicher Hand sacht über das struppige Fell an Rücken und Flanken strich. Seit über zehn Jahren begleitete Manx ihn auf allen seinen Wegen, stand ihm näher und war ihm treuer, als irgendein Mensch es je hätte sein können.

»Er wird auch schon grau – genau wie ich«, murmelte Eventine mit stiller Wehmut.

Sekunden später flog die Tür auf, und Gael trat ein, gefolgt von Lauren. Der junge Mann blieb einen Augenblick unter der Tür stehen und warf einen unsicheren Blick auf Gael. Der König nickte seinem Leibdiener zu, zum Zeichen, daß er entlassen war. Auch Andor wollte gehen, doch ein Wink seines Vaters gab ihm zu verstehen, daß er bleiben solle. Gael verneigte sich ehrerbietig und zog sich wieder zurück. Diesmal schloß er die Tür fest hinter sich. Als er gegangen war, trat der junge Erwählte einen Schritt näher.

»Herr, bitte verzeiht – sie waren der Meinung, daß ich – daß ich zu Euch gehen sollte ...« Er hatte Mühe, die Worte hervorzubringen.

»Es gibt nichts zu verzeihen«, beschwichtigte ihn Eventine. Mit einer Herzlichkeit, die Andor wohlbekannt war, ging der König raschen Schrittes auf den jungen Mann zu und legte ihm den Arm um die Schultern. »Ich weiß, daß diese Sache dir sehr wichtig sein muß, sonst hättest du deine Pflicht in den Gärten des Lebens sicher nicht im Stich gelassen. Hier, setz dich und berichte mir.«

Er warf einen fragenden Blick auf Andor, bevor er den jungen Mann zu einem kleinen Schreibtisch auf der anderen Seite des Zimmers geleitete. Er bedeutete ihm, in einem der Sessel Platz zu nehmen, und ließ sich selbst in dem anderen nieder. Andor folgte ihnen in die Schreibecke, blieb jedoch stehen.

»Du heißt Lauren, nicht wahr?« fragte Eventine den Erwählten.

»Ja, Herr.«

»Gut, Lauren, dann berichte mir nun, weshalb du zu mir geeilt bist.«

Lauren straffte die Schultern und legte seine Hände fest gefaltet auf den Tisch.

»Herr, der Ellcrys hat heute morgen zu den Erwählten gesprochen.« Seine Worte glichen eher einem Flüstern. »Er sagte uns – er sagte uns, daß er bald sterben wird . . .«

Andor spürte, wie ein eisiger Schauer ihn durchrann. Einen Moment lang schwieg der König, er saß da wie erstarrt, den Blick unverwandt auf den jungen Mann gerichtet.

»Da muß ein Mißverständnis vorliegen«, bemerkte er schließlich.

Lauren schüttelte mit heftigem Nachdruck den Kopf.

»Nein Herr, es ist kein Mißverständnis. Der Baum hat zu allen von uns gesprochen. Wir – wir haben es alle deutlich vernommen. Er stirbt. Der Bann der Verfemung fängt schon an abzubröckeln.«

Sehr langsam erhob sich der König und ging zum offenen Fenster hinüber. Wortlos starrte er in den Wald hinaus. Manx, der sich am Fuß des Bettes zusammengerollt hatte, sprang auf und folgte ihm. Andor sah, wie die Hand des Königs zum Kopf des Hundes wanderte, um ihm gedankenverloren das Fell zu kraulen.

»Bist du ganz sicher, Lauren?« fragte Eventine. »Bist du *wirklich sicher*?«

»Ja. – Ja!«

Der Junge saß immer noch am Tisch, das Gesicht in die Hände vergraben, und weinte leise, beinahe lautlos vor sich hin. Eventine blickte weiterhin wie geistesabwesend in das Grün der Wälder, die sein und seines Volkes Heimat waren.

Andor war innerlich wie zu Eis erstarrt, sein Geist noch immer verstört vom Schock der Botschaft. Die Ungeheuerlichkeit dessen, was er gehört hatte, drang nur langsam in sein Bewußtsein. Der Ellcrys war dem Tode nahe! Der Bannspruch würde seine Wirkung verlieren. Die bösen Mächte, die in Fesseln gelegt worden waren, würden wieder frei sein. Das bedeutete Chaos, Wahnsinn, Krieg! Und am Ende die totale Zerstörung.

Er hatte die Geschichte seines Volkes unter Anleitung seiner Lehrer studiert und sie in den Büchern seiner Bibliothek nachgelesen. Es war eine Geschichte, die von Legenden umrankt war.

In uralter Zeit, noch vor den Großen Kriegen, vor dem Morgengrauen der Zivilisation in der alten Welt, ja, noch vor dem Auftauchen der alten Rasse der Menschen, hatte zwischen den guten und den bösen Mächten ein erbitterter Kampf getobt. Die Elfen hatten in diesem Ringen auf seiten des Guten gestritten. Es war ein langer, schrecklicher, alles verheerender Kampf gewesen. Am Ende jedoch hatten die Mächte des Guten obsiegt und das Böse niedergerungen. Doch das Böse war von solcher Natur, daß es nicht vernichtet werden konnte; es konnte nur verbannt werden. Darum vereinigten das Elfenvolk und seine Verbündeten ihre magischen Kräfte mit der Lebenskraft der Erde selbst, um den Ellcrys zu schaffen und durch sein Dasein einen Bann der Verfemung über die Geschöpfe des Bösen zu verhängen. Solange der Ellcrys lebte und gedieh, konnte das Böse nicht auf die Erde zurückkehren. Eingeschlossen in das Nichts der Finsternis mochte es hinter den Mauern des Bannspruchs heulen und wimmern, die Erde war ihm unerreichbar.

Bis zu diesem Tag hatte diese Gewähr gegolten! Doch wenn der Ellcrys siechte, dann war auch der Bannspruch aufgehoben. Es stand geschrieben, daß dies eines Tages geschehen würde, denn es gab keine Macht, die so stark war, daß sie ewig dauern konnte. Und doch hatte es den Anschein gehabt, als würde der Ellcrys niemals vergehen. Schon so viele Generationen lang stand er an seinem Platz in den Gärten des Lebens, unverändert, ein fester Punkt im wechselvollen Wellenschlag des Lebens. Allmählich hatte sich in den Elfen die Überzeugung festgesetzt, daß es immer so bleiben würde. Aber das, so schien es jetzt, war ein törichter Irrtum gewesen.

Mit einer ruckartigen Bewegung wandte der König sich um, warf einen kurzen Blick auf Andor und kehrte an seinen Schreibtisch zurück. Dort setzte er sich wieder nieder und umschloß Laurens Hände mit den seinen, um den Jungen zu beruhigen.

»Du mußt mir alles erzählen, was genau der Baum zu dir gesagt hat, Lauren. Jede Einzelheit. Du darfst nichts auslassen.«

Der junge Mann nickte wortlos. Die Tränen waren versiegt, seine Züge wieder ruhig und gelassener.

Eventine ließ seine Hände los und lehnte sich erwartungsvoll zurück. Andor holte sich einen hochlehnigen Stuhl heran und setzte sich zu ihnen.

»Herr, Ihr wißt, auf welche Art der Baum zu uns spricht?« fragte Lauren vorsichtig.

»Auch ich war einmal ein Erwählter, Lauren«, antwortete Eventine.

Andor blickte seinen Vater überrascht an. Das hatte er bisher nicht gewußt. Lauren jedoch schien diese Enthüllung Vertrauen einzuflößen. Er nickte und wandte sich an Andor, um ihm die Sprache des Baumes zu erklären.

»Seine Stimme ist keine Stimme in dem Sinn, daß man sie hören kann. Er spricht vielmehr in Bildern, die vor unserem geistigen Auge auftauchen. Worte als solche kommen höchst selten vor; die Wörter sind unsere Übersetzung der Bilder und Gedanken, die der Baum ausstrahlt. Die Bilder kommen und gehen sehr rasch und sind meist nicht sehr klar gezeichnet. Wir müssen versuchen, sie so gut wie möglich zu interpretieren.«

Er schwieg einen Moment lang und wandte sich wieder an Eventine.

»Ich – der Ellcrys hat vorher nur ein einziges Mal zu mir gesprochen, Herr. Damals, als er mich mit den anderen erwählte. Das, was wir über seine Art, sich mitzuteilen, wußten, hatten wir einzig den Schriften unseres Ordens und den Lehren der Erwählten, die vor uns dem Baum gedient haben, entnommen. Und obwohl der Ellcrys jetzt selbst zu uns gesprochen hat, ist das alles immer noch sehr verwirrend.«

Eventine nickte ermutigend, und Lauren fuhr in seiner Botschaft fort.

»Herr, der Ellcrys hat heute morgen sehr lange zu uns gesprochen. Nie zuvor hat er das getan. Er rief uns zu sich und sagte uns, was werden würde, und was wir, die Erwählten, zu tun hätten. Die Bilder waren nicht sehr deutlich, doch es kann kein Zweifel daran bestehen, daß der Baum stirbt. Er hat nur noch eine kurze Lebensspanne; wieviel Zeit ihm noch bleibt, ist ungewiß. Der Verfall hat schon begonnen. Und in dem Maße, wie der Baum dahinsiecht, verfällt auch der Bann der Verfemung. Es gibt nur eine einzige Möglichkeit der Rettung – *die Wiedergeburt des Baumes.*«

Hastig umfaßte Eventine die Hand des jungen Mannes. Auch

Andor, betäubt und verwirrt von der Todesprophezeiung des Ellcrys, war diese Möglichkeit entfallen. Die Wiedergeburt, davon berichteten die ältesten Geschichtsbücher, daß der Ellcrys wiedergeboren und der Bann auf diese Weise aufrechterhalten werden konnte.

»Dann dürfen wir noch hoffen«, flüsterte er.

Eventines Augen waren auf Lauren geheftet.

»Was muß geschehen, um diese Wiedergeburt herbeizuführen?«

Lauren schüttelte den Kopf.

»Herr, der Baum hat sein Schicksal in die Hände der Erwählten gelegt. Nur durch uns kann eine Wiedergeburt erfolgen. Ich kann die Gründe des Baumes hierfür nicht verstehen, doch die Bilder waren klar. Der Ellcrys wird einem von uns sein Samenkorn geben – welchem von uns, sagte er nicht. Es zeigte sich kein Gesicht. Doch es war ganz deutlich, daß nur einer der Erwählten, die das letztemal von ihm erkoren wurden, das Samenkorn empfangen kann. Niemand sonst kommt in Betracht. Derjenige, den der Baum ausersieht, muß das Samenkorn zum Lebensquell der Erde tragen, zum Blutfeuer-Brunnen. Dort muß das Samenkorn in das Feuer eingetaucht werden. Wenn das geschehen ist, muß es dorthin zurückgebracht werden, wo der alte Baum steht. Es wird dann Wurzeln schlagen, und ein neuer Baum wird daraus erwachsen und den Platz des alten einnehmen.«

Einzelheiten der Legende fielen Andor jetzt wieder ein – die Hervorbringung des Samenkorns, seine Weihe durch das Ritual am Blutfeuer-Brunnen, die Wiedergeburt. All diese Einzelheiten hatten die alten Gelehrten in der merkwürdigen, formalen Sprache jener Zeiten aufgezeichnet. Die meisten Elfen hätten diese uralten Geschichten längst vergessen oder sie nie gekannt.

»Und wo ist dieser Blutfeuer-Brunnen zu finden?« fragte der König unvermittelt.

Lauren sah ihn mit unglücklicher Miene an.

»Der Baum zeigte uns einen Ort, Herr, aber – aber wir konnten ihn nicht erkennen. Die Bilder waren zu schemenhaft, es schien beinahe so, als könne der Baum selbst den Ort nicht richtig beschreiben.«

Eventines Stimme blieb ruhig.

»Dann berichte mir, was euch gezeigt wurde. Ganz genau.«

Lauren nickte. »Es war eine Wildnis, die rundum von Bergen und Sümpfen eingeschlossen war. Nebelschwaden trieben darüber hin, die bald dichter wurden, bald sich lichteten. In dieser Wildnis ragte ein einsamer Berggipfel empor, und im Herzen dieses Berges schlängelte sich ein Gewirr von unterirdischen Gängen, die bis in die Tiefe der Erde reichten. Irgendwo in diesem Labyrinth gähnte eine Tür aus Glas – aus einem unzerbrechlichen Glas. Und hinter dieser Tür loderte der Blutfeuer-Brunnen.«

»Und Namen gibt es nicht für die einzelnen Teile dieses Rätsels?« erkundigte sich der König geduldig.

»Nur einen, Herr. Aber es war ein Name, der uns nicht bekannt war. Das Labyrinth, in dem der Blutfeuer-Brunnen verborgen liegt, heißt offenbar Sichermal.«

Sichermal? Andor überlegte angestrengt, doch der Name wollte ihm nichts sagen.

Eventine blickte Andor an und schüttelte sein greises Haupt. Er erhob sich, tat ein paar Schritte, blieb dann plötzlich stehen. Er wandte sich wieder an Lauren.

»Ist euch sonst noch etwas gesagt worden? Habt ihr sonst kein Zeichen bekommen?«

»Nichts. Das war alles.«

Der König nickte dem jungen Elf bedächtig zu.

»Gut, Lauren. Du hast recht getan, daß du damit sofort zu mir geeilt bist. Würdest du jetzt einen Augenblick draußen warten?«

Als die Tür sich hinter dem jungen Erwählten geschlossen hatte, kehrte Eventine zu seinem Sessel zurück und sank schwerfällig hinein. Sein Gesicht schien um Jahrzehnte gealtert, und seine Bewegungen glichen denen eines uralten Mannes. Manx trottete zu ihm und blickte aus mitfühlenden Augen zu ihm auf. Eventine seufzte und strich dem Hund müde über den Kopf.

»Habe ich zu lange gelebt?« murmelte er. »Wenn der Ellcrys stirbt, wie kann ich dann mein Volk vor dem beschützen, was geschehen wird? Ich bin der König der Elfen; ich bin für ihren Schutz und ihre Sicherheit verantwortlich. Das habe ich immer akzeptiert. Doch jetzt, zum erstenmal in meinem Leben, wünschte ich, es wäre anders . . .«

Er wandte den Kopf, um seinen Blick auf Andor zu richten.

»Nun, wir müssen alles tun, was in unserer Macht steht. Da Arion ins Sarandanon gereist ist, werde ich deiner Hilfe bedürfen.« Andor errötete bei diesem unbeabsichtigten Hinweis darauf, daß er für den König nur an zweiter Stelle stand. »Begleite Lauren und befrage die Erwählten mit aller Sorgfalt. Vielleicht vermagst du noch etwas zu erfahren. Ich lasse mir inzwischen die alten Geschichtsbücher heraufholen und forsche darin.«

»Glaubst du, daß sich dort etwas findet – oder vielleicht in den alten Weltkarten?« fragte Andor zweifelnd.

»Nein. Es ist lange her, daß ich sie studiert habe, aber ich kann mich an nichts erinnern. Dennoch, was sonst können wir tun? Eine Chance, den Blutfeuer-Brunnen zu finden, haben wir nur, wenn wir mehr wissen als das, was Lauren uns mitzuteilen in der Lage war.«

Er nickte seinem Sohn zu, zum Zeichen, daß auch er nunmehr entlassen war. Andor eilte zu Lauren hinaus, um mit ihm zusammen in die Gärten des Lebens zurückzukehren, wo die anderen Erwählten ihrer harrten. Dort würde er versuchen, Genaueres über das geheimnisvolle Sichermal zu erfahren. Zwar schien ihm die Hoffnung gering, doch – wie sein Vater gesagt hatte – was sonst konnten sie tun?

Der Sommertag erlosch in einem leuchtenden Feuerwerk, das den westlichen Himmel in goldenes Rot und zartes Lavendel tauchte. Minutenlang hing die Sonne in strahlender Pracht über den Felsgipfeln des Grimmzacken-Gebirges, warf ihr Licht über die Wipfel der Wälder von Westland und wob zarte Gespinste von Schatten, die sich sanft und leicht über die bewaldete Erde senkten. Langsam kühlte sich die Luft ab, und die Hitze des Nachmittags verflog, als ein leichter Abendwind seufzend durch die mächtigen, stillen Bäume strich. Das Tageslicht verblich, die hereinbrechende Nacht raubte dem Himmel die Farbe.

Die Bewohner der Elfenstadt Arborlon wanderten müde ihren Häusern zu.

In den Gärten des Lebens stand Andor Elessedil und blickte stumm zu dem Ellcrys auf. Im grauen Licht des Abends schien der mächtige Baum unverändert, kräftig und gesund. Doch der Anblick täuschte. Vor Sonnenuntergang waren die Male der Krankheit, die den großen Baum zerstörten, deutlich sichtbar gewesen.

Die Krankheit breitete sich rasch aus. An mehreren kleineren Ästen fraß die Fäule schon an der silberweißen Borke. Breite Blätterbüschel hingen schlaff und ausgedörrt herunter, das tiefe leuchtende Rot nun in ein stumpfes Schwarz verändert. Die Erwählten hatten die Rinde des Stammes sorgfältig mit Kräuterbalsam eingerieben und die kranken Blätter abgezupft, in der Hoffnung, daß die Krankheit sich eindämmen lassen würde. Obwohl sie ahnten, daß ihre Mühe vergebens war. Andor hatte die Wahrheit in ihren Augen erkannt. Sie konnten den Ellcrys nicht heilen. Niemand vermochte den Baum zu retten. Er starb, und es gab kein Mittel, sein Sterben zu verhindern.

Andor seufzte und wandte sich ab. Er wußte selbst nicht recht, warum er zu dieser späten Stunde noch einmal in die Gärten des Lebens zurückgekehrt war. Die Erwählten hatten sich schon längst in ihr Nachtlager zurückgezogen, müde und entmutigt, schweigsam im Gefühl der Hoffnungslosigkeit. Er war dennoch noch einmal zurückgekehrt, getrieben von der unvernünftigen Hoffnung, daß sich die Antworten, nach denen sie so verzweifelt forschten, vielleicht doch in der Nähe des Baumes finden lassen würden. Doch Andor war ohne Antwort geblieben, und jetzt, da die Nacht hereinbrach, hatte es wenig Sinn, noch länger auszuharren.

Er fühlte die Blicke der Schwarzen Wachen in seinem Rücken, als er durch das Tor aus dem Garten hinausschritt. Sie ahnten nichts von der Krankheit des Baumes, doch sie spürten zweifellos, daß etwas nicht in Ordnung war. Das hatte ihnen das merkwürdige Verhalten der Erwählten auf jeden Fall verraten. Bald, dachte er, würde es sich herumsprechen – Gerüchte würden wachsen. Nicht mehr lange und man würde den Leuten die Wahrheit sagen müssen.

Im Augenblick jedoch war alles still. Hier und dort erloschen schon die ersten Lichter, Fenster verdunkelten sich, als die Bewohner der Häuser sich zum Schlaf niederlegten. Er beneidete sie. Es bestand kaum eine Aussicht, daß er – oder der König – in dieser Nacht Schlaf finden würde.

Wieder seufzte er. Hätte er doch seinem Vater nur irgendwie helfen können! Stets war Eventine sich seiner Sache so sicher gewesen, stets ruhig und gelassen im Vertrauen darauf, daß sich für jedes Problem eine Lösung finden ließ. Nun aber, nach zwei Besuchen von Andor, in denen dieser ihm nur Mißerfolge hatte melden können, erweckte der König den Eindruck, als habe er sich völlig in sich selbst zurückgezogen. Er hatte sich halbherzig bemüht, seinen Sohn nichts merken zu lassen, doch es war offensichtlich, wie verzweifelt er war und nur noch auf die Zerstörung all dessen wartete, worum er sein Leben lang sich gemüht hatte. Er sah sich vor eine Herausforderung gestellt, mit der er nicht fertig werden konnte. Kaum ein Wort wechselte er mit seinem Sohn, bis er ihn mit dem Auftrag wieder aussandte, alles in seiner Macht Stehende zu tun, um doch noch Genaueres zu erfahren.

Das Unterfangen hatte sich als sinnlos erwiesen. Jeden einzelnen der Erwählten hatte Andor befragt, hatte sie dann alle gemeinsam um sich versammelt und nochmals ins Verhör genommen, um auf diesem Weg vielleicht auf einen Hinweis zu stoßen, der zum Sichermal führen würde. Doch er hatte nichts Neues erfahren.

Und auch ein Studium der sorgfältig aufbewahrten Aufzeichnungen ihres Ordens hatte nichts erbracht. Er hatte geschichtliche Zeugnisse durchgesehen, die Jahrhunderte alt waren, hatte geprüft und wieder geprüft. Wiederholt war er auf Hinweise auf das heilige Blutfeuer gestoßen, den Lebensquell ihrer Welt und alles Lebendigen auf ihr. Nirgends jedoch wurde jener geheimnisvolle Ort namens Sichermal erwähnt.

Und auch der Ellcrys selbst hatte ihnen nicht mehr weitergeholfen. Auf Andors Vorschlag waren die Erwählten noch einmal zu dem Baum gegangen, erst einzeln, dann gemeinsam, und hatten ihn angefleht, ihnen deutlichere Hinweise zu geben, damit sie seine Bilder verstehen könnten. Doch er sprach nicht zu ihnen. Er blieb stumm.

Als Andor sich dem Haus der Erwählten näherte, bemerkte er, daß die Lichter schon alle gelöscht waren. Offenbar hatte die tägliche Gewohnheit ihren Tribut gefordert, und die jungen Männer hatten sich zur üblichen Zeit, kurz nach dem Abendbrot, in ihre Schlafgemächer zurückgezogen. Er hoffte, sie würden im Schlaf Trost und Erleichterung finden.

Einem Fußpfad folgend, der zum Herrenhaus führte, eilte er lautlos an dem Haus vorüber, um seinem Vater einen letzten Bericht zu bringen, als ein dunkler Schatten unter einem niedrigen Baum neben dem Pfad hervortrat.

»Herr?«

»Lauren?« fragte er zurück. Als die Gestalt näher kam, erkannte er tatsächlich den jungen Elf. »Warum schläfst du denn noch nicht?«

»Ich habe es versucht, aber ich fand keinen Schlaf. Ich – ich sah Euch zu den Gärten hinaufgehen und hoffte, daß Ihr auf diesem Weg zurückkommen würdet. Prinz Andor, kann ich einen Augenblick mit Euch sprechen?«

»Aber du sprichst ja schon mit mir, Lauren«, versetzte Andor. Doch die scherzhaft gemeinte Bemerkung konnte den anderen nicht aufheitern. »Ist dir noch etwas eingefallen?«

»Ja, vielleicht. Es geht nicht um das, was der Ellcrys uns mitgeteilt hat; es ist etwas anderes, aber ich glaube, Ihr solltet es wissen. Darf ich Euch ein Stück des Wegs begleiten?«

Andor nickte zustimmend. Sie entfernten sich langsamen Schrittes vom Haus der Erwählten.

»Ich habe das Gefühl, als müßte ich dieses Problem lösen«, begann Lauren nach einer geraumen Weile des Schweigens. »Vielleicht kommt es daher, daß der Ellcrys zuerst zu mir gesprochen hat; es scheint mir jedenfalls so, als sei ich persönlich verpflichtet, Sichermal zu finden. Ich weiß, daß ich mir wahrscheinlich selbst damit zu hohe Bedeutung beimesse, aber das Gefühl bleibt trotzdem. Und auf keinen Fall möchte ich irgend etwas übersehen.« Er warf dem Prinzen einen Blick zu. »Könnt Ihr verstehen, was ich meine?«

»Ja, ich glaube schon. Haben wir denn etwas übersehen?«

»Ja, also mir ist etwas eingefallen. Und irgend jemandem wollte ich es wenigstens sagen.«

Andor verhielt den Schritt und sah den jungen Elf an.

»Dem König wollte ich davon nichts sagen.« Laurens Unbehagen wuchs. »Und zu den anderen auch nicht. Ich bin mir nicht sicher, wieviel sie eigentlich wissen – und wir sprechen nie von ihr...«

Seine Stimme verhallte in der Stille der Nacht. Andor wartete geduldig.

»Ich meine Amberle. Nach ihrer Erwählung hat sie viele Male mit dem Ellcrys gesprochen – es waren lange Gespräche.« Die Worte kamen langsam. »Bei ihr war alles ganz anders als bei uns. Ich weiß nicht, ob sie sich dessen je bewußt war. Wir haben eigentlich nie darüber gesprochen...«

Andor war mit einer heftigen Bewegung hochgefahren. Lauren fühlte die Reaktion und sprach eilig weiter.

»Vielleicht würde der Ellcrys wieder zu ihr sprechen. Vielleicht verstünde sie seine Botschaft auch besser. Es könnte doch möglich sein, daß sie von ihm etwas erfährt, was uns nicht zugänglich ist.«

Diesen Worten folgte ein langes Schweigen, während die beiden Männer einander stumm anblickten. Dann schüttelte Andor bekümmert sein Haupt.

»Amberle kann uns nicht helfen, Lauren. Sie hat uns verlassen. Nicht einmal ihre Mutter weiß, wohin sie gegangen ist. Wir haben keine Möglichkeit, sie so rasch zu finden, daß sie uns noch helfen könnte.«

Der junge Elf nickte bedrückt, während der letzte Hoffnungsschimmer auf seinem Gesicht erlosch.

»Es war nur so ein Gedanke«, sagte er schließlich und wandte sich zurück zum Haus. »Gute Nacht, Prinz Andor.«

»Gute Nacht, Lauren. Dank dir, daß du dich mir anvertraut hast.«

Noch einmal nickte der junge Mann, bevor er auf dem Fußpfad davonschritt. Seine weißen Gewänder raschelten leise, als die Dunkelheit der Nacht ihn aufnahm.

Das dunkle Gesicht gezeichnet von quälender Unruhe, blickte Andor ihm eine Weile nach. Alles, hatte sein Vater gesagt, auch das scheinbar Nichtigste sollte er erkunden, was vielleicht einen Hinweis darauf zuließ, wo Sichermal zu finden war. Doch es gab ja keine Hoffnung, Amberle aufzuspüren. Überall in den vier Ländern konnte sie sich aufhalten. Und dies war kaum der Zeitpunkt, Eventine an sie zu erinnern. Sie war sein Liebling gewesen, ihre Erwählung durch den Ellcrys hatte ihn mit Stolz und Freude erfüllt. Ihr Verrat an der ihr anvertrauten Aufgabe war für ihn viel schwerer zu ertragen gewesen als selbst der Tod ihres Vaters Aine.

Mutlos setzte Andor schweren Schrittes seinen Weg zum Herrensitz fort.

Gael tat noch immer Dienst. Sein Gesicht war grau vor Müdigkeit, seine Augen blickten sorgenvoll. Es war nicht zu vermeiden gewesen, daß er von dem drohenden Unheil erfahren hatte, das sie irgendwie abwenden mußten, doch man konnte sich darauf verlassen, daß er Stillschweigen darüber bewahrte. Er wollte aufspringen, als er des Prinzen ansichtig wurde, doch auf eine Geste von Andor ließ er sich wieder zurücksinken.

»Der König erwartet Euch«, meldete er. »Er ist in seinem Studierzimmer und lehnt es ab, sich schlafen zu legen. Wenn Ihr ihn überreden könntet, wenigstens ein paar Stunden lang zu ruhen ...«

»Ich will sehen, was ich tun kann«, gab Andor bedrückt zurück.

Eventine Elessedil blickte auf, als sein Sohn das Studierzimmer betrat. Nur flüchtig forschten seine Augen in Andors Gesicht, lasen dort Enttäuschung und Mißerfolg. Dann schob er seinen Stuhl von dem Lesepult zurück, an dem er gesessen hatte, und rieb sich die müden Augen. Er erhob sich, streckte sich und schritt langsam zum Fenster. Durch die schweren Falten der Vorhänge spähte er hinaus in die Dunkelheit.

Auf dem mit Büchern beladenen Tisch stand unbeachtet ein

Tablett mit unberührten Speisen. Die Kerzen waren weit heruntergebrannt; ihr Wachs tropfte auf das glänzende Silber. Es war still in dem düsteren kleinen Raum; die Eichenregale und die mit Teppichen behangenen Wände bildeten einen Hintergrund aus verblichenen Farben und flackernden Schatten. In Stapeln lagen überall die Bücher, die Gael im Laufe des Tages aus dem Kellergewölbe heraufgeschleppt hatte.

Der König wandte sich um und sah seinen Sohn an.

»Nichts?«

Andor schüttelte stumm den Kopf. Eventines Gesicht verriet gleichfalls Enttäuschung.

»Ich habe auch nichts gefunden.« Er zuckte die Schultern und wies auf das Buch, das aufgeschlagen auf dem Tisch lag. »Die letzte Hoffnung. Es enthält einen einzigen Hinweis auf das Samenkorn des Ellcrys und auf das Blutfeuer. Lies ihn selbst.«

Das Buch war einer der mehr als hundert Bände geschichtlicher Aufzeichnungen, die von den Elfenkönigen und ihren Schreibern seit den Tagen, in die sich Mythen und Legende verloren, geführt wurden. Es waren abgegriffene, alte Folianten mit schönen, sorgfältig gearbeiteten Einbänden aus Leder und Messing, in Hüllen eingeschlagen, die sie vor der Abnutzung durch die Zeit schützen sollten. Sie hatten die Großen Kriege überdauert sowie die Zerstörung der alten Menschenrasse. Sie hatten den ersten und den zweiten Krieg der Rassen überstanden. Sie hatten die Jahrhunderte von Leben und Tod überlebt, von deren Ereignissen sie Kunde überlieferten. Chroniken mit Tausenden und Abertausenden von Seiten, enthielten sie die vollständige, ihnen bekannte Geschichte des Elfenvolkes.

Andor beugte sich über das aufgeschlagene Buch; die Tinte hatte sich im Lauf der langen Zeit bräunlich verfärbt, altertümliche Schriftzeichen blickten ihn an. Doch die Worte waren klar und leicht zu enträtseln.

›Dann soll das eine Samenkorn jenem übergeben werden, der auserkoren ist. Und dieser soll das Samenkorn zu den Kammern des Blutfeuers tragen, wo es ins Feuer eingetaucht werden soll, um dann der Erde zurückgegeben zu werden. Darauf wird der Baum wiedergeboren werden, und der große Bann der Verfemung wird ewig währen. Also sprach der Hochzauberer zu seinen Elfen im Augenblicke seines Todes, auf daß dieses Wissen seinem Volk nicht verlorenginge.‹

Eventine nickte, als Andor wieder aufblickte.

»Ich habe jedes einzelne dieser Bücher durchgesehen und jeden Absatz, der in Betracht kam, genauestens studiert. Es gibt noch andere Hinweise – aber nirgends steht mehr als in dem Schriftsatz, den du soeben gelesen hast.«

Er begab sich zurück an das Lesepult und blieb dort stehen, während seine Finger zerstreut über die goldgeränderten Seiten strichen.

»Das hier ist das älteste Buch. In ihm steht vieles, was vielleicht nur in das Reich des Mythos fällt. Die Geschichte von dem gnadenlosen Kampf zwischen den guten und den bösen Mächten, die Namen der Helden, alle Einzelheiten, die zum Bannspruch führten. Aber nirgends wird das Wort Sichermal erwähnt, nirgends der Ort genannt, wo das Blutfeuer zu finden ist. Und es steht auch nichts über das Wesen der Zauberkraft darin, die den Ellcrys geschaffen und den Großen Bann verhängt hat.«

Das, dachte Andor, war nicht ungewöhnlich. Nur in Ausnahmefällen hatten die Alten die Geheimnisse ihrer Zauberkräfte schriftlich niedergelegt. Dieses kostbare Wissen wurde durch mündliche Überlieferung weitergegeben, damit es nicht den Feinden in die Hände fallen konnte. Und manche der Zauberkräfte sollten so mächtig sein, daß sie nur in einer ganz bestimmten Zeit und an einem ganz bestimmten Ort angewendet werden durften. Vielleicht hatte es auch diese Bewandtnis mit den magischen Kräften, die den Ellcrys geschaffen hatten.

Der König ließ sich wieder in seinen Sessel sinken, warf noch einen Blick in das alte Buch und schlug es dann wortlos zu.

»Wir werden uns eben auf das Wenige stützen müssen, was wir von dem Ellcrys erfahren haben«, sagte er leise. »Mit Hilfe dieser Kenntnisse müssen wir die Orte bestimmen, wo das Blutfeuer sich befinden kann, und dann jeden einzelnen aufsuchen.«

Andor nickte stumm. Es schien hoffnungslos. Es sprach kaum etwas dafür, daß sie Sichermal aufgrund dieser vagen Beschreibung jemals finden würden.

»Ich wollte, Arion wäre hier«, murmelte sein Vater unvermittelt.

Andor entgegnete darauf nichts. Er mußte sich eingestehen, daß der König guten Grund hatte, Arion herbeizuwünschen. Arion besaß die Führereigenschaften, die bei der Organisation und Leitung der Suchaktion vonnöten sein würden. Und seine Gegenwart hätte dem Vater einen gewissen Trost gespendet. Das war jedoch nicht der Zeitpunkt, dem Bruder dafür zu grollen.

»Ich finde, du solltest eine Weile schlafen, Vater«, schlug Andor nach einem Augenblick des Schweigens vor. »Du bedarfst der Ruhe, um für das gewappnet zu sein, was vor uns liegt.«

Der König erhob sich aus seinem Sessel und löschte die Kerzen auf dem Tisch.

»Gut, Andor«, erwiderte er und raffte sich zu einem mühsamen Lächeln auf. »Schick mir Gael herein. Aber auch du hast einen langen Tag gehabt. Auch du solltest dich niederlegen und versuchen zu schlafen.«

Andor kehrte in sein Häuschen zurück. Und er verfiel tatsächlich in einen tiefen Schlaf, so sehr ihn das am folgenden Morgen auch verwunderte. Während seine Gedanken sich wie Kreise drehten, überwältigte ihn die körperliche Erschöpfung. Einmal riß ihn mitten in der Nacht ein Alptraum von unbeschreiblicher Entsetzlichkeit aus seinem Schlummer, und er erwachte schweißgebadet. Doch schon Sekunden darauf glitt er wieder in tiefen Schlummer, der Traum war vergessen. Und danach schlief er ungestört.

Die Dämmerung des Tages zog schon herauf, als er wieder erwachte. Eilig sprang er von seinem Lager, um sich anzukleiden. Ein Gefühl neu belebter Entschlossenheit verlieh ihm Kraft, Stärke und Zuversicht. Irgendwo gab es einen Weg, der aus dieser schrecklichen Lage herausführte, eine Möglichkeit, Sichermal zu finden. Vielleicht barg der sterbende Ellcrys den Schlüssel. Vielleicht besaßen ihn die Erwählten. Auf jeden Fall mußte es ihn geben.

Während er den gekiesten Weg hinunterschritt, nahm er wahr, wie das Licht des frühen Morgens durch den dichten Vorhang der umliegenden Wälder sickerte. Zuerst wollte er zu den Erwählten gehen – sie mußten in den Gärten des Lebens zu finden sein, denn ihr Tag hatte ja schon begonnen. Vielleicht würde etwas Neues sich auftun, wenn er noch einmal mit ihnen sprach. Zweifellos hatten sie alle über ihr Gespräch mit dem Ellcrys nachgegrübelt, hatten es hin und her bedacht, und vielleicht war einem von ihnen noch etwas eingefallen. Oder vielleicht hatte der Ellcrys heute morgen noch einmal zu ihnen gesprochen.

Er machte einen Umweg zum Herrenhaus, wo Gael schon auf seinem Posten war. Doch der junge Elf hob einen Finger an die Lippen, um stumm zu bedeuten, daß der König noch schlief und nicht gestört werden sollte. Andor nickte und entfernte sich wieder. Er gönnte seinem Vater jeden Augenblick der Ruhe.

Tauperlen glitzerten noch auf den Rasenflächen, zwischen denen der Weg sich zum Tor hindurchschlängelte. Andor blickte sich erwartungsvoll um und war verwundert, Went nicht bei der Arbeit zu sehen. Noch mehr verwunderte es ihn, einige der Gartengeräte des alten Mannes achtlos hingeworfen am Rande eines der Rosenbeete liegen zu sehen. Feuchte Erde haftete noch an ihnen. Es war ganz und gar nicht Wents Art, eine angefangene Arbeit unbeendet liegen zu lassen. Andor warf einen letzten Blick auf die Blumenbeete und eilte weiter.

Minuten später schritt er an der von Efeu überwucherten Mauer der Gärten des Lebens entlang über den ausgetretenen Pfad, der zum Eingangstor führte. Von der Höhe des Carolan – der gewaltigen Felswand, die am Ostufer des Singenden Flusses jäh emporsprang und Arborlon hoch über die umliegenden Gebiete erhob – konnte er die Weiten von Westland überblicken, die sich zu seinen Füßen dehnten: im Osten und Norden die Türme und von Bäumen beschatteten Pfade der Elfenstadt, umgürtet vom dichten Grün des Waldlandes; im Süden die fernen, dunstgrauen Zacken des Steinkamms und des Pykon-Gebirges, durchwoben vom silberblauen Band des Mermidon-Flusses, der auf seinem langen Weg ins östliche Callahorn die uralten Felsen durchschnitt; im Westen, am Fuße des Carolan und jenseits der rasch sprudelnden Wasser des Singenden Flusses, das Tal des Sarandanon, die Kornkammer des Elfenreiches. Dieses gelobte

Land, dachte Andor mit Stolz, war die Heimat der Elfen. Er mußte gemeinsam mit den Erwählten und seinem Vater einen Weg finden, es zu retten.

Wenig später stand er vor dem Ellcrys. Von den Erwählten war nirgends eine Spur zu entdecken. Der Baum stand verlassen.

Ungläubig sah Andor sich um. Undenkbar, daß die Erwählten ihre Pflicht versäumt hatten, auch wenn der gewohnte Ablauf ihres Tages durch die Offenbarung des Ellcrys arg durcheinandergeraten war. Im Laufe von Hunderten von Jahren hatten es die Erwählten niemals unterlassen, dem Baum beim ersten Lichtstrahl des neuen Tages den Morgengruß zu entbieten.

In großer Eile lief Andor aus den Gärten des Lebens hinaus und hastete zu dem von einer Mauer umgebenen Haus der Erwählten. Immergrüne Hecken und Büsche schlossen das Haus ein, Blumenbeete säumten gepflasterte Fußpfade, und hinten waren in langen Reihen Gemüsebeete angelegt, in deren dunkler Erde frisches Grün sproßte. Eine niedrige Mauer aus verwittertem Stein umfriedete den Hof, in den von zwei Seiten weiße Holztürchen hineinführten.

Das Haus selbst lag in stummer Ruhe.

Andor verlangsamte den Schritt. Die Erwählten mußten doch längst wach sein! Doch nichts rührte sich. Eisige Kälte kroch dem Elfenprinzen ins Herz. Er ging weiter, und seine Augen spähten in die Schatten jenseits der geöffneten Haustür. Schließlich blieb er auf der Schwelle stehen.

»Lauren?« rief er leise den Namen des jungen Elfen.

Er bekam keine Antwort. Nun trat er durch die Tür ins Innere des Hauses, aus dem die Schatten der Nacht noch nicht gewichen waren. Am Rande seines Blickfelds nahm er huschende Bewegungen wahr, welche die Zweige der umgebenden Nadelbüsche erzittern ließen. Plötzliche Furcht erfaßte ihn. Was tat sich dort hinten im Dunkel?

Zu spät erinnerte er sich der Waffen, die er in seinem Häuschen zurückgelassen hatte. Eine Weile stand er reglos da und wartete. Doch kein Laut war zu hören, der die Anwesenheit eines anderen lebenden Wesens verraten hätte. Entschlossen ging er weiter.

»Lauren ...?«

Inzwischen hatten sich seine Augen auf die Düsternis des Hauses eingestellt, und was er sah, ließ den Namen des jungen Elf in seiner Kehle ersticken – Leichen, die im Wohnraum lagen wie der Tod sie ereilt hatte, zerfetzt, erschlagen, niedergemacht. Lauren, Jase – alle Erwählten waren tot, wie von tollwütigen Raubtieren gerissen. Grenzenlose Verzweiflung übermannte Andor. Es lebte kein Erwählter mehr, um das Samenkorn des Ellcrys zum Blutfeuer zu tragen, wenn man den Weg zum Sichermal wirklich finden sollte. Es würde keine Wiedergeburt des Baumes geben, keine Rettung für die Elfen. Der Anblick der niedergemetzelten Toten erfüllte ihn mit Grauen und Übelkeit, und dennoch war er unfähig, sich von der Stelle zu rühren. Wie angewurzelt stand er regungslos da, während Entsetzen und Ekel ihn durchschüttelten, und nur ein einziges schreckliches Wort unaufhörlich in seinem Geist widerhallte: Dämonen!

Andor wankte ins Freie, stützte sich gegen die Mauer des Hauses, um das Zittern seiner Glieder zu beruhigen. Als er sich schließlich wieder einigermaßen gefaßt hatte, eilte er auf dem schnellsten Weg zur Schwarzen Wache, um Alarm zu schlagen, dann weiter in die Stadt. Sein Vater mußte in Kenntnis gesetzt werden, und es war das beste, daß er die schreckliche Nachricht von seinem Sohn erfuhr.

Was den Erwählten zugestoßen war, war nur allzu offenkundig. Mit dem allmählichen Verfall des Ellcrys hatte die Bannmauer der Verfemung begonnen abzubröckeln. Den Kraftvollsten unter den Dämonen war der Ausbruch gelungen. Nur Dämonen konnten die Erwählten niedergemetzelt haben. Mit einem einzigen Schlag hatten sie bewirkt, daß sie nie wieder eingekerkert werden würden. Sie hatten all jene vernichtet, die die Wiedergeburt des Ellcrys und die Wiedererrichtung der Bannmauer erreichen konnten, die sie gefangengehalten hatte.

In wilder Hast stürzte er durch das Tor zum Park, in dem das Herrenhaus lag, hastete den Kiesweg hinunter, der am Garten vorbeiführte. Went war jetzt an der Arbeit, hob flüchtig das von Wind und Wetter gegerbte Gesicht, als der Prinz an ihm vorübereilte. Andor sah ihn kaum, grüßte ihn nicht einmal.

Mit einem Lächeln der Befriedigung senkte sich der Kopf, der Wandler machte sich wieder an die Arbeit.

Die Abenddämmerung war schon hereingebrochen, als Andor Elessedil die Tür des Hauses hinter sich schloß, in dem die Erwählten gelebt hatten. Mit fester Hand sperrte er zum letzten Mal ab. Schweigen hüllte ihn ein, als er innehielt, um in die dichter werdende Dunkelheit zu blicken. Das Haus stand jetzt verlassen; die Leichen der sechs ermordeten jungen Männer waren fortgebracht worden, und Andor hatte dafür gesorgt, daß die persönliche Habe der Toten den Angehörigen zurückgegeben worden war. Still stand er in der Dunkelheit, mit seinen Gedanken allein.

Doch die Gedanken waren nicht von der Art, daß er gern bei ihnen verweilt hätte. Er hatte den Abtransport der schrecklich verstümmelten Leichen überwacht und anschließend die Verbringung der Geschichtsbücher des Ordens in die Gewölbe unter dem Herrenhaus der Elessedils geleitet. Auf Ersuchen seines Vaters hatte er die Aufzeichnungen Seite um Seite durchgesehen und nach jenem erlösenden Wort der Offenbarung geforscht, das sie vielleicht übersehen hatten. Doch er hatte nichts gefunden. Er schüttelte den Kopf. Es spielte ja auch keine Rolle mehr, dachte er hoffnungslos. Was konnte ihnen jetzt noch helfen, wenn sie wirklich entdeckten, wo Sichermal zu finden war? Was half es ihnen, das Blutfeuer zu finden, wenn es keinen Erwählten mehr gab, der das Samenkorn des Ellcrys dort hintragen könnte? Dennoch war er froh gewesen, mit etwas beschäftigt zu sein, was ihn von der Erinnerung an den grauenvollen Anblick im Haus der Erwählten ablenkte.

Er ließ das Haus hinter sich, durchquerte den Hof und schlug den Weg ein, der zu den Gärten des Lebens führte. Überall auf dem breiten Rücken des Carolan loderten rotgoldene Fackeln, die dichter werdende Dunkelheit zu durchdringen. Und überall warteten Soldaten; Schwarze Wachen riegelten die Gärten des

Lebens ab, und die Leibgarde des Königs patrouillierte in den Straßen und Gassen der Stadt. Die Elfen lebten in Angst, eingedenk der entsetzlichen Ereignisse. Als sich die Nachricht vom Massaker im Haus der Erwählten wie ein Lauffeuer ausgebreitet hatte, hatte Eventine rasch die erforderlichen Maßnahmen ergriffen, um seinem Volk die beruhigende Gewißheit zu geben, daß es vor einem ähnlichen Schicksal geschützt sei; in Wahrheit allerdings glaubte er nicht daran, daß den Bürgern unmittelbare Gefahr drohte. Das Ungeheuer, das die Erwählten getötet hatte, richtete gegen niemanden sonst seinen Haß. Dennoch konnte es nicht schaden, Vorsichtsmaßnahmen zu ergreifen, die nicht nur die Stadt schützten, sondern auch die Panik eindämmen würden, die, das spürte der König, unter seinem Volk auszubrechen drohte.

Das unheilvolle Unglück war bereits eingetreten. Der Baum war siech und würde bald sterben, und eine Wiedergeburt würde es nun nicht geben. Mit dem Tode des Ellcrys würde die Bannmauer einstürzen, und die bösen Mächte, die hinter ihr gefangen waren, würden hervorbrechen. Und wenn sie erst einmal frei waren, würden sie an dem Volk der Elfen Rache üben. Es sei denn, es geschah ein Wunder, und es fand sich ein Zauberer, der das verhindern konnte.

Draußen, vor der Mauer zu den Gärten des Lebens, blieb Andor stehen. Langsam und tief holte er Atem, um wenigstens eine gewisse innere Ruhe zu finden und das Gefühl der Hilflosigkeit zu ersticken, das sich im Laufe des Tages wie eine bösartige Krankheit wuchernd in ihm ausgebreitet hatte. Was im Namen der Vernunft sollten sie tun? Selbst als die Erwählten noch am Leben gewesen waren, hatten sie wenig Hoffnung gehabt, das Blutfeuer rechtzeitig zu finden. Jetzt aber, da die Erwählten tot waren...

Amberle. Flüsternd wob ihr Name durch seinen Geist. Amberle. Die letzten Worte, die Lauren mit ihm gesprochen hatte, hatten ihr gegolten. Vielleicht, so hatte der junge Elf gemeint, könnte sie helfen. Zu diesem Zeitpunkt war Andor das unmöglich erschienen. Jetzt aber schien auch die geringste Möglichkeit besser als Untätigkeit. Andors Gedanken rasten. Wie konnte er seinen Vater davon überzeugen, die Möglichkeit in Betracht zu ziehen, daß Amberle ihnen helfen konnte? Wie konnte er seinen Vater auch nur dazu bewegen, mit ihm über das Mädchen zu sprechen? Er erinnerte sich, wie bitter und enttäuscht der alte König an dem Tag gewesen war, als er von Amberles Verrat an ihrer hohen Aufgabe gehört hatte. Dagegen stand die Verzweiflung, die Andor an diesem Morgen im Gesicht seines Vaters gelesen hatte, als er ihm die Nachricht von der Ermordung der Erwählten überbracht hatte. Sein Entschluß war leicht gefaßt. Der König brauchte dringend Hilfe, ganz gleich, woher sie kam. Und da Arion ins Sarandanon gereist war, mußte Andor, das war ihm klar, ihm diese Hilfe geben. Wie sonst aber konnte er ihm helfen als damit, daß er ihm vorschlug, Amberle ausfindig zu machen?

»Elfenprinz?«

Die Stimme drang aus dem Nichts. Andor erschrak und fuhr mit einem unterdrückten Aufschrei zurück. Ein Schatten glitt aus dem Schutz der Fichten, die dicht an der Mauer zu den Gärten des Lebens wuchsen. Ein Schatten, der dunkler war als die Nacht, die ihn umhüllte. Einen Moment lang stockte Andor der Atem, und er war wie erstarrt in Unschlüssigkeit. Als er dann hastig nach dem kurzen Schwert griff, das er in seinem Gürtel trug, war der Schatten schon bei ihm, und eine Hand legte sich auf die seine, während eiserne Finger seinen Arm zurückhielten.

»Friede, Andor Elessedil.« Die Stimme klang leise, aber gebieterisch. »Ich bin kein Feind von Euch.«

Die schemenhafte Gestalt war, wie Andor jetzt sah, die eines hochgewachsenen Menschen, der gut über sieben Fuß maß. Der magere, sehnige Körper war dicht in schwarze Gewänder vermummt, und die Kapuze des Reisemantels umschloß den Kopf des Mannes so eng, daß von seinem Gesicht nichts zu erkennen war außer den schmalen Augenschlitzen, die wie die einer Katze glühten.

»Wer seid Ihr?« stieß der Elfenprinz schließlich hervor.

Der Fremde hob die Hände und schlug die Kapuze zurück, um die Züge des Antlitzes zu offenbaren, die sich darunter verbargen. Es war ein zerfurchtes und verwittertes Gesicht, beschattet von einem kurzen schwarzen Bart, der einen breiten, ernsten Mund umrahmte. Das Haar trug der Mann schulterlang. Die durchdringenden, blitzenden Katzenaugen lagen tief unter dichten, buschigen Brauen, die über einer langen, flachen Nase grimmig gerunzelt waren. Diese Augen blickten Andor ins Gesicht, und der Elfenprinz gewahrte, daß er unfähig war, den eigenen Blick von ihnen zu wenden.

»Euer Vater würde mich kennen«, flüsterte der Fremde. »Ich bin Allanon.«

Andor erstarrte. Ungläubigkeit breitete sich auf seinen Zügen aus.

»Allanon?« Er schüttelte langsam den Kopf. »Aber – aber Allanon ist tot!«

Sarkasmus lag in der tiefen Stimme, und die Augen glühten wieder auf.

»Habt Ihr den Eindruck, daß ich tot bin, Elfenprinz?«

»Nein – nein, ich kann ja sehen ...« Andor stockte. »Aber es ist mehr als fünfzig Jahre her ...«

Er brach ab, als die Erinnerungen an die Erzählungen seines Vaters erwachten: die Suche nach dem Schwert von Shannara; die Rettung Eventines aus dem Lager der feindlichen Heere; die Schlacht bei Tyrsis; die Besiegung des Dämonen-Lords durch den kleinen Talbewohner Shea Ohmsford. Während all dieser Ereignisse war Allanon zur Stelle gewesen, um den belagerten Völkern der vier Länder mit seiner Kraft und seiner Weisheit Beistand zu leisten. Als alles vorüber war, der Dämonen-Lord geschlagen, war Allanon verschwunden. Shea Ohmsford, so hieß es, war der letzte gewesen, der ihn noch einmal gesehen hatte. Später waren Gerüchte kursiert, daß Allanon zu anderen Zeiten und an anderen Orten in einem der vier Länder erschienen war. Doch nach Westland, zu den Elfen, war er nicht gekommen. Keiner von ihnen hatte erwartet, ihn je wieder zu sehen. Doch, wie sein Vater ihm häufig bedeutet hatte, bei den Druiden lernte man rasch, das Unerwartete erwarten. Ewiger Wanderer, Historiker, Philosoph und Zauberer, Hüter der Rassen, letzter Vertreter der uralten Druiden, der Weisen der neuen Welt – all dies, hieß es, sei Allanon gewesen.

Doch war dieser Fremde wirklich Allanon?

»Seht mich an, Elfenprinz«, befahl der hochgewachsene dunkle Mann und trat einen Schritt näher. »Ihr werdet erkennen, daß ich die Wahrheit spreche.«

Andor blickte in das geheimnisvolle Antlitz, tief in die glitzernden schwarzen Augen, und plötzlich waren alle Zweifel verschwunden. Der Mann, der vor ihm stand, war Allanon.

»Bringt mich zu Eurem Vater. Ich möchte mit ihm sprechen.« Allanons Stimme klang leise und verschwörerisch. »Wählt einen Weg, der selten benutzt wird. Ich wünsche mein Kommen geheimzuhalten. Schnell jetzt, bevor die Wachen auftauchen.«

Andor verschwendete keine Zeit mit Widerspruch. Der Druide folgte ihm so dicht wie sein eigener Schatten, als er in Richtung zur Stadt eilte.

Bald danach kauerten sie im Schatten einer Gruppe immergrüner Büsche. Hier, an einem Ende des Schloßparks, befand sich ein kleines Seitentor. Andor zog einen Schlüsselbund aus seiner Tasche und schob einen der Schlüssel ins Schloß. Er drehte sich mit einem kurzen, durchdringenden Knirschen, und das Schloß sprang auf.

Unter normalen Umständen wäre der Park lediglich von den Torhütern bewacht worden. In der Frühe des Tages jedoch, kurz nachdem Andor die niedergemetzelten Erwählten in ihrem Haus gefunden hatte, war auch Went mit gebrochenem Genick unter einem Busch am Rande des Südgartens entdeckt worden. Da er auf andere Weise umgekommen zu sein schien als die Erwählten, sah man zunächst keinen Anlaß, hier einen Zusammenhang zu vermuten. Dennoch war die Leibgarde des Königs beunruhigt, und man hatte zusätzliche Wachposten im Park verteilt. Dardan und Rhoe, die persönlichen Leibwächter des Königs, hatten vor der Tür zu den Gemächern des Königs Posten bezogen.

Andor hätte es nicht für möglich gehalten, daß jemand sich durch den Park zum Herrenhaus schleichen könnte, ohne von den Wächtern gesehen zu werden. Irgendwie jedoch gelang es ihnen unter der Führung des Druiden, unbemerkt das Haus zu erreichen. Allanon schien so wesenlos zu sein wie die nächtlichen

Schatten, die lautlos in der Dunkelheit woben. Er sorgte dafür, daß Andor sich stets dicht an seiner Seite hielt, und so gelangten sie schließlich zu den hohen Fenstertüren des Studierzimmers des Königs. Dort hielten sie einen Augenblick inne, während der Druide an einem der durch Vorhänge verhüllten Fenster lauschte. Dann umfaßte Allanon den eisernen Riegel und drehte ihn in seiner Angel. Geräuschlos schwang die Fenstertür auf, und der Druide und der Elfenprinz traten ins Zimmer.

Eventine Elessedil, der über alte Bücher gebeugt an seinem Lesetisch gesessen hatte, sprang auf und starrte ungläubig zunächst auf seinen Sohn, dann auf den Mann, der ihm folgte.

»Allanon!« stieß er flüsternd hervor.

Der Druide schloß die Fenstertür, zog den Vorhang wieder zu und wandte sich dann um, so daß das Kerzenlicht voll sein Gesicht traf.

»Nach so langer Zeit!« Eventine schüttelte verwundert ungläubig den Kopf und trat hinter dem Tisch hervor. Erst jetzt erkannte er die Züge des hochgewachsenen Mannes klar und deutlich, und Ungläubigkeit wurde zu staunender Verwunderung. »Allanon! Ihr seid nicht gealtert! Ihr – Ihr habt Euch nicht verändert, seit –« Die Worte versagten ihm. »Wie ...«

»Ich bin der, der ich immer war«, erklärte der Druide kurz. »Es muß Euch genügen, das zu wissen, Elfenkönig.«

Eventine nickte wortlos, noch immer benommen von dem so unerwarteten Erscheinen des anderen. Langsamen Schrittes kehrte er an seinen Lesetisch zurück, und die beiden Männer nahmen einander gegenüber Platz. Andor blieb stehen, unschlüssig, ob er bleiben oder sich entfernen sollte.

»Setzt Euch zu uns, Elfenprinz.« Allanon deutete auf einen dritten Sessel.

Andor setzte sich rasch, erfreut, einbezogen zu sein, gespannt, was beraten werden würde.

»Ihr wißt, was geschehen ist?« wandte sich der König an Allanon.

Der Druide nickte. »Das ist der Grund, weshalb ich gekommen bin. Ich spürte eine Bresche in der Bannmauer. Ein Wesen, das hinter dieser Mauer gefangen war, ist in diese Welt eingedrungen.

Es ist ein Wesen von sehr großer Macht. Das Auftauchen dieses Wesens –«

Aus dem Korridor hinter der Tür des Arbeitszimmers drang der schwache Klang von Schritten herüber. Augenblicklich sprang der Druide auf die Beine. Dann jedoch hielt er inne. Sein Gesicht war ruhig, als er den König anblickte.

»Niemand darf erfahren, daß ich hier bin.«

Eventine versicherte Verschwiegenheit. Er nickte nur, erhob sich aus seinem Sessel, ging rasch zur Tür und öffnete sie. Auf der Schwelle hockte Manx und wedelte zaghaft mit dem Schwanz, während er aus dunklen Augen zu seinem Herrn aufblickte. Eventine trat in den Flur hinaus und stieß auf Gael, der mit einem Teetablett herankam. Lächelnd nahm der König es ihm ab.

»Geh nach Hause und schlaf dich aus«, befahl er. Als Gael Einwände erheben wollte, schüttelte der König mit Entschiedenheit den Kopf. »Keine Widerreden! Wir haben morgen wichtige Dinge zu erledigen. Geh nach Hause. Mir kann nichts geschehen. Sage Dardan und Rhoe, daß sie Wache halten sollen, bis ich mich zurückziehe. Ich möchte niemanden sehen.«

Mit einer hastigen Bewegung wandte er sich ab und betrat wieder sein Arbeitszimmer, wobei er die Tür mit fester Hand hinter sich schloß. Manx hatte sich hereingeschlichen und beschnupperte forschend den Fremden, der am Lesetisch seines Herrn saß. Dann legte er sich, offenbar beruhigt, zufrieden am offenen Kamin nieder, senkte den grauen, zottigen Kopf auf seine Pfoten und schloß träge seine braunen Augen.

Eventine nahm wieder seinen Platz ein.

»Dann war es dieses Wesen, das die Erwählten tötete?« fragte er, den Faden des Gesprächs erneut aufnehmend.

Der Druide nickte. »Ja, ich glaube es zumindest. Ich spürte die Gefahr, die den Erwählten drohte, und eilte so rasch ich konnte herbei. Leider nicht schnell genug, um sie zu retten.«

Eventine lächelte traurig. »Ich fürchte, die Schuld liegt bei mir. Ich ließ sie schutzlos, selbst nachdem mir berichtet worden war, daß der Bannspruch seine Wirkung zu verlieren drohte. Doch selbst wenn die Erwählten am Leben geblieben wären, bin ich nicht sicher, daß sie den Ellcrys hätten retten können. Die Bilder, die der Baum ihnen von dem Standort des Blutfeuers mitteilte, vermochten wir nicht zu deuten. Nicht einmal der Name, den der Ellcrys nannte, ist bekannt. Sichermal – kennt Ihr ihn?«

Allanon schüttelte verneinend den Kopf.

»Unsere Aufzeichnungen berichten nichts über Sichermal – weder die meiner Vorgänger, noch jene, die von den Erwählten gemacht wurden«, fuhr der König fort. »Ich stehe vor einer unmöglich zu lösenden Aufgabe. Der Ellcrys stirbt. Um ihn zu retten, muß einer der Erwählten, denen in diesem Jahr die Hege des Baumes obliegt, sein Samenkorn zum Blutfeuer bringen und es in seine Flammen eintauchen, um es dann der Erde zurückzugeben. Nur so ist die Wiedergeburt möglich.«

»Ich bin mit der Geschichte vertraut«, warf der Druide ungeduldig ein.

Der König errötete. Der Zorn und das Gefühl hilfloser Ohnmacht, die er bis jetzt mühsam beherrscht hatte, brachen sich gewaltsam Bahn.

»Dann haltet Euch folgendes vor Augen: Wir wissen nicht, wo das Blutfeuer zu finden ist. Nicht in einer unserer Aufzeichnungen wird der Name Sichermal je erwähnt. Die Erwählten leben alle nicht mehr. Wir haben niemanden, der das Samenkorn des Ellcrys zum Blutfeuer bringen kann. So bitter es ist, es scheint offenbar, wie diese Katastrophe enden wird. Der Ellcrys wird sterben. Die Mauern des Bannspruchs werden nicht länger standhalten. Die Mächte des Bösen werden wieder in Freiheit sein. Den Elfen und allen Rassen, die in den vier Ländern leben, droht ein Kampf, der unser aller Untergang sein wird.«

Mit einer heftigen Bewegung beugte er sich vor.

»Ich bin nur König; ein König und weiter nichts. Doch Ihr seid Druide, ein Zauberer. Wenn Ihr helfen könnt, dann tut es. Ich bin mit meiner Macht am Ende.«

Der Druide neigte den Kopf leicht zur Seite, so als überdenke er ein Problem.

»Bevor ich Euch aufsuchte, Eventine, betrat ich die Gärten des Lebens, um mit dem Ellcrys zu sprechen.«

Der König starrte ihn ungläubig an.

»Ihr habt mit dem Ellcrys gesprochen?«

»Genauer wäre es vielleicht zu sagen, daß der Baum zu mir gesprochen hat. Hätte er sich dazu nicht herbeigelassen, so hätte zwischen uns kein Gespräch stattfinden können.«

»Aber er spricht nur zu den Erwählten«, warf Andor ein und schloß hastig wieder seinen Mund, als er bemerkte, wie sein Vater unwillig die Stirn runzelte.

»Mein Sohn hat recht, Allanon.« Eventine wandte sich wieder an den Druiden. »Der Ellcrys spricht nur zu den Erwählten – und auch zu ihnen nur selten.«

»Er spricht zu denen, die ihm dienen«, entgegnete Allanon. »Unter den Elfen tun dies nur die Erwählten. Aber auch die Druiden haben dem Ellcrys gedient, wenn auch auf andere Weise. Wie dem auch sei, ich bot mich zum Gespräch an, und der Baum beliebte zu mir zu sprechen. Was er mir sagte, läßt den Schluß zu, daß Ihr die Lage zumindest in einer Hinsicht falsch beurteilt.«

Eventine wartete voller Ungeduld, daß der Druide fortfahren würde. Doch er saß schweigend da und blickte den Elfenkönig abwartend an.

»Gut, dann werde ich die Frage stellen.« Der König zwang sich zur Ruhe. »In welcher Hinsicht beurteile ich die Lage falsch?«

»Bevor ich Euch das sage«, antwortete Allanon, sich vorneigend, »sollt Ihr eines verstehen: Ich bin gekommen, meine Hilfe anzubieten, soweit dies in meiner Macht steht, denn das Böse, das in den Bannmauern der Verfemung gefangen ist, bedroht alles Leben in den vier Ländern. Was ich an Hilfe zu bieten habe, stelle ich anheim, doch unter einer Bedingung: Mir muß die Freiheit gewährt sein, so zu handeln, wie ich es für richtig halte. Auch wenn es Euer Mißtrauen herausfordern sollte, Eventine Elessedil. Selbst und gerade dann. Billigt Ihr dieses Verlangen?«

Der König zögerte. Seine blauen Augen musterten das dunkle Gesicht des anderen, suchten dort nach Antworten. Endlich nickte er.

»Ja, ich billige es. Ihr sollt in dieser Sache handeln, wie Ihr es für richtig haltet.«

Der Druide lehnte sich zurück, jede Gefühlsregung sorgfältig verbergend, während er Andor und den König betrachtete.

»Zum einen glaube ich, daß ich bei der Suche nach dem Ort

Sichermal hilfreich sein kann. Die Bilder, die mir der Ellcrys von diesem Ort zeigte, als wir miteinander sprachen, waren auch mir, wie ich schon erwähnte, nicht vertraut. Sie waren mir deshalb unbekannt, weil sie die Welt so zeigten, wie sie war, als der Ellcrys geschaffen wurde. Die Großen Kriege jedoch haben die Geographie der alten Welt so grundlegend verändert, daß die Erinnerungsbilder des Ellcrys nicht mehr zutreffen. Immerhin haben wir den Namen Sichermal. Ihr habt mir berichtet, daß in den Geschichtsbüchern der Elfenkönige und des Ordens der Erwählten dieser Name nicht genannt wird. Aber es gibt noch einen anderen Ort, wo man suchen kann. In Paranor, in der Druidenburg, werden Geschichtsbücher aufbewahrt, die sich einzig mit den Wissenschaften und mystischen Phänomenen der alten Welt beschäftigen. Es ist möglich, daß diese Bücher einen Hinweis auf die Erschaffung des Ellcrys und den Heimatort des Blutfeuers enthalten. Das ist vielmehr eine naheliegende Möglichkeit, da ein großer Teil des Wissens, das in diesen alten Geschichtsbüchern gesammelt ist, zur Zeit des Ersten Druidenrats zusammengetragen wurde – von den einzelnen Mitgliedern gemäß der mündlichen Überlieferung seit der Großen Katastrophe. Erinnert Euch, daß der führende Kopf dieses Rats Galaphile war, und Galaphile war ein Elf. Er wird dafür Sorge getragen haben, daß etwas über die Erschaffung des Ellcrys und den Heimatort des Blutfeuer-Brunnens niedergelegt wurde.«

Allanon machte eine Pause.

»Heute nacht, wenn wir zum Ende gekommen sind, reise ich weiter nach Paranor. Die alten Bücher befinden sich an einem geheimen Ort und nur ein Druide vermag sie zu finden; deshalb muß ich mich selbst dorthin begeben. Ich glaube aber, daß in den alten Schriften etwas über den Ort namens Sichermal niedergeschrieben steht. Und daraus, so hege ich die Hoffnung, werden wir ersehen können, wo das Blutfeuer zu finden ist.«

Er faltete die Hände auf dem Tisch, und sein Blick hielt den des Königs wie bannend fest.

»Was die Erwählten angeht, Eventine, so irrt Ihr Euch! Sie sind nicht alle umgebracht worden.«

Einen Augenblick legte sich Totenstille über den Raum. Amberle, dachte Andor überrascht. Er meint Amberle!

»Alle sechs wurden getötet!« begann Eventine und brach unvermittelt ab.

»Es waren sieben Erwählte«, versetzte der Druide ruhig. »Sieben.«

Der König erstarrte. Seine Hände krampften sich so fest um die Tischkante, daß die Knöchel weiß hervortraten. In seinen Augen spiegelten sich Zorn und Ungläubigkeit.

»Amberle«, stieß er hervor und es klang, als stoße er einen Fluch aus.

Der Druide nickte. »Sie ist eine der Erwählten.«

»Nein!« Der König war aufgesprungen. »Nein, Druide!« rief er laut.

Aus dem Korridor hallte das Geräusch eilender Schritte, dann trommelten Fäuste an die Tür des Studierzimmers. Die laute, erregte Stimme des Königs hatte Dardan und Rhoe aufgeschreckt. Eilig lief Andor zur Tür und öffnete sie. Mit Überraschung sah er, daß nicht nur die Leibwächter draußen standen, sondern auch Gael. Alle drei spähten neugierig in das Studierzimmer, doch Andor versperrte ihnen die Sicht. Dann tauchte sein Vater neben ihm auf.

»Ich habe dir gesagt, du sollst nach Hause gehen, Gael«, tadelte Eventine den jungen Elf in strengem Ton. »Geh jetzt.«

Gael verneigte sich automatisch, und sein Gesicht zeigte deutlich, wie sehr ihn die Worte des Königs kränkten. Ohne ein Wort ging er durch den Korridor davon und verschwand. Der König nickte den Leibwachen zu, versicherte ihnen, daß alles in Ordnung war, und sie kehrten auf ihre Posten zurück.

Eine Weile verharrte der König schweigend auf der Schwelle, dann schloß er die Tür. Der durchdringende Blick seiner blauen Augen streifte von seinem Sohn hinüber zu Allanon.

»Woher habt Ihr Kenntnis von Amberle?«

»Als der Ellcrys zu mir sprach, teilte er mir mit, daß sieben erwählt worden waren, darunter ein junges Mädchen. Er sagte mir auch, daß ihr Name Amberle Elessedil lautet.«

Der Druide schwieg, während er aufmerksam das Antlitz des Elfenkönigs musterte. Es war von Bitterkeit gezeichnet. Alle

Farbe war aus ihm gewichen.

»Es ist ungewöhnlich, daß der Ellcrys eine junge Frau erwählt«, fuhr Allanon fort. »Soviel ich weiß, waren es insgesamt nicht mehr als fünf oder sechs – und in den letzten fünfhundert Jahren war kein Mädchen mehr unter ihnen.«

Der König schüttelte ärgerlich den Kopf.

»Amberles Erwählung war eine Ehre, die ihr jedoch nichts bedeutete. Sie trat diese Ehre mit Füßen. Sie brachte Schande über ihr Volk und ihre Familie. Sie gilt nicht mehr als Erwählte. Sie ist keine Bürgerin dieses Landes mehr. Sie ist eine Ausgestoßene. Sie selbst hat es nicht anders gewollt.«

Mit einer raschen Bewegung sprang Allanon auf. Sein Gesicht war plötzlich von Härte gezeichnet.

»Sie ist Eure Enkelin, und Ihr sprecht wie ein alter törichter Narr.«

Eventine fuhr zornig hoch bei dieser Zurechtweisung, doch er hüllte sich beherrscht in Schweigen. Der Druide trat auf ihn zu.

»Hört mir zu. Amberle ist eine Erwählte. Es ist wahr, daß sie dem Ellcrys nicht so diente wie die anderen. Es ist wahr, daß sie ihre Pflichten als Erwählte vernachlässigt hat. Es ist wahr, daß sie aus Gründen, die nur ihr selbst bekannt waren, Arborlon und Westland, ihre Heimat, verlassen hat, obwohl sie damit Schande über ihre Familie und besonders über Euch, den König, brachte. Es ist wahr, daß sie selbst glaubt, nicht mehr zu den Erwählten zu gehören. Aber wisse dies: Weder dir noch ihrem Volk steht es zu, ihr das zu nehmen, was der Ellcrys ihr verliehen hat. Auch sie selbst kann es nicht einfach abschütteln. Nur der Ellcrys allein kann nehmen, was er gegeben hat. Und solange der Ellcrys nichts Gegenteiliges sagt, bleibt Amberle eine Erwählte in seinem Dienst – eine Erwählte, die das Samenkorn des Ellcrys zum Blutfeuer bringen kann, eine Erwählte, die dem Baum neues Leben und die Wiedergeburt schenken kann.«

Allanon machte eine Pause.

»Auch ein König versteht nicht immer alles, Eventine Elessedil. Es gibt Dinge, die man akzeptieren muß.«

Ohne ein Wort starrte Eventine den Druiden an. Der Zorn in seinen Augen war erloschen, statt dessen spiegelte sein Blick

Gekränktheit und Verwirrung.

»Einst stand ich ihr sehr nahe«, sagte er schließlich. »Nach dem Tod ihres Vaters – meines Sohnes Aine – wurde ich ihr wie ein Vater. Sie war damals noch ein Kind, knapp sieben Jahre alt. An den Abenden haben wir zusammen gespielt...« Er brach ab, unfähig weiterzusprechen, und holte tief Atem, um wieder ruhig zu werden. »Sie hatte etwas an sich, was ich seither nie wieder gefunden habe; eine Reinheit, eine Unschuld, eine Güte des Herzens. Ich bin ein alter Mann, der diese Worte über seine Enkelin spricht, aber ich spreche nicht wie ein Blinder vom Licht. Denn ich kannte sie.«

Allanon erwiderte nichts. Der König kehrte zu seinem Sessel zurück und ließ sich langsam darin nieder.

»Aus den Geschichtsbüchern geht hervor, daß seit der Zeit von Jerle Shannara keine Frau mehr erwählt wurde, dem Ellcrys zu dienen. Amberle war die erste – die erste seit mehr als fünfhundert Jahren. Es war eine Ehre, für die andere alles gegeben hätten.« Er schüttelte in ungläubiger Verwirrung den Kopf. »Doch Amberle machte sich nichts daraus. Sie ging einfach fort. Sie gab keine Erklärung – mir nicht, ihrer Mutter nicht, niemandem. Nicht ein einziges Wort. Sie ging einfach fort.«

Hilflos verstummte er. Allanon nahm wieder ihm gegenüber Platz. Die dunklen Augen blickten den König eindringlich an.

»Sie muß zurückgeholt werden. Sie ist die einzige Hoffnung, die das Elfenvolk noch hat.«

»Vater!« Andor sprach, ehe er Zeit hatte, es sich anders zu überlegen. Impulsiv kniete er neben dem alten Mann nieder. »Vater, an dem Abend vor seinem Tod hat Lauren noch einmal mit mir gesprochen. Er erzählte mir, daß der Ellcrys viele Male zu Amberle gesprochen hatte, nachdem er sie erwählt hatte. So etwas war noch nie vorgekommen. Vielleicht ist Amberle unsere größte Hoffnung.«

Der König blickte ihn verständnislos an, so als hätten die Worte, die er soeben geäußert hatte, keine Bedeutung. Dann legte er die Hände flach auf der blanken Platte des Lesetisches ineinander und nickte.

»Für mich ist es nur eine schwache Hoffnung, Andor. Es mag

sein, daß unser Volk sie wieder aufnimmt, wenn auch nur deshalb, weil sie gebraucht wird. Aber ganz sicher bin ich nicht; was sie getan hat, ist in den Augen der Leute unverzeihlich. Es mag auch sein, daß der Ellcrys sie annimmt – sowohl als Erwählte als auch als Überbringerin des Samenkorns. Ich will nicht behaupten, daß ich auf all diese Fragen Antworten habe. Und meine eigenen Gefühle sind in dieser Angelegenheit nicht von Bedeutung.« Er wandte sich wieder an Allanon. »Amberle selbst wird gegen uns sein, Druide. Als sie dieses Land verließ, kehrte sie ihm für immer den Rücken. Sie glaubte fest daran, daß es so sein müsse; irgend etwas gab ihr diesen Glauben. Ihr kennt sie nicht, wie ich sie kenne. Sie wird nie zurückkehren.«

Allanons Züge blieben unverändert.

»Das wird sich erweisen. Wir müssen sie finden und befragen.«

»Aber ich kenne ihren Aufenthalt nicht.« In der Stimme des Königs schwang ein Unterton von Bitterkeit mit. »Ich bezweifle, daß irgend jemand es weiß.«

Der Druide schenkte bedächtig einen Becher Kräutertee ein und reichte ihn dem König.

»Ich weiß es.«

Sprachlos blickte Eventine ihn einen Augenblick lang an. Widerstreitende Gefühle spiegelten sich auf seinem Gesicht, und plötzlich standen Tränen in seinen Augen. Doch sie versiegten rasch.

»Ich hätte es mir denken können«, meinte er schließlich. Er stand auf und trat einige Schritte vom Tisch weg, so daß sein Gesicht in den Schatten des Raumes eintauchte. »Ihr habt die Freiheit, in dieser Angelegenheit zu handeln, wie Ihr es für richtig haltet, Allanon. Das wißt Ihr bereits.«

Auch Allanon erhob sich. Dann sagte er zu Andors Überraschung: »Ich benötige die Dienste Eures Sohnes noch auf eine kurze Zeit, bis ich aufbreche.«

Eventine wandte sich nicht um.

»Wie Ihr wünscht.«

»Denkt daran – niemand darf von meinem Erscheinen erfahren.«

Der König nickte. »Es wird niemand erfahren.«

Kurz drauf trat der Druide durch die von Vorhängen verhüllte Fenstertür und war ihren Blicken entschwunden. Andor blieb unschlüssig stehen und sah seinen Vater an, dann ging auch er.

Er wußte, daß die Gedanken des alten Mannes jetzt bei Amberle weilten.

In der Schwärze der Wälder von Westland nördlich von Carolan kauerte still, mit geschlossenen Augen, der Dagda Mor. Als er sie wieder öffnete, glitzerten sie vor Genugtuung. Der Wandler hatte ihm wohl gedient. Langsam erhob er sich, und der Stab der Macht flammte auf, als seine Hände sich um das polierte Holz schlossen.

»Druide«, zischte er leise. »Ich weiß von dir.«

Er winkte dem formlosen Schatten, der der Raffer war, und das Ungeheuer hob sich aus der Schwärze der Nacht. Der Dagda Mor richtete den Blick ostwärts. Er würde den Druiden in Paranor erwarten. Aber nicht allein. Er fühlte die große Macht des Druiden und hatte Furcht vor ihr. Der Raffer war vielleicht stark genug, solcher Macht zu widerstehen, doch für den Raffer hatte er bessere Verwendung. Nein, da war anderer Beistand vonnöten. Er würde eine Anzahl Brüder aus dem Kerker hinter der verfallenden Mauer der Verfemung befreien.

Genügend an Zahl, um den Druiden zu stellen. Ausreichend, um ihn zu töten.

Allanon erwartete Andor, als dieser aus dem erleuchteten Studierzimmer trat, und zusammen eilten sie durch den Park und dann durch das kleine Seitentor auf die Straße hinaus. Allanon bat Andor, ihn zu den Stallungen zu führen. Schweigend folgten beide einem dunklen Pfad, der sie durch ein Wäldchen zu den Koppeln führte und von dort zu den Stallungen. Mit einem sanften Wort der Beschwichtigung entließ Andor den alten Knecht, und Allanon und er traten hinein.

Öllampen erhellten schwach eine Doppelreihe von Boxen, und

das Wiehern der Pferde durchdrang die Stille. Langsam schritt Allanon an den Boxen entlang, und sein Blick wanderte prüfend von Pferd zu Pferd. Andor folgte ihm abwartend.

Schließlich blieb der Druide stehen und wandte sich nach Andor um.

»Den da«, sagte er und wies auf das Pferd. »Der ist der richtige für mich.«

Andor blickte voll Unbehagen auf das Pferd, das Allanon gewählt hatte. Es war ein mächtiger, rabenschwarzer Hengst namens Artaq, groß und kräftig genug, einen Reiter von Allanons Größe zu tragen, ein Pferd, das große Strapazen ertragen konnte. Es war ein Jagdroß, mehr auf Ausdauer denn auf Schnelligkeit gezogen. Doch Andor wußte, daß er auf kurzen Strecken auch hoher Geschwindigkeit fähig war. Der Hengst hatte einen schmalen Kopf, klein im Verhältnis zu seinem gewaltigen, breitbrüstigen Körper. Die weit auseinanderliegenden Augen strahlten in einem verblüffenden Himmelblau. Intelligenz lag in diesen Augen; Artaq war kein Pferd, das sich willig von jedem führen ließ.

Genau da lag das Problem. Artaq war eigenwillig und unberechenbar. Er machte sich einen Spaß daraus, mit seinem Reiter zu spielen, und diese Spiele endeten im allgemeinen damit, daß die Reiter abgeworfen wurden. Nicht wenige hatten bei diesen Abwürfen mehr oder minder schwere Verletzungen davongetragen. Wenn der Reiter auf Artaqs Rücken nicht kraftvoll und flink war, es zu verhindern, gelang es Artaq unweigerlich, ihn innerhalb weniger Sekunden nach dem Aufsitzen aus dem Sattel zu werfen. Es gab kaum jemanden, der sich noch auf dieses Risiko einließ. Selbst der König ritt den Hengst nur noch selten, obwohl er einst sein Lieblingspferd gewesen war.

»Es sind andere Pferde da...« meinte Andor etwas zaghaft, doch Allanon schüttelte ablehnend den Kopf.

»Dieser Hengst ist der richtige. Wie heißt er?«

»Artaq«, antwortete der Elfenprinz.

Allanon musterte das Pferd eine Weile peinlich genau, dann klappte er den Riegel hoch und trat in die Box. Andor kam näher, um zu sehen, wie die Dinge sich entwickelten. Der Druide blieb ruhig vor dem großen Rappen stehen, hob dann lockend eine

Hand. Zu Andors Überraschung kam Artaq zu ihm. Allanon streichelte mit langsamen und behutsamen Bewegungen den seidig glänzenden Hals und neigte den Kopf, um dem Pferd etwas ins Ohr zu flüstern. Dann legte er ihm ein Halfter an und führte es aus der Box, den Gang dorthin hinunter, wo Sättel und Zaumzeug aufgehängt waren. Kopfschüttelnd folgte Andor. Der Druide wählte Sattel und Zügel und zäumte das Pferd, nachdem er ihm das Halfter abgenommen hatte. Mit einem Wort der Aufmunterung schwang er sich dann auf den Rücken des Hengstes.

Andor hielt den Atem an. Gemächlichen Schrittes ließ Allanon den Rappen den Gang hinuntertrotten und den anderen wieder hinauf. Artaq gehorchte ihm willig und aufmerksam; mit diesem Reiter konnte man nicht spielen. Allanon ritt ihn zu Andor zurück und schwang sich aus dem Sattel.

»Während meiner Abwesenheit, Elfenprinz«, sagte er, die schwarzen Augen fest auf Andor gerichtet, »vertraue ich Euch die Sorge um Euren Vater an. Seht darauf, daß er keinen Schaden nimmt.« Er machte eine Pause. »Ich verlasse mich auf Euch.«

Andor nickte, erfreut, daß Allanon ihm solches Vertrauen entgegenbrachte. Der Druide blickte ihn noch einmal forschend an, dann wandte er sich ab. Gefolgt von dem Elfenprinzen, führte er Artaq zum rückwärtigen Teil des Stalles und stieß die breite zweiflügelige Tür auf.

»Lebt wohl, Andor Elessedil«, grüßte er Abschied nehmend, bestieg wieder das Pferd und ritt in schnellem Trab davon.

Andor blickte ihm nach, bis ihn die Dunkelheit verschluckt hatte.

Zwei Nächte und zwei Tage ritt Allanon gen Osten, Paranor entgegen. Sein Weg führte ihn durch die tiefen Wälder von Westland zur Pforte des historischen Rhenn-Tales und von dort in das weite, leere Ödland der Streleheim-Ebene. Er ritt in zügigem Tempo, legte nur kurze Pausen ein, um Artaq zu füttern und zu tränken und achtete darauf, sich wo immer möglich auf geschütztem Gebiet zu halten und das offene Land zu meiden. Um Handelsstraßen und vielbereiste Marschwege schlug er einen großen Bogen. Bisher wußten nur der Elfenkönig und sein Sohn, daß er in die vier Länder zurückgekehrt war. Keiner außer ihnen hatte Kenntnis von den alten Geschichtsbüchern der Druiden in Paranor; keiner außer ihnen ahnte, daß es eine siebente Erwählte gab. Wenn die Mächte des Bösen, welche die Mauer der Verfemung durchbrochen hatten, von alledem etwas erfahren sollten, würde das Gelingen seiner Mission gefährdet sein. Absolute Verschwiegenheit und Heimlichkeit waren seine verläßlichsten Verbündeten, und so sollte es bleiben.

Am Abend des zweiten Tages erreichte er Paranor. Der Druide war sicher, daß ihm niemand gefolgt war.

Noch ein gutes Stück von der alten Festung entfernt, ließ er Artaq in einem kleinen Tannenwäldchen zurück, wo es saftiges Gras und Wasser genug gab, und ging den Rest des Weges zu Fuß. Nichts war mehr so, wie es sich zur Zeit des Dämonen-Lords dargeboten hatte. Die Wolfsrudel, die in den umgebenden Wäldern umhergestrichen waren, gab es nicht mehr. Die giftige Dornenhecke, welche die Burg wie eine unüberwindbare Mauer eingeschlossen hatte, war verschwunden. Still und friedlich lag das Land in der Dämmerung des frühen Abends, und die Wälder waren erfüllt von den anheimelnden Lauten der Tiere, die sich auf die hereinbrechende Nacht vorbereiteten.

Minuten später stand er am Fuß der Druiden-Burg. Die alte Festung thronte auf der Höhe eines massigen Felsblocks, so hoch über den Wipfeln der umliegenden Wälder, als sei sie von Riesenhand aus den Tiefen der Erde emporgeschleudert worden. Einen atemberaubenden Anblick bot sie, einem Märchenschloß kindlicher Phantasie gleich mit der vielgezackten Silhouette der spitzen Türme und zinnenbewehrten Mauern, den Erkern und Brustwehren, deren verwittertes weißes Gestein sich scharf von dem tiefen Blau des Nachthimmels abhob.

Allanon blieb stehen. Die Geschichte Paranors war die Geschichte der Druiden, die Geschichte seiner Vorfahren. Sie begann vor tausend Jahren, nachdem die Großen Kriege die Rasse der Menschen ausgerottet und das Gesicht der alten Welt für immer verändert hatten. Sie begann nach Jahren primitiven, unzivilisierten Lebens, nach einer Zeit, während der die Überlebenden der großen Katastrophe einen verzweifelten Kampf führten, sich in einer tödlichen neuen Welt zurechtzufinden, in der der Mensch nicht länger die beherrschende Gattung war. Sie begann, nachdem die eine Rasse der Menschen wiedergeboren wurde in den neuen Rassen von Menschen, Zwergen, Gnomen und Trollen – nachdem die Elfen wieder auftauchten. Sie begann in Paranor, wo der erste Druidenrat in dem verzweifelten Bemühen zusammentrat, die neue Welt vor der totalen Anarchie zu bewahren. Galaphile rief vor Urzeiten den Rat zusammen – Galaphile, der größte der Druiden. Hier nun wurden die geschichtlichen Überlieferungen der alten Welt in den Büchern der Druiden festgehalten, um allen kommenden Menschengenerationen erhalten zu bleiben. Hier erforschte man die Geheimnisse der alten Wissenschaften, mühte sich, aus Fragmenten ein Ganzes zu formen, nahm die Geheimnisse einiger weniger in den neuen Wissensschatz auf. Hunderte von Jahren lebten und arbeiteten die Druiden in Paranor, Weise einer neuen Welt, die bemüht waren, Zerstörtes wieder aufzubauen.

Doch ihre Anstrengungen schlugen fehl. Einer von ihnen wurde das Opfer von Ehrgeiz und unbedachter Ungeduld, ließ sich dazu verführen, mit magischen Kräften zu spielen, die so gewaltig und so böse waren, daß sie ihn am Ende verzehrten. Sein Name war Brona. Im ersten Krieg der Rassen führte er ein Heer von Menschen gegen die anderen Rassen, um auf diesem Weg die Herrschaft über die vier Länder zu gewinnen. Die Druiden schlugen diesen Aufstand nieder und jagten ihn fort. Sie hielten ihn für tot. Doch fünfhundert Jahre später kehrte er zurück – nicht mehr Brona, sondern der Dämonen-Lord. Er schloß die arglosen Druiden in ihre Burg ein und metzelte sie nieder – alle bis auf einen. Dieser eine war Brimen, Allanons Vater. Brimen schmiedete ein Zauberschwert und gab es dem Elfenkönig Jerle Shannara – einen Talisman, gegen den der Dämonen-Lord nichts auszurichten vermochte. Dieses Zauberschwert verhalf den Elfen und ihren Verbündeten in dem zweiten Krieg der Rassen zum Sieg; wieder wurde der Dämonen-Lord aus der Welt der Menschen vertrieben.

Als Brimen starb, wurde Allanon der letzte der Druiden. Er

verschloß die Burg für immer. Paranor wurde Geschichte, ein Denkmal einer anderen Zeit, einer Zeit großer Menschen und großer Taten.

Der Druide schüttelte den Kopf. All dies war Vergangenheit; sein Denken durfte jetzt nur der Gegenwart gelten.

Langsam ging er um den steinernen Sockel der Burg herum und musterte aufmerksam die tiefen Spalten und zackigen Felsvorsprünge. Schließlich blieb er stehen, und seine Hände streckten sich dem Fels entgegen, ihn zu berühren. Ein Steinquader schwang langsam nach innen, und dahinter öffnete sich ein geheimer Gang. Der Druide glitt rasch durch die schmale Lücke, und der Stein verschloß sich wieder hinter ihm.

Drinnen herrschte schwarze Finsternis. Allanons Hände glitten suchend an der Mauer entlang, bis sie auf ein Bündel Fackeln stießen, die in eisernen, im Fels verankerten Haltern steckten. Nachdem er eine herausgenommen hatte, arbeitete er so lange mit dem Feuerstein, den er in einem Beutel an seinem Gürtel trug, bis ein Funke das Pech am Kopf der Fackel entzündete. Mit der brennenden Fackel in der Hand wartete er noch eine Weile, damit seine Augen sich auf den schwachen Fackelschein einstellen konnten. Ein langer Gang erstreckte sich vor ihm, und in der Ferne verloren sich in den Felsboden gehauene Stufen in der Finsternis. Er folgte dem Gang und stieg aufwärts. Ein Geruch nach Staub und Moder wehte ihm ins Gesicht. Es war kalt in den finsteren Steingewölben, und der Druide zog seinen schweren Umhang enger um sich. Hunderte von Stufen schritten seine Füße hinunter, und immer weiter wand sich der Gang durch die Finsternis.

Er endete schließlich vor einer schweren Holztür. Allanon blieb stehen und neigte sich nahe zur Tür, um die schweren eisernen Beschläge zu prüfen. Dann berührte er mit den Fingern mehrere glänzende Nagelköpfe, und die Flügel der Tür schwangen auf.

Er trat über die Schwelle und befand sich in der Feuerkammer der Burg, einem runden, höhlenartigen Raum, in dem ein schmaler Fußsteg rund um eine tiefe, dunkle Grube herumführte. Ein niedriges Eisengitter begrenzte den Rand der Grube. In die

Mauer der Feuerkammer waren mehrere massive Holztüren mit eisernen Schlössern und Beschlägen eingelassen, alle verschlossen und verriegelt.

Der Druide trat zu dem niedrigen Gitter und spähte im Schein der Fackel in die Grube hinunter. Das schwache Licht des Feuers tanzte flackernd über geschwärzte Mauern, die mit Asche und Ruß verkrustet waren. Die Feuerkammer war jetzt kalt; die Vorrichtung, die einst die Hitze zu den Türmen und Sälen der Burg hinaufgepumpt hatte, ruhte. Aber tief unten, jenseits des blassen Fackelscheins, unter schweren eisernen Zugklappen, brannten die natürlichen Feuer der Erde. Selbst jetzt war das Zucken und Knistern der Flammen wahrnehmbar.

Er erinnerte sich eines anderen Tages. Vor mehr als fünfzig Jahren war er aus dem Zwergendorf Culhaven nach Paranor gekommen. Freunde hatten ihn begleitet – die Brüder Ohmsford, Shea und Flick; Balinor Buckhanna, der Prinz von Callahorn; Menion, der Prinz von Leah; Durin und Dayel Elessedil; und der tapfere Zwerg Höndel. Sie waren hierhergekommen, um das legendäre Schwert von Shannara zu suchen, denn der Dämonen-Lord war in die vier Länder zurückgekehrt, und nur die Macht des Schwertes konnte ihn besiegen. Allanon also war mit seinen Begleitern auf die Burg zurückgekehrt, und beinahe hätte er sie nie wieder verlassen. In eben diesem Raum hatte er auf Tod und Leben mit einem der Schädelträger gerungen. Der Dämonen-Lord hatte gewußt, daß er kommen würde. Und hatte ihm eine Falle gestellt.

Mit einem Ruck hob er den Kopf und lauschte in das tiefe Schweigen hinein. Eine Falle. Das Wort beunruhigte ihn; es weckte einen Instinkt, einen sechsten Sinn der Warnung. Etwas war nicht so, wie es sein sollte. Etwas ...

Unschlüssig verharrte er einen Moment lang. Dann wurde er wieder ruhig. Das war töricht. Es war die Erinnerung, die ihn beunruhigte, weiter nichts.

Die Fackel hoch erhoben, schritt er den Steg entlang, bis er eine enge Wendeltreppe erreichte, die nach oben führte. Ohne einen Blick zurück schritt er eilig die Stufen hinauf und trat in die oberen Gemächer der Druidenfestung.

Alles war so, wie es vor fünfzig Jahren gewesen war. Sternenlicht fiel in zarten silbernen Streifen durch die hohen Fenster und strich über die hölzernen Paneele und schimmernden Balken, welche die hohe gewölbte Decke des Korridors trugen. Gemälde und Wandteppiche, deren satte Farben im Abendlicht zu sanften Grau- und tiefen Blautönen gedämpft wurden, schmückten den breiten Gang. Standbilder aus Stein und Eisen wachten stumm und unbewegt vor schweren Türen mit blitzenden Messinggriffen. Und überall lag der Staub wie ein dicker, weicher Teppich, und lange, zarte Girlanden aus Spinnweben fielen von der Decke zum Marmorboden hinunter.

Langsamen Schrittes ging Allanon durch den Korridor, und das Licht seiner Fackel brannte Löcher in den Dunst modriger Luft, die schwer und lastend überall in den Sälen und Gemächern hing. Alles war erfüllt von einem tiefen, durchdringenden Schweigen. Das Echo seiner Schritte klang gespenstisch durch die Hallen, und kleine Staubwölkchen quollen bei jedem Schritt hinter ihm in die Höhe. Vorüber ging es an Türen, die alle geschlossen waren und deren Metallbeschläge wie Feuer aufblitzten, wenn das Licht der Fackel sie traf.

Der Gang kreuzte sich mit einem anderen, und hier wandte sich Allanon nach rechts. Beinahe bis zum Ende des Korridors ging er, bis er schließlich vor einer ziemlich kleinen Tür aus weißem Eichenholz und Eisen den Schritt verhielt. Ein schweres Schloß sicherte diese Tür. Der Druide wühlte in dem Beutel an seinem Gürtel und zog einen großen eisernen Schlüssel heraus. Er schob ihn in das Schloß und drehte ihn zweimal um. Das rostige Metall knirschte protestierend, doch der Riegel sprang zurück. Die eiserne Klinke gab nach. Allanon trat über die Schwelle und schloß die Tür hinter sich.

Der Raum, in dem er sich nun befand, war klein und fensterlos. Früher einmal hatte er als Studierzimmer gedient. Regale mit verstaubten, in Leinen gebundenen Büchern standen an allen vier Wänden. Die Farben der Einbände waren längst verblaßt, die Seiten staubtrocken und vergilbt. Der Tür gegenüber standen zwei kleine Lesetische an der Wand und Stühle davor, die aus Rohr geflochten waren. So steif und unnahbar standen sie da wie zwei strenge Wachposten. Näher an der Tür warteten zwei einladender wirkende Ledersessel. Ein alter handgewebter Teppich bedeckte die Holzdielen, die mit Eisennägeln verankert waren.

Der Druide ließ den Blick nur flüchtig durch den kleinen Raum wandern, um dann an die Mauer zu seiner Linken zu treten. Hinter den Büchern am Ende des dritten Bords fanden seine Finger zwei große Eisenknöpfe. Als er diese berührte, schwenkte ein Teil des Bücherregals lautlos nach außen. Er schob es noch ein wenig weiter auf, um sich durch die Lücke hindurchzwängen zu können, dann zog er die Verkleidung wieder hinter sich zu.

Er stand in einem Gewölbe, das aus massigen Granitblöcken errichtet war. Ritzen und Spalten zwischen den ineinandergreifenden Quadern waren mit Mörtel verstrichen. Abgesehen von einem langen Holztisch und einem halben Dutzend hochlehniger Stühle war die Steinkammer leer und fensterlos. Und die einzige Tür war die, durch die Allanon soeben eingetreten war. Die Luft in dem Gemach stand muffig.

Mit der Flamme in seiner Hand entzündete Allanon die Fakkeln, die zu beiden Seiten der Tür in Wandhaltern steckten sowie dicke Kerzen, die auf dem Tisch standen. Als das getan war, trat er an die Mauer rechts von der Tür und ließ seine Hände leicht über den glatten Stein gleiten. Nach einer Weile drückte er Finger- und Daumenspitzen fest gegen den Granit, wölbte beide Hände nach außen und senkte den Kopf in tiefer Konzentration. Zunächst geschah nichts, dann aber breitete sich plötzlich von seinen Fingern ein tiefblaues Glühen aus und durchzog den Stein in blau schimmernden Adern. Einen Augenblick später stand die Wand in lautlosen blauen Flammen, und dann lösten sich Mauer und Feuer plötzlich in Luft auf.

Allanon trat zurück. Dort, wo die Granitmauer errichtet gewesen war, standen jetzt endlose Reihen dicker Bücher, auf deren Ledereinbänden kunstvoll geschwungene goldene Buchstaben schimmerten. Dieser Bücher willen war der Druide nach Paranor gekommen, denn sie bargen die geschichtlichen Aufzeichnungen der Druiden, die Gesamtheit des Wissens der alten und der neuen Welt, das man aus der Katastrophe der Großen Kriege gerettet und seit der Einberufung des ersten Druidenrats gewissenhaft zu

Papier gebracht hatte.

Allanon hob den Arm und zog vorsichtig einen der schweren Bände heraus. Er war noch in gutem Zustand; das Leder war weich und biegsam, die Ränder der Seiten scharf, der Einband unversehrt. Die Zeit hatte diesen Büchern nichts anhaben können. Fünf Jahrhunderte zuvor, nach Brimens Tod, nachdem ihm klar geworden war, daß er der letzte der Druiden war, hatte er diese Kammer gebaut, um die Bücher zu schützen und den Generationen von Männern und Frauen zu erhalten, die eines Tages auf dieser Erde leben und das Wissen brauchen würden, das die Bücher enthielten. Von Zeit zu Zeit pflegte er auf die Burg zurückzukehren, um pflichtgetreu alles aufzuschreiben, was er während seiner Reisen durch die vier Länder gehört und gesehen hatte, um die Geheimnisse der Jahrhunderte festzuhalten, die sonst vielleicht auf immer verloren gehen würden. Ein großer Teil dessen, was in diesen Büchern enthalten war, befaßte sich mit den Geheimnissen der Zauberkunst, mit Kräften, die keiner, sei er nun Druide oder gewöhnlicher Mensch, je ganz zu verstehen hoffen konnte – geschweige denn praktisch anzuwenden erwägen konnte. Den Druiden war es angelegen gewesen, diese Geheimnisse vor den Menschen zu bewahren, die geneigt sein könnten, sich ihrer leichtsinnig und töricht zu bedienen, doch außer Allanon waren nun alle Druiden tot, und eines Tages würde auch er vergehen. Wer würde dann die Geheimnisse der Macht erraten? Die Frage machte Allanon schwer zu schaffen, und er hatte noch immer keine Lösung gefunden.

Eilig blätterte er das Buch durch, das er herausgenommen hatte, stellte es dann wieder zurück und wählte ein anderes. Nachdem er diesen zweiten Band durchgesehen hatte, setzte er sich an den langen Tisch und begann zu lesen.

Beinahe drei Stunden lang saß er völlig reglos, das Gesicht über die gestochen scharfen Schriftzüge geneigt. Nur zum Umblättern hob er die Hand.

Nach einer Stunde angestrengter Studien entdeckte er den Ort, wo Sichermal zu finden war. Doch er las weiter. Er wollte noch mehr wissen.

Endlich löste er seinen Blick von den Seiten des Buches und

lehnte sich erschöpft zurück. Eine Zeitlang saß er ruhig auf dem hochlehnigen Stuhl und blickte unbewegt auf die Reihen von Büchern, die das vollständige geschichtliche Wissen der Druiden enthielten. Er hatte gefunden, wonach er geforscht hatte, und dennoch wünschte er, er hätte es nicht gefunden.

Seine Gedanken wanderten zurück zu dem Gespräch, das er vor zwei Tagen mit Eventine Elessedil geführt hatte. Er hatte dem Elfenkönig berichtet, daß er zunächst in die Gärten des Lebens gegangen war und dort der Ellcrys zu ihm gesprochen hatte. Aber er hatte dem König nicht alles kundgetan, was der Baum ihm offenbart hatte. Er hatte es einerseits deshalb nicht getan, weil viel von dem, was der Ellcrys mitgeteilt hatte, verwirrend und unklar gewesen war, Erinnerungen an eine Zeit und ein Leben, die sich im Lauf der Zeit zur Unkenntlichkeit verändert hatten. Ein Bild jedoch hatte er geschaut, das er nur allzugut verstanden hatte. Und doch war das, was er da gesehen hatte, so unglaublich gewesen, daß er nicht bereit gewesen war, es zu akzeptieren, ohne zuvor die Geschichtsbücher der Druiden einzusehen. Dies hatte er nun getan. Und jetzt wußte er, daß es der Wahrheit entsprach und geheimgehalten werden mußte – besonders vor Eventine. Ein Gefühl unendlich tiefer Verzweiflung übermannte ihn. Es war so, wie es vor fünfzig Jahren mit dem jungen Shea Ohmsford gewesen war; die Wahrheit mußte sich in einem unerbittlichen Ablauf von Ereignissen von selbst zeigen. Ihm stand es nicht zu, über Zeit und Ort ihrer Offenbarung zu bestimmen. Ihm stand es nicht zu, in die natürliche Ordnung der Dinge einzugreifen.

Und doch stellte er eine entscheidende Frage. Allein mit den Geistern seiner Vorfahren, der letzte seiner Art, stellte er diese Entscheidung in Frage. Damals hatte er sich entschieden, Shea Ohmsford die Wahrheit zu verschweigen, und nicht nur dem jungen Shea, ihnen allen, die zu der kleinen Gesellschaft von Abenteurern aus Culhaven gehörten, allen denen, die auf der Suche nach dem Schwert von Shannara ihr Leben aufs Spiel gesetzt hatten, weil er sie davon überzeugt hatte, daß sie das tun mußten. Am Ende war er zu der Überzeugung gekommen, daß es falsch gewesen war, die Wahrheit zu verbergen. War es auch dieses Mal falsch? Sollte er nicht wenigstens diesmal von Anfang an aufrichtig sein?

Noch immer in Gedanken verloren, schlug er das Buch zu, das vor ihm lag, stand auf und trug den schweren Band an seinen Platz zurück. Er vollführte mit einer Hand eine rasche kreisförmige Bewegung vor den Bücherreihen, und die Granitmauer stand wieder da. Geistesabwesend starrte er auf den grauen Stein, dann wandte er sich ab. Er nahm die Fackel, die er mitgebracht hatte, löschte die übrigen Lichter im Gewölbe und betätigte den Mechanismus der Geheimtür.

Als er das Studierzimmer wieder erreicht hatte, drückte er den offenen Teil der Bücherwand wieder zu, so daß alles sich so zeigte, wie es zuvor gewesen war. Beinahe traurig sah er sich in dem kleinen Raum um. Aus der Burg der Druiden war eine Gruft geworden. Der Geruch des Todes haftete an ihr. Früher einmal war es ein Ort wissenschafticher Gelehrsamkeit und visionärer Phantasie gewesen. Aber die Zeiten waren unwiederbringlich vorüber. In diesen Mauern hatte das Leben keinen Platz mehr.

Unwillig runzelte er die Stirn. Seine Stimmung hatte sich beträchtlich verdüstert, seit er in den Seiten der Druidengeschichte gelesen hatte. Unstete Eile trieb ihn an, von Paranor fortzukommen. Dies war ein Ort des Unglücks – er allein mußte dieses Unglück auch anderen bringen.

Schnellen Schrittes verließ er das Studierzimmer, öffnete die Tür und trat hinaus in den Hauptkorridor.

Keine zehn Schritte entfernt wartete die bucklige Gestalt des Dagda Mor.

Allanon erstarrte. Der Dämon erwartete ihn allein, den harten Blick auf den Druiden gerichtet, den Stab der Macht locker im Arm liegend. Das zischende Geräusch seines Atems durchschnitt scharf die tiefe Stille, doch er sprach kein Wort. Er stand nur da und musterte aufmerksam den Mann, den zu vernichten er gekommen war.

Der Druide trat von der Tür weg, bewegte sich vorsichtig zur Mitte des Ganges, während seine Augen die dunstige Schwärze rundum zu durchdringen suchten. Fast augenblicklich sah er noch andere Dämonen – unbestimmte, geisterhafte Gestalten, die wie Tiere auf allen vieren aus dem Schatten krochen, während ihre schmalen Augen grünes Feuer sprühten. Unzählig schienen sie, und sie umringten ihn von allen Seiten. Unaufhaltsam drängten sie näher, umkreisten ihn, leicht von einer Seite zur anderen schwankend, wie Wölfe, die ein Beutetier in die Enge getrieben haben. Ein leises kreischendes Schreien ging von ihren gesichtslosen Köpfen aus, ein gräßliches katzenartiges Gekreische, das Vorfreude auszudrücken schien auf das, was sie erwarteten. Einige der dämonischen Geschöpfe glitten in den bleich flackernden Schein seiner Fackel. Es waren abscheuliche Geschöpfe mit schlangenhaft sich windenden Körpern, die von dichtem grauen Haar überwuchert waren. Ihre Gliedmaßen hatten etwas Menschliches, doch die vielen Finger waren zu scharfen Klauen gekrümmt. Als sie die Gesichter zu dem Druiden aufhoben, überlief es diesen eiskalt. Es waren die Gesichter von Frauen, deren Züge verzerrt waren von blutgieriger Grausamkeit. Die Münder erinnerten an die Mäuler riesiger Katzen.

Er wußte jetzt, wer sie waren, obwohl sie seit Tausenden von Jahren nicht mehr auf Erden gewandelt waren. Seit den ersten Anfängen der Menschheit waren sie hinter der Mauer der Verfemung eingekerkert gewesen, doch in den Geschichtsbüchern der alten Welt waren die Berichte über sie nachzulesen. Es waren Geschöpfe, die sich von Menschenfleisch nährten. Aus Raserei waren sie geboren, und zu Raserei trieb sie ihre Blutgier.

Es waren Furien.

Allanon sah bestürzt, wie sie ihn umkreisten, am Rande des Lichtrings lauerten, den seine Fackel warf, mit gierigem Vergnügen seines Todes harrend. Denn sein Tod schien unausweichlich. Allzu viele Furien lauerten da, als daß der Druide es mit ihnen hätte aufnehmen können. Seine Kraft reichte nicht aus, um sie alle abzuwehren. Sie würden vereint angreifen, sich von allen Seiten auf ihn stürzen und seinen Körper zerfetzen.

Er warf einen raschen Blick auf den Dagda Mor. Der Dämon stand noch immer außerhalb des Kreises seiner blutrünstigen Dienerinnen. Sein düsterer Blick ruhte unverwandt auf dem Druiden. Es war offensichtlich, daß er keine Notwendigkeit sah, seine eigenen Kräfte einzusetzen; die der Furien würden die Tat vollenden. Der Druide steckte in der Falle und war hoffnungslos unterlegen. Gewiß würde er sich zur Wehr setzen, doch sein Ende schien besiegelt.

Das Kreischen der Furien schwoll zu irrer Raserei an, widerhallte schrill und durchdringend in den steinernen Gängen und Sälen der Burg. Klauenscharfe Finger scharrten auf dem Marmorboden, und ganz Paranor schien in Entsetzen zu versteinern. Doch da verschwand Allanon plötzlich – er war einfach fort.

Es geschah so unversehens, daß die verwirrten Furien in ihrer Bewegung innehielten und ungläubig auf die Stelle stierten, wo der Druide soeben noch gestanden hatte. Ihr schrilles Gekreische erstarb. Die Fackel hing noch in der dunstigen Finsternis, einem Leuchtfeuer gleich, das die Furien in seinen Bann schlug. Dann fiel sie in einem Funkenregen auf den Boden des Ganges, und die Flamme erlosch, und der Gang war plötzlich in schwarze Finsternis getaucht.

Der Trug dauerte nur Sekunden, doch es währte lange genug, um Allanon zu ermöglichen, aus dem Todeskreis zu entfliehen, der ihn eingeschlossen hatte. Mit einem Sprung war er zwischen den Furien hindurch und hetzte zu einer Flügeltür aus massiver Eiche, die, verschlossen und verriegelt, am näheren Ende des Ganges die Flucht hinderte. Der Dagda Mor kreischte laut auf vor Wut und riß den Stab der Macht empor. Rote Feuersglut schoß den Korridor entlang, und die rasenden Furien stoben auseinander, als die Flammen züngelnd dem fliehenden Druiden nachjagten. Doch Allanon war zu schnell. Mit einer flinken Geste hob er seinen Umhang und wehrte den Angriff ab. Das Feuer aus dem Stab der Macht schoß an ihm vorbei und sprengte die schwere Eichentür, riß die beiden Flügel aus ihren Angeln, so daß sie krachend zu Boden stürzten und in Trümmer gingen. Der Druide hastete durch die Öffnung in den Raum auf der anderen Seite und verlor sich in der Dunkelheit.

Schon waren die Furien ihm auf den Fersen. Wie wilde Tiere jagten und verfolgten sie ihn mit gierigen Schreien. Die schnellsten unter ihnen drängten sich durch die offene Tür und holten den Druiden ein, als dieser sich noch abmühte, eine der hohen Fenstertüren zu öffnen, die zur Brustwehr führten.

Allanon fuhr herum und kauerte sich zusammen. Er packte die

beiden, die ihm am nächsten waren, als sie ihm an die Kehle zu springen suchten, und schleuderte sie mitten unter die anderen Verfolger. Dann hob er beide Hände, blaues Feuer schoß aus seinen Fingern und errichtete zwischen ihm und den Furien eine lodernde Flammenwand. Aber noch immer gaben die Furien nicht auf. Verwegen stürzten sich jene, die ihm am nächsten waren, in die Flammen und verglühten. Als das Feuer einen Augenblick später erlosch, standen die Fenster weit offen, und der Druide war verschwunden.

Tausend Fuß über dem Dach der umliegenden Wälder schob Allanon sich, den Rücken an die steile Wand der Burg gepreßt, auf einem schmalen Steinsims vorwärts, unter ihm gähnende, schwarze Leere. Bei jedem Schritt drohte der Wind, der heulend Turm und Erker umtobte, ihn von der Mauer zu reißen. So schnell es ging, arbeitete er sich zu einer schmalen steinernen Galerie vor, die eine Brücke zu einem Turm bildete. Die Galerie war keine drei Fuß breit; und unter ihr wartete das Nichts. Der Druide zögerte nicht. Hier lag seine einzige Chance, den Mächten des Bösen zu entkommen. Er machte sich auf den Weg.

Hinter sich hörte er die gellenden Schreie der Wut und der Enttäuschung, mit denen die Furien ihm durch das offene Fenster folgten. Mit rasender Geschwindigkeit jagten sie ihm nach, viel sicherer als er auf dem glatten Stein, da ihre Klauen besser griffen.

Am Fenster hob der Dagda Mor wiederum den Stab der Macht, und das tödliche Feuer schoß züngelnd dem fliehenden Druiden nach. Doch Allanon hatte erkannt, daß es ihm nicht gelingen würde, auf die andere Seite zu gelangen, bevor die Furien ihn erreichten. Er ließ sich auf ein Knie fallen, hob beide Arme und beschrieb einen großen Kreis. Vor ihm erstand ein Schild aus blauem Feuer. Die Flammen aus dem Stab des Dämonen prallten dagegen und erloschen, ohne Schaden anzurichten. Doch von der Wucht des Ansturms wurde der Druide nach hinten geschleudert, und er stürzte hinunter auf die schmale Brücke. Im nächsten Augenblick schon hatten sich die ersten seiner Verfolger auf ihn geworfen.

Diesmal war Allanon nicht flink genug. Klauenscharfe Finger zerfetzten den Stoff seines Umhangs und gruben sich in sein

Fleisch. Brennender Schmerz durchzuckte seine Schultern und seine Brust. Mit einem gewaltigen Aufbäumen schleuderte er die Furien, die ihn umklammert hielten, von sich, und sie stürzten kreischend von der schmalen gewölbten Brücke. Schwankend sprang er auf die Füße und rannte in Richtung auf das rettende Tor. Wieder jagten die Furien ihm nach, stolperten übereinander in ihrem blindwütigen Verlangen, ihr Opfer endlich zu stellen. Heulend vor Wut setzten sie ihm nach, und ihre entstellten Frauengesichter waren verzerrt von Haß. Wieder warf der Druide sie zurück, doch nicht, ohne daß sie ihm nicht noch weitere Wunden geschlagen hatten.

Dann endlich erreichte er das andere Ende der Brücke. Zu Tode erschöpft wankte er gegen die Mauer des Turms. Mit erhobenen Händen drehte er sich um. Blaue Flammen schossen abwärts zur steinernen Galerie und sprengten die Brücke. Mit Getöse zerbarst das Gestein. Kreischend vor Angst und Entsetzen stürzten die Furien in das endlose Nichts der Nacht.

Rotglühendes Feuer aus dem Stab der Macht umzüngelte den Druiden von allen Seiten, doch es gelang ihm, der Glut zu entkommen, indem er hastig um die Mauer des Turmes lief, bis er aus dem Blickfeld des Dämonen war. Dort, auf der anderen Seite, fand er eine kleine verschlossene Eisentür. Mit einem kräftigen Stoß seiner Schulter sprengte er die Tür und entkam.

Es war später Vormittag. Das Gewitter, das über dem Dorf der Heiler, der kleinen Gnomengemeinde Storlock, getobt hatte, ließ endlich nach. Es hatte während seiner Dauer ein großartiges Schauspiel geboten – schwere schwarze Wolken, die sich drohend über das Land wälzten, während sie immer wieder von zuckenden Blitzen in grelles Licht getaucht wurden – prasselnder Regen, der sich in Sturzbächen aus dem Himmel ergoß und die Wälder mit der Gewalt von Hagelschauern peitschte – Sturmböen, die Bäume entwurzelten und die Dächer von den niedrigen Steinbauten des

Dorfes hoben. Bei Morgengrauen war das Gewitter aus der Rabb-Ebene herangezogen, und jetzt wanderte es langsam ostwärts, dem dunklen Bergrücken des Wolfsktaags zu, und ließ die Wälder und Auen des mittleren Anar durchweicht und schlammig zurück.

Wil Ohmsford stand allein auf der Veranda des Krankenhauses von Storlock und blickte geistesabwesend in den Regen hinaus, der allmählich zu einem dünnen Nieseln abflaute. Die Wolken verhüllten noch immer die Sonne, so daß der Tag sich in düsteren Grautönen zeigte, und nach der plötzlichen Abkühlung stieg von der warmen Erde ein feiner Dunst auf. Die Giebel und Wände des Krankenhauses glänzten feucht, und Wassertropfen hingen an den Blättern der in frischem Grün schimmernden Kletterpflanzen, die sich an ihnen emporrankten. Abgebrochene Ästchen bedeckten den Boden und bildeten kleine Dämme gegen die Rinnsale des Wassers.

Der junge Mann gähnte und reckte müde seine Glieder. Er hatte die ganze Nacht nicht geschlafen, sondern sich unaufhörlich um mehrere Kinder gekümmert, die an einem besonders hartnäkkigen Fieber erkrankt waren. Er hätte selbstverständlich schon früher darum bitten können, abgelöst zu werden, doch er hätte sich nicht gut dabei gefühlt. Er weilte noch immer als Lernender unter den Stors und war sich der Tatsache sehr bewußt, daß er sich weiterhin gründlich bewähren mußte, wenn er eines Tages ein Heiler werden wollte. Deshalb war er den ganzen vergangenen Tag und die ganze Nacht bei den Kindern geblieben, bis schließlich das Fieber merklich gefallen war.

Jetzt war er zu erschöpft um zu schlafen, zu überreizt von der nächtlichen Arbeit und Aufregung. Außerdem mußte er sich wenigstens noch ein paar Minuten um Flick kümmern. Er lächelte trotz seiner Erschöpfung. Onkel Flick würde ihn höchstwahrscheinlich einfach aus dem Bett zerren, wenn er nicht wenigstens auf einen Sprung bei ihm vorbeischaute, ehe er sich schlafen legte.

Er sprang von der Veranda. Die durchweichte Erde schmatzte unter seinen Stiefeln, als er mit gesenktem Kopf den nassen Weg hinaufging. Er war nicht sehr groß, vielleicht zwei, drei Fingerbreit größer als Flick, und hatte einen zierlichen Körper. Er besaß die elfenhaften Züge seines Großvaters – die schmale Nase und den schmalen Kiefer, die ein wenig spitzen Ohren, die unter zerzaustem blonden Haar verborgen waren, die strichdünnen Augenbrauen, die in steilem Winkel von der Nasenwurzel sich aufwärts schwangen. Shea Ohmsford hatten diese besonderen Züge gekennzeichnet, und sein Enkel hatte sie auch.

Beim Klang eilender Schritte fuhr der junge Mann herum. Es war einer der Dienenden, Gnomenhelfer der Stors. Das zerknitterte gelbe Gesicht war regennaß, und der Mann hatte den waldgrünen Umhang fest um sich geschlungen.

»Herr«, keuchte er, vor Wil stehenbleibend, »Euer Onkel hat die ganze Nacht nach Euch gefragt. Er hat darauf bestanden, daß ich Euch suche...«

Wil nickte verständnisvoll und legte seine Hand auf die Schulter des Gnoms.

»Ich will gerade zu ihm. Danke.«

Der Dienende drehte sich um und hastete durch die Dunstschleier zurück zu seiner Unterkunft. Wil blickte ihm nach, dann ging er weiter.

Ein Lächeln glitt über sein Gesicht. Der arme Onkel Flick. Wäre Shea nicht krank geworden, so wäre er überhaupt nicht hier. Flick hatte nicht viel übrig für das Ostland; er konnte, wie er Wil gern zu erklären pflegte, bestens ohne dieses Land auskommen. Eine besondere Abneigung hegte er gegen die Gnome, obwohl die Stors durchaus anständige Leute waren. Allzu viele Gnome hatten in der Vergangenheit versucht, ihm den Garaus zu machen, besonders während der Suche nach dem Schwert von Shannara. So leicht konnte er das nicht vergessen; solche Erinnerungen blieben haften und ließen sich nicht einfach auslöschen, um den Gnomen gegenüber fair sein zu können.

Kurz und gut, Flick hatte nie das Bedürfnis gefühlt, nach Storlock zu kommen, und wäre auch nicht hierher gereist, hätte er es nicht für seine Pflicht gehalten, Shea zu vertreten, der Wil versprochen hatte, ihn zu besuchen. So gesehen war alles Sheas Schuld – wie Flick keine zehn Sekunden nach seiner Ankunft verkündet hatte. Denn hätte Shea nicht unklugerweise das Versprechen gegeben, Wil zu besuchen, dann hätte Flick jetzt gemütlich in seinem Haus in Shady Vale sitzen können, anstatt sich in Storlock herumzutreiben, wo er sich gar nicht wohlfühlte. Doch Flick war Sheas Bruder und somit Wils Onkel – von der Bezeichnung ›Großonkel‹ hielt er nichts –, und da Shea nun einmal nicht kommen konnte, mußte eben ein anderer an seiner Stelle reisen. Und der einzige, der dafür in Frage kam, war Flick.

Mit einigem Widerwillen steuerte Wil auf den kleinen Gästepavillon zu, in dem Flick untergebracht war. Er war müde und gar nicht in der Stimmung, sich auf eine Auseinandersetzung einzulassen, doch sie würde wahrscheinlich nicht zu vermeiden sein, weil er während Flicks kurzem Aufenthalt in Storlock kaum Zeit für ihn gefunden hatte. Seine Arbeit stellte hohe Anforderungen an ihn, doch er wußte, daß sein Onkel dieses Argument als faule Ausrede betrachtete.

Er war noch in diese Überlegungen vertieft, als Flick unvermittelt auf der Terrasse des Pavillons erschien. Das Gesicht mit dem grauen Bart verzog sich zu einer steinernen Maske des Unwillens. Bereit, sich in das Unvermeidliche zu fügen, stieg Wil die Stufen hinauf und klopfte sich das Wasser von seinem Mantel.

Flick betrachtete ihn einen Moment lang wortlos und schüttelte dann den Kopf.

»Du siehst völlig erledigt aus«, erklärte er unumwunden. »Weshalb liegst du nicht im Bett?«

Wil riß die Augen auf.

»Ich bin nicht im Bett, weil du mir ausrichten ließest, daß du mich zu sehen wünschst.«

»Aber doch nicht gleich!«

»Nun ja . . .« Wil zuckte hilflos die Schultern. »Ich dachte eben, ich sollte gleich zu dir kommen. Ich hab' ja bisher auch wirklich nicht viel Zeit für dich gehabt.«

»Das kann man wohl sagen«, brummte sein Onkel, in der Stimme einen Anflug von Genugtuung über dieses Eingeständnis. »Trotzdem muß ich sagen, du hast dir schon einen merkwürdigen Augenblick dafür ausgesucht, dein Versäumnis wieder gut zu machen. Ich weiß, daß du die ganze Nacht gewacht hast. Ich hab' mich erkundigt. Ich wollte nur wissen, ob's dir gut geht.«

»Mir geht's ausgezeichnet.« Wil brachte ein flüchtiges und

müdes Lächeln zustande.

»Aber so siehst du nicht aus. Daran ist bestimmt auch dieses Wetter schuld.« Flick rieb sich bedeutsam die Ellenbogen. »Seit ich hier angekommen bin, hat es nicht aufgehört zu regnen. Diese Feuchtigkeit macht nicht nur alten Leuten wie mir zu schaffen. Die setzt jedem zu – auch großen Heilkundigen *in spe*.« Er schüttelte mißbilligend den Kopf. »Daheim im Tal wärst du besser dran.«

Wil nickte zerstreut.

Er war lange nicht mehr in Shady Vale gewesen. Seit nahezu zwei Jahren lebte und arbeitete er in diesem Dorf der Stors, wo er bei den anerkannten Meistern der Heilkunst lernte, um sich auf den Tag vorzubereiten, an dem er als Heiler in das Südland zurückkehren würde, um seinem eigenen Volk mit seinem Wissen helfen zu können. Unglücklicherweise hatte sich sein Entschluß, ein Heiler zu werden, als ein Quell nicht versiegenden Ärgers für Flick entpuppt, obwohl Wils Großvater sich recht gut damit abgefunden hatte.

Als Wils Eltern von einem Fieber dahingerafft worden waren, hatte der noch sehr junge Wil Ohmsford den Entschluß gefaßt, später einmal ein Heilkundiger zu werden. Er hatte seinem Großvater und Flick mit kindlicher Entschlossenheit mitgeteilt, er wünsche, anderen in Schmerz und Krankheit zu helfen. Ein prächtiger Gedanke, meinten die beiden Männer in der Überzeugung, daß es sich um eine Kinderlaune handele. Doch Wil hatte sein Ziel nie aufgegeben. Und als er an dem Tag, an dem er ins Mannesalter eintrat, verkündet hatte, er hätte die Absicht, die Heilkunst zu studieren, aber nicht bei den Heilkundigen des Südlands, sondern bei den besten Heilkundigen in den vier Ländern – bei den Stors –, da war ihre Haltung schlagartig in das Gegenteil umgeschlagen. Der gute Onkel Flick wußte genau, was man von den Gnomen und dem Ostland zu halten hatte, und war nicht bereit, diese Meinung zu ändern. Selbst sein Großvater war skeptisch gewesen. Kein Südländer hatte je bei den Stors studiert. Wie konnte Wil, der nicht einmal ihre Sprache beherrschte, erwarten, in ihre Gemeinschaft aufgenommen zu werden?

Wil jedoch war trotz ihrer Vorbehalte in das Ostland gereist –

nur um unmittelbar nach seiner Ankunft vor den Gemeinderat gebracht und höflich, aber bestimmt davon unterrichtet zu werden, daß nie jemand, der nicht aus dem Dorf Storlock stammte, die Erlaubnis bekommen hatte, hier zu studieren. Er könne bleiben, solange er wolle, aber einer der ihren könne er niemals werden. Wil gab nicht auf. Er sagte sich, er müsse zuerst ihre Sprache erlernen, und widmete sich zwei Monate lang ausschließlich dieser Aufgabe. Dann trat er wieder vor den Gemeinderat und versuchte erneut – diesmal in der Landessprache – die Gnomen umzustimmen. Wieder war ihm das Glück nicht hold. Danach sprach er einen Monat lang mindestens einmal in der Woche beim Stadtrat vor, um sein Anliegen durchzubringen. Er berichtete den Gnomen in aller Ausführlichkeit über sich selbst und seine Familie, erklärte ihnen, was zu seiner Entscheidung, ein Heilkundiger zu werden, geführt hatte – unterbreitete ihnen alles, von dem er glaubte, es könne sie günstig beeinflussen. Und irgend etwas wirkte tatsächlich, denn schließlich wurde ihm ohne ein Wort der Erklärung mitgeteilt, daß er bleiben und bei ihnen lernen könne. Wenn er sich als gewissenhaft und fähig erweise, würde er von ihnen zum Heilkundigen ausgebildet werden.

Er hing versonnen lächelnd diesen Erinnerungen nach. Wie glücklich er gewesen war – und wie sehr sein Großvater und Flick sich gefreut hatten, als sie von seiner Aufnahme gehört hatten. Flick allerdings gab das so wenig zu, wie er den wahren Grund seiner Mißbilligung dieses ganzen Unternehmens eingestand. Wirklichen Kummer nämlich bereitete Flick die große Entfernung, die ihn nun von Wil trennte. Ihm fehlten die Ausflüge zur Jagd und zum Fischen, die Erkundungsexpeditionen, die er gemeinsam mit Wil unternommen hatte, als dieser noch ein Junge gewesen war. Es schmerzte ihn, Wil nicht mehr in seiner Nähe zu haben. Flicks Frau war vor langer Zeit gestorben, und die beiden hatten keine eigenen Kinder gehabt. Wil war ihm wie ein Sohn gewesen. Flick hatte immer geglaubt, Wil würde in Shady Vale bleiben und mit Shea und ihm zusammen das Gasthaus führen. Doch nun war Wil fort und lebte weit entfernt von Shady Vale unter Fremden. Wil wußte, daß sein Onkel diese Entwicklung der Dinge einfach nicht akzeptieren konnte.

»Hörst du mir eigentlich zu?« fragte Flick plötzlich, Ungeduld stand ihm im bärtigen Gesicht.

»Aber natürlich«, versicherte Wil und legte eine Hand behutsam auf die Schulter seines Onkels. »Hab' Geduld, Onkel Flick, eines Tages kehre ich zurück. Aber noch gibt es so viel zu lernen.«

»Mir geht es um dich, nicht um mich«, erklärte Flick eilig und straffte den untersetzten Körper. »Dein Großvater und ich kommen ohne dich gut zurecht, aber ich frage mich, ob du auch ohne uns auskommen kannst. Man braucht dich ja nur anzusehen. Du übernimmst dich, Wil! Du hast eine eigensinnige Ader, die dich blind dafür zu machen scheint, daß du einfach nicht alles tun kannst, was du gern tun würdest. Du bist ein normaler Mensch, genau wie alle anderen. Was muß ich denn nur tun, um dir das klarzumachen?«

Es schien so, als hätte er am liebsten noch mehr gesagt, doch er gestattete es sich nicht. »Das ist nicht die Zeit dafür.« Er seufzte. Seine Hand berührte die von Wil. »Leg dich doch jetzt hin. Wir können später miteinander sprechen, wenn du –«

Seine grauen Augen wandten sich plötzlich von Wil ab, und seine Stimme erstarb. Wil wandte sich hastig um und gewahrte eine Bewegung im Dunst – einen dunklen, einsamen Schatten. Neugierig beobachteten ihn die beiden Männer, sahen, wie er langsam Gestalt annahm. Aus dem Schatten wurde ein Pferd und ein Reiter, beide schwarz wie die Nacht. Der Reiter hing vornübergebeugt im Sattel, so als sei er zu Tode erschöpft von dem Ritt. Die dunklen Gewänder waren vom Regen durchweicht und klebten an seinem langgliedrigen Körper.

Wil erschien alles plötzlich nicht ganz geheuer. Dieser Reiter, der sich aus der Ferne näherte, war kein Stor. Er hatte keine Ähnlichkeit mit den Menschen, wie er sie kannte.

»Das kann doch nicht sein ...« hörte er Flick murmeln.

Der alte Flick verstummte. Er drängte sich an Wil vorbei und trat an den Rand der Veranda. Mit ausgebreiteten Armen stützte er sich auf das regennasse Geländer. Wil trat neben ihn. Der Reiter hielt direkt auf sie zu. So stark war das Gefühl düsterer Vorahnung, das der nahende Reiter in ihm auslöste, daß der junge Mann für einen Augenblick daran dachte, die Flucht zu ergreifen.

Doch er war keiner Bewegung fähig. Er konnte nur stehen und warten und unverwandt der geisterhaften Gestalt entgegenblikken.

Vor den beiden Männern hielt der Reiter an. Sein Kopf war gesenkt, das Gesicht im Schatten einer dunklen Kapuze verborgen.

»Sei mir gegrüßt, Flick.«

Die Stimme des Reiters war ein tiefes, rauhes Flüstern. Wil bemerkte, wie sein Onkel zusammenfuhr.

»Allanon!«

Der hochgewachsene Mann glitt vom Rücken seines Pferdes, ein Arm jedoch blieb um den Hals des Tieres gelegt, als vermöchte er nicht, allein zu stehen. Wil trat einen Schritt näher und blieb stehen. Es war offensichtlich, daß irgend etwas nicht in Ordung war.

Allanons Blick wanderte zu ihm.

»Wil Ohmsford?«

Der junge Talbewohner nickte überrascht.

»Lauf schnell und bitte die Stors, sich hier zu versammeln –« begann er und ging plötzlich in die Knie. Nur mit Mühe gelang es ihm, sich zu fangen, bevor er völlig zusammenbrach.

Augenblicklich sprang Wil von der Veranda, um dem Druiden Beistand zu leisten, doch er hielt inne, als der große Mann warnend die Hand hob.

»Tu, was ich dir sage, Wil Ohmsford! Beeile dich!«

Da erst sah Wil klar und deutlich, was die Nässe des Regens bisher verborgen hatte. Allanons Gewänder waren von Blut durchtränkt. Ohne ein weiteres Wort stürzte der junge Mann die Straße hinauf zum Krankenhaus, und alle Müdigkeit fiel von ihm ab wie ein Traum, der dem Schläfer beim Erwachen entgleitet.

Die Stors brachten Allanon ins Krankenhaus. Wil und Flick wollten den verwundeten Druiden begleiten, doch man gab ihnen mit freundlicher Bestimmtheit zu verstehen, daß ihre Hilfe weder erforderlich noch erwünscht sei. Schweigend und rätselhaft verschwanden die Stors und der Druide in den Gängen des Krankenhauses, und die beiden Talbewohner blieben draußen im Regen zurück. Da im Augenblick keine weiteren Auskünfte über das Kommen des Druiden zu erwarten waren, wünschte Wil Ohmsford seinem Onkel gute Nacht und zog sich zurück.

Am frühen Abend desselben Tages ließ Allanon den beiden Talbewohnern mitteilen, daß er sie zu sprechen wünsche. Wil nahm die Nachricht mit gemischten Gefühlen auf. Einerseits war er neugierig und gespannt darauf zu erfahren, was dem Druiden zugestoßen war. Allanon war ihm aus den Geschichten, die sein Großvater und Flick immer wieder erzählt hatten, wohl vertraut. Doch nirgends in den Berichten war von Verletzungen die Rede gewesen, die so schwer waren wie jene, die der Druide offensichtlich vor seiner Ankunft in Storlock erlitten hatte. Nicht einmal der Schädelträger, der ihn auf der Suche nach dem Schwert von Shannara in der Feuerkammer von Paranor überfallen hatte, hatte ihn so übel zugerichtet, und Wil hätte gern gewußt, was für ein schreckliches Wesen es war, das gefährlicher war als die geflügelten Kämpfer des Dämonen-Lords.

Andererseits beunruhigte ihn das Auftauchen des Druiden in Storlock. Es mochte Zufall sein, daß Allanon gerade zu einer Zeit gekommen war, als Flick und Wil sich beide im Dorf aufhielten. Es konnte Zufall sein, daß er gerade auf sie gestoßen war. Doch daran glaubte Wil nicht. Allanon war mit Bedacht zu ihnen gekommen. Aber aus welchem Grund? Und warum bat er sie nun zu dieser Zusammenkunft? Daß Allanon mit Flick sprechen wollte, konnte Wil noch verstehen; sie kannten einander und teilten gemeinsame Erinnerungen. Doch was wollte er von Wil? Der Druide kannte den jüngsten Ohmsford nicht einmal. Welches Interesse konnte Allanon an einem Zusammentreffen mit ihm haben?

Trotz dieser Zweifel machte er sich gehorsam auf den Weg und eilte in der dichter werdenden Dunkelheit über den Dorfplatz zum Gästepavillon, wo, wie er wußte, Flick ihn erwartete. Wenn er auch hinsichtlich des Zwecks dieser Zusammenkunft äußerst mißtrauisch war, war er doch entschlossen hinzugehen. Er zählte nicht zu denen, die der Mut verläßt, wenn es brenzlich wird; außerdem konnte er sich irren. Vielleicht wollte der Druide ihm lediglich für seine Hilfe danken.

Flick wartete schon auf der Veranda des Gästepavillons, als Wil ankam. Er hatte sich fest in seinen schweren Reiseumhang vermummt und brummelte ärgerlich über das Wetter. Recht unwirsch kam er die Treppe herunter, und die beiden Männer machten sich auf den Weg zum Krankenhaus von Storlock.

»Was meinst du, was er von uns will, Onkel Flick?« fragte Wil nach einer Weile und zog dabei seinen eigenen Mantel fester um sich, um sich gegen die abendliche Kühle besser zu schützen.

»Schwer zu sagen«, brummte Flick. »Aber eines kann ich dir versichern: Jedesmal wenn er auftaucht, gibt's Verdruß.«

»Sein Auftauchen in Storlock hat doch etwas mit uns zu tun, nicht wahr?« meinte Wil.

Flick schüttelte unsicher den Kopf.

»Sicher, ohne Grund ist er bestimmt nicht hierher gekommen. Und nur um uns Guten Tag zu sagen, hat er uns auch nicht zu sich gerufen. Ich sag's dir, Wil, ganz gleich, was er uns mitzuteilen hat, es ist bestimmt nichts, was wir gern hören. Das weiß ich bestimmt. Es war immer so, und ich sehe keinen Grund, diesmal etwas anderes zu erwarten.« Unvermittelt blieb er stehen und blickte seinen Großneffen an. »Sei auf der Hut, Wil. Diesem Burschen kann man nicht über den Weg trauen.«

»Ich gebe schon acht, Onkel Flick, aber ich glaube nicht, daß wir uns Sorgen machen müssen«, erwiderte Wil. »Wir wissen doch beide einiges über Allanon, nicht wahr? Außerdem bist du ja dabei, um darauf zu achten, daß alles seine Ordnung hat.«

»Und genau das werde ich tun.« Flick wandte sich wieder ab und setzte den Weg fort. »Vergiß nur nicht, was ich dir gesagt habe.«

Bald darauf stiegen sie die Stufen zur Veranda des Krankenhauses hinauf und betraten das Gebäude. Es war ein langer, flacher Bau aus Stein, dessen Dach mit Lehmziegeln gedeckt war. Ein weiträumiges, behaglich eingerichtetes Foyer führte zu beiden Seiten in Gänge, die in verschiedene Trakte mündeten. Als die beiden Männer eintraten, kam ihnen einer der weißgekleideten Stors, die Aufsichtsdienst hatten, entgegen, um sie zu begrüßen. Wortlos winkte er ihnen und führte sie einen langen, leeren Gang hinunter. An seinem Ende befand sich eine geschlossene Tür. Der Stor klopfte einmal, drehte sich um und ging davon.

Wil warf Flick einen Blick voller Unbehagen zu, doch der ältere Ohmsford starrte wie gebannt auf die verschlossene Tür. Stumm warteten sie.

Dann schwang die Tür plötzlich auf, und Allanon stand vor ihnen. Er sah aus, als sei er überhaupt nie verletzt gewesen. Nicht eine Wunde war sichtbar. Die schwarzen Gewänder, die seine hochgewachsene Gestalt einhüllten, blitzten vor Sauberkeit; von Blutflecken keine Spur mehr. Sein Gesicht wirkte etwas eingefallen, ließ jedoch kein Anzeichen von Schmerz erkennen. Sein durchdringender Blick richtete sich geraume Zeit auf die beiden Talbewohner, dann winkte er und deutete auf einen kleinen Tisch, an dem vier Stühle standen.

»Setzen wir uns doch zum Gespräch.« Der Vorschlag klang beinahe wie ein Befehl.

Sie traten ein und nahmen auf den Stühlen Platz. Der kleine Raum war fensterlos; abgesehen von dem Tisch und den Stühlen und einem großen Bett war er leer. Wil sah sich flüchtig um, dann richtete er seine Aufmerksamkeit auf den Druiden. Allanon war ihm von Flick und Shea wohl ein dutzendmal beschrieben worden, und er entsprach genau diesen Beschreibungen. Wie aber konnte das sein, fragte sich Wil, da doch die Schilderungen einem Mann galten, den sein Großvater und sein Großonkel seit der Zeit vor seiner – Wils – Geburt nicht mehr zu Gesicht bekommen hatten?

»Also, da wären wir«, bemerkte Flick, als es den Anschein hatte, daß keiner bereit war, die Unterredung einzuleiten.

Allanon lächelte schwach. »So scheint es.«

»Ihr seht wieder recht gesund aus für einen Mann, der noch vor wenigen Stunden mehr tot als lebendig war.«

»Die Stors sind Meister in ihrer Kunst, wie gerade du wissen solltest«, erwiderte der Druide etwas zu freundlich. »Aber leider fühle ich mich nicht halb so wohl, wie ich es gerne möchte. Und wie geht es dir, Flick?«

»Ich bin älter und weiser geworden – so hoffe ich jedenfalls«, entgegnete der Talbewohner vielsagend.

Allanon ging nicht darauf ein. Sein Blick wanderte unvermittelt zu Wil. Eine Weile saß er schweigend da, das dunkle Gesicht unergründlich, während er den jüngeren Ohmsford aufmerksam betrachtete. Wil ließ die Prüfung ruhig über sich ergehen und wandte seinerseits den Blick nicht ab, obwohl ihm unter den Augen des Druiden recht unbehaglich wurde. Mit einer langsamen Bewegung beugte Allanon sich dann vor, legte die großen Hände auf den Tisch und faltete sie ineinander. »Ich bedarf deiner Hilfe, Wil Ohmsford«, erklärte er sachlich. Die beiden Talbewohner starrten ihn an. »Du mußt mit mir ins Westland ziehen.«

»Ich hab's ja gewußt«, murmelte Flick kopfschüttelnd.

Allanon lächelte wehmütig.

»Es ist ein Trost zu wissen, Flick, daß gewisse Dinge im Leben sich niemals ändern. Dafür bist du eindeutig der Beweis. Würde es in deinen Augen einen Unterschied machen, wenn ich dir sagte, daß nicht ich Wils Hilfe brauche, sondern das Elfenvolk und insbesondere ein junges Elfenmädchen?«

»Nein«, versetzte der Talbewohner ohne zu zögern. »Er kommt nicht mit, und dabei bleibt es.«

»Augenblick, Onkel Flick«, warf Wil hastig ein. »Es kann gut sein, daß ich nicht mitgehe, dennoch würde ich diese Entscheidung gern selbst treffen. Zumindest können wir uns etwas mehr darüber erzählen lassen, warum und in welcher Form meine Hilfe vonnöten sein soll.«

Flick ignorierte die Zurechtweisung.

»Glaub mir, es ist das beste, wenn du das Gespräch auf der Stelle abbrichst. Genauso nämlich fing der Ärger stets an. Genauso nämlich nahm er vor fünfzig Jahren für deinen Großvater seinen Anfang.« Er warf einen flüchtigen Blick auf Allanon. »Stimmt das, oder stimmt es nicht? Ging es nicht genauso los, als ihr nach Shady Vale kamt und uns von dem Schwert erzählt habt?«

Allanon nickte. »Doch, das ist wahr.«

»Na bitte – da hast du's!« rief Flick triumphierend aus. »Genau das gleiche. Ich wette, dieses Unternehmen, das ihr da für ihn geplant habt, ist ebenfalls gefährlich, oder vielleicht nicht?«

Wieder nickte der Druide.

»Na also!« Der Talbewohner lehnte sich zurück, und Befriedigung spiegelte sich in seinem bärtigen Gesicht. »Ich denke doch, daß die Angelegenheit damit erledigt ist. Ihr verlangt zuviel. Er kommt nicht mit.«

Allanons dunkle Augen funkelten glitzernd.

»Er *muß*.«

Flick fuhr empört hoch.

»Er muß?«

Der Druide nickte. »Du wirst den Grund verstehen, Flick, wenn ich euch erklärt habe, was in den letzten Tagen in den vier Ländern geschehen ist. Hört mir genau zu, Talbewohner.«

Er rückte seinen Stuhl näher an den Tisch heran und beugte sich vor.

»Vor langer, langer Zeit, noch vor den Großen Kriegen und der Entwicklung der neuen Rassen, ja, noch vor dem Heranwachsen des Menschen zu einem zivilisierten Wesen, wurde zwischen Geschöpfen, die größtenteils heute nicht mehr existieren, ein schrecklicher Kampf ausgefochten. Einige dieser Geschöpfe waren gut und liebevoll; sie liebten und achteten das Land und waren bestrebt, es vor Unbill und Ungemach zu bewahren. Ihnen war alles Leben heilig. Doch es gab auch andere, die böse und selbstsüchtig waren; ihre Lebensweise war zerstörerisch und rücksichtslos. Ohne Notwendigkeit und ohne Sinn beuteten sie das Land aus und alles Leben, das sie nährte.

Alle diese Geschöpfe besaßen körperliche Merkmale und geistige Fähigkeiten, die man bei den heutigen Erdenbewohnern nicht mehr vorfindet – das heißt, ihre äußere Erscheinung hatte mit eurer nichts gemein, und sie besaßen Fähigkeiten, die den Menschen dieser Welt heute nicht mehr eigen sind. Insbesondere verfügten sie in außerordentlichem Maße über Zauberkräfte – zumindest würden wir bei diesen besonderen Kräften von Zauber oder Hexerei oder dem Übersinnlichen sprechen. Solche Kräfte waren zu jener Zeit nicht außergewöhnlich, wenn auch einige dieser Geschöpfe in höherem Maße damit ausgestattet waren als andere; ihre Fähigkeiten zum Guten oder zum Bösen wurden auf diese Weise entsprechend verstärkt. Diese Geschöpfe nun, die Guten wie die Bösen, lebten gemeinsam auf der Welt, und da der Mensch sich noch nicht über eine primitive Lebensform hinaus entwickelt hatte, die nur auf einem eng abgegrenzten geographischen Raum existierte, gehörte die Welt ihnen allein. Dieser Zustand währte einige Jahrhunderte lang. Doch ihr Nebeneinander war niemals zu einem harmonischen Miteinander verschmolzen. Sie lebten in ständiger Zwietracht, denn ihre Ziele waren zu entgegengesetzt – die Guten wollten bewahren und erhalten, die Bösen zerstören. Von Zeit zu Zeit verschob sich das Gleichgewicht der Macht zwischen beiden Seiten, so daß einmal das Gute, dann wieder das Böse die Oberhand gewann.

Der Kampf zwischen den beiden Mächten tobte im Laufe der Jahre immer erbitterter, bis schließlich – nachdem Jahrhunderte ohne eine Lösung des Konflikts vergangen waren – die Anführer der beiden Lager alle jene um sich scharten, die sie unterstützten, um zum Entscheidungskampf anzutreten. Der Krieg brach aus. Doch dieser Krieg glich in nichts denen, die wir seither erlebt haben. Dies war nicht ein Krieg vom Rang der Großen Kriege; in den Großen Kriegen nämlich wurden Kräfte von solcher Gewalt und solchem Umfang eingesetzt, daß eben die Menschen, die sie anwendeten, völlig die Kontrolle darüber verloren und von der heraufbeschworenen Katastrophe vernichtet wurden. Nein, es war vielmehr ein Krieg, in dem Kraft und Macht bei jedem Manöver geschickt eingesetzt wurden – bei dem die Geschöpfe einander im Kampf von Angesicht zu Angesicht gegenüberstanden, und Tod oder Überleben von den Fähigkeiten abhing, die sie besaßen. Dies war den Kriegen der Rassen ähnlich, die die Geschichte der neuen Welt bestimmt haben; in den Rassenkriegen verdarb der Dämonen-Lord die Denkart jener, die ihm dienten. Er hetzte sie gegeneinander auf, damit am Ende er sie alle unterwerfen und beherrschen konnte. In diesem Krieg gab es weder Lug noch Trug, der die Kämpfenden schwankend gemacht hätte. Gut und Böse standen einander von Anfang an als feindliche

ählen – daß es in der alten Welt tatsächlich Elfen gab?«
Aber selbstverständlich existierten in der alten Welt Elfen – auso wie Trolle und Zwerge und all die anderen Geschöpfe, en die Entstehung der Märchen zu verdanken ist. Der einzige terschied besteht darin, daß all die anderen Wesen schon seit rhunderten aus dieser Welt verschwunden sind, während die n weiterleben. Sie haben sich verändert, gewiß; sie haben eine aunliche Entwicklung durchgemacht. Sie waren gezwungen, anzupassen.«
lick machte ein Gesicht, als verstünde er nicht ein Wort von , was der Druide von sich gab.
In der alten Welt hat es Elfen in der Tat gegeben?« wiederholte ngläubig. »Das ist doch nicht möglich!«
Doch, es ist möglich«, entgegnete der Druide gelassen.
a, wie haben die denn die Großen Kriege überlebt?«
Wie hat der Mensch die Großen Kriege überlebt?«
Aber die alten Geschichtsbücher berichten uns doch nur von schen – die Elfen erwähnen sie nicht mit einem einzigen t!« gab Flick gereizt zurück. »Die Elfen waren ein Märchen-. Wenn es auf der alten Welt wirklich Elfen gab, wo lebten sie ?«
Genau dort, wo sie immer gelebt hatten – nur, der Mensch te sie nicht sehen.«
Ach, jetzt wollt Ihr mir weismachen, daß die Elfen unsichtbar n?« Flick warf in gespielter Verzweiflung die Hände hoch. glaube kein Wort!«
Du hast auch nicht geglaubt, was ich dir über Shea und das ert von Shannara berichtete, wenn ich mich recht erinnere«, rte Allanon, den Anflug eines Lachens auf den Lippen. »Ich nicht ein, was all dies mit der Frage zu tun hat, warum die gerade meine Hilfe brauchen«, warf Wil ein und kam damit n weiteren Ausbruch Flicks zuvor.
r Druide nickte. »Ich will versuchen, dir das zu erklären, Flick sich nur noch ein Weilchen in Geduld fassen kann. Geschichte der Elfen ist für dieses Gespräch nur aus einem de von Bedeutung. Die Elfen waren es, die den Gedanken llcrys gebaren und zum Leben erweckten. Sie waren es, die

Kräfte gegenüber; niemand konnte sich in die Neutralität flüchten. Dieser Krieg wurde geführt, um ein für allemal das Wesen und die Art und Weise der Entwicklung des Lebens auf Erden zu bestimmen. Durch diesen Krieg sollte entschieden werden, ob das Land in Zukunft gehegt und gepflegt werden sollte oder aber auf immer geschändet. Jedes der beiden Lager war entschlossen, diesmal den Gegner vernichtend zu schlagen. Für die Geschöpfe des Bösen bedeutete eine Niederlage die Verbannung; für die Geschöpfe des Guten bedeutete sie Ausgelöschtwerden.

Es kam also, wie ich sagte, zum Krieg. Ein schrecklicher, grausamer Krieg, den in vollem Ausmaß zu schildern ich nicht in der Lage bin, da es sinnlos wäre. Für uns ist im Moment nur der Ausgang dieses Krieges wichtig. Die bösen Mächte wurden geschlagen, ihre Macht gebrochen, sie wurden immer weiter zurückgedrängt und schließlich gefangengenommen. Die Sieger verhängten einen Bannspruch der Verfemung und errichteten eine Mauer, hinter der das Böse eingekerkert wurde. Dieses Gefängnis des Bösen war nicht von dieser Welt, gehörte überhaupt keiner Welt an, sondern war ein schwarzes Verlies der Leere und der Abgetrenntheit, wo nichts als das Böse existieren durfte. Und in dieses Verlies des Nichts wurde das Böse verbannt, gefangen auf alle Zeiten hinter der Mauer der Verfemung.

Der Kraftspender, der die Mauer der Verfemung trug und stützte, war ein wunderbarer Baum mit Namen Ellcrys. Die Geschöpfe des Guten schufen den Ellcrys aus dem Lebensquell der Erde, den sie Blutfeuer nannten, und aus ihren eigenen Kräften. Sie brachten ihn zum Leben, damit durch sein In-der-Welt-Sein die Mauer der Verfemung fortdauern sollte, auch wenn sie selbst längst vergangen waren und die Welt, für deren Erhaltung sie so lange und erbittert gekämpft hatten, sich bis zur Unkenntlichkeit verändert und entwickelt hatte. Die Lebenszeit des Baumes sollte nicht nach Maßstäben bemessen sein, die ihnen geläufig waren. Doch solange er lebte, würde der Bannspruch der Verfemung weiter bestehen, und solange der Bannspruch der Verfemung galt, solange würde das Böse hinter seinen Mauern eingeschlossen sein.«

Behutsam stemmte er sich von dem Tisch, um die verkrampften

Muskeln zu lockern, und ließ sich gegen die Rückenlehne des Sessels sinken. Seine Hände glitten auf seine Knie. Die dunklen Augen blieben unverwandt auf die beiden Talbewohner gerichtet.

»Man glaubte, daß der Ellcrys ewig leben würde – nicht jene glaubten das, die ihm das Leben gegeben hatten, denn diese wußten, daß alle Geschöpfe und Wesen eines Tages vergehen müssen, doch die, die nach ihnen kamen, glaubten es – alle jene, die diesen wundersamen Baum, der Jahrhunderte lang ihr Beschützer gewesen war, hegten und pflegten und liebten. Ihnen wurde der Ellcrys zu einem Symbol der Dauerhaftigkeit; er überlebte die Zerstörung der alten Welt während der Katastrophe der Großen Kriege, er überlebte die Rassenkriege und die Macht des Dämonen-Lords, er lebte weiter, nachdem alle anderen Lebewesen, die seine Existenz geteilt hatten, untergegangen waren – als nichts mehr übrig war außer der Erde selbst, und selbst die Erde ihr Gesicht verändert hatte, während der Ellcrys unwandelbar derselbe geblieben war.«

Er machte eine kurze Pause.

»So wurde es zur festen Überzeugung, daß der Ellcrys ewig leben würde; daß er unsterblich sei. Man glaubte unerschütterlich daran.« Er hob ein wenig den Kopf. »Bis heute. Jetzt ist dieser Glaube zerstört. Der Ellcrys stirbt. Die Mauer der Verfemung befindet sich schon im Verfall. Die bösen Mächte, die hinter ihr gefangen sind, schicken sich an, aus ihrem Kerker auszubrechen und in diese Welt zurückzukehren, die einst ihnen gehörte.«

»Haben etwa diese Wesen Euch die schweren Verletzungen beigebracht?« fragte Wil.

Allanon nickte. »Einige von ihnen durchstreifen bereits die vier Länder. Ich wollte meine Anwesenheit geheimhalten, aber sie haben mich entdeckt. Sie fanden mich in Paranor in der Druidenfestung, und beinahe wäre ich dabei ums Leben gekommen.«

Auf Flicks Gesicht machte sich Entsetzen breit.

»Suchen sie noch immer nach Euch?«

»Ja – aber ich denke, diesmal werden sie mich nicht so rasch finden.«

»Sehr beruhigend ist das nicht«, brummte Flick, während er

zum Kampf bereit sein. Einige der Geschöpfe hinter der
er der Verfemung jedoch besitzen große Kräfte; eines zumin-
verfügt über magische Kräfte, die sich vielleicht sogar mit
neinen messen können. Dagegen sind die Elfen machtlos.
eigene Zauberkraft ist ihnen auf immer abhanden gekom-
Die Druiden, die ihnen einst zur Seite standen, sind nicht
. Nur ich bin noch da. Wenn ich die Elfen aber im Stich lasse
nit Amberle gehe, dann sind sie wehrlos. Darum kann ich
icht tun. Ich muß ihnen jeden mir möglichen Beistand
n.

er dennoch muß jemand Amberle begleiten – jemand, der
die nötigen Kräfte verfügt, dem Bösen zu widerstehen, das
rfolgen wird. Es muß jemand sein, bei dem man sich darauf
sen kann, daß er sein Menschenmögliches tun wird, sie zu
ützen. Und dieser Jemand bist du.«

as redet Ihr da?« rief Flick voller Unmut. »Wie soll Wil
solche Geschöpfe etwas ausrichten können, die beinahe
Euch vernichtet hätten? Ihr wollt doch nicht etwa, daß er
chwert von Shannara greift?«

anon schüttelte den Kopf.

e Kraft des Schwertes wirkt nur gegen Täuschung und
Das Böse, dem wir uns gegenübersehen, ist sehr real, sehr
ar. Das Schwert vermag nichts dagegen auszurichten.«

k fuhr hoch. »Was dann?«

Augen des Druiden waren dunkel und erfüllt von einem
rgenen Wissen. Wil Ohmsford überflutete plötzlich Be-
nenheit.

e Elfensteine.«

k war entsetzt. »Die Elfensteine! Aber die Elfensteine hat
hea in Verwahrung!«

legte dem alten Mann hastig die Hand auf den Arm.

in, Onkel Flick, die Elfensteine habe ich.« Er griff unter
Kittel und brachte einen kleinen Lederbeutel zum Vor-
. »Großvater hat sie mir gegeben, als ich aus Shady Vale
g, um in Storlock zu studieren. Er sagte damals, er brauche
ht länger und fände, sie sollten mir gehören.« Seine Stimme
e. »Es ist seltsam; ich nahm sie nur, um ihm eine Freude zu

dem Baum das Leben schenkten, ihm durch die Jahrhunderte Hege und Pflege angedeihen ließen. Sein Schutz und sein Wohlergehen sind einem Orden ihrer Elfen anvertraut, die sich die Erwählten nennen. Ein Erwählter hat dem Baum jeweils ein Jahr zu dienen und dafür zu sorgen, daß es ihm wohlergeht. Am Ende dieses Jahres wird er abgelöst. So ist es seit der Erschaffung des Baumes. Nur jeweils ein Jahr des Dienstes. Die Erwählten genießen im Elfenvolk hohes Ansehen, und es gilt als eine große Ehre, zum Dienst an dem Baum ausersehen zu werden.

Damit sind wir schon in die Gegenwart gesprungen. Wie ich euch berichtet habe, siecht der Ellcrys langsam dahin. Er selbst offenbarte dies vor einigen Tagen den Erwählten. Das ist deshalb möglich, weil er ein fühlendes Wesen ist und die Fähigkeit besitzt, sich anderen mitzuteilen. Er tat den Erwählten kund, daß sein Tod unvermeidlich sei und kurz bevorstehe. Er ließ sie aber auch noch etwas anderes wissen: Die Legenden der Elfen berichten darüber, und den ersten Elfen war es noch bewußt, doch Generationen später ist es in Vergessenheit geraten – daß nämlich der Ellcrys, auch wenn er sterben muß, wie alle anderen lebenden Wesen, im Gegensatz zu ihnen wiedergeboren werden kann. Seine Wiedergeburt jedoch hängt von den Bemühungen der Erwählten ab. Einer von ihnen muß im Fall des nahenden Todes das Samenkorn des Ellcrys zum Lebensquell der Erde bringen – dem Blutfeuer. Nur ein Erwählter, erklärte der Baum, der gegenwärtig in seinem Dienst stünde, sei dazu befugt. Er zeigte den Erwählten auch, wo das Blutfeuer zu finden ist und befahl ihnen, die nötigen Vorbereitungen zu treffen, und sich auf den Weg dorthin zu machen.«

Der Druide hüllte sich eine Weile in Schweigen.

»Aber noch bevor die Erwählten den Auftrag erfüllen konnten, gelang es einigen der Bösen, die hinter der Mauer der Verfemung eingesperrt gewesen waren, sich zu befreien, da die Mauer mit dem allmählichen Verfall des Ellcrys abzubröckeln begann. Einer von ihnen schlich sich heimlich in die Elfenstadt Arborlon, wo der Ellcrys steht, und tötete die Erwählten, die er dort vorfand. Er glaubte, mit dem Tod sei jede Möglichkeit einer Wiedergeburt des Baumes verhindert. Ich traf zu spät ein, um diese schrecklichen Geschehnisse noch verhindern zu können. Aber ich sprach mit dem Ellcrys, und er eröffnete mir, daß einer aus dem Kreis der Erwählten noch am Leben sei – ein junges Mädchen, das sich nicht in der Stadt aufhielt, als die anderen getötet wurden. Ihr Name ist Amberle. Daraufhin verließ ich Arborlon, um sie zu suchen.«

Wieder beugte er sich vor, so, als könne er dadurch seinen Worten mehr Eindringlichkeit verleihen.

»Aber auch die Bösen haben von ihr Kenntnis erhalten. Einmal schon versuchten sie, mich daran zu hindern, sie zu erreichen, und es wäre ihnen beinahe gelungen. Zweifellos werden sie es wieder versuchen, wenn sich ihnen eine Chance dazu bietet. Aber sie wissen nicht, wo das Mädchen gefunden werden kann, und im Augenblick wissen sie auch nicht, wo ich mich aufhalte. Wenn ich schnell genug bin, müßte es mir möglich sein, zu ihr zu gelangen und sie sicher und wohlbehalten nach Arborlon zu bringen, noch bevor die Bösen mir wieder auf die Spur kommen.«

»Dann finde ich, daß Ihr hier im Gespräch mit uns wertvolle Zeit vergeudet«, erklärte Flick mit Entschiedenheit. »Ihr solltet längst auf dem Weg zu diesem Mädchen sein.«

Der Druide ging auf seine Worte nicht ein, obwohl seine Gesichtszüge sich verfinsterten.

»Selbst wenn es mir gelingt, Amberle nach Arborlon zu bringen, sind damit nicht alle Probleme gelöst. Ihr, als der letzten der Erwählten, wird es obliegen, das Samenkorn des Ellcrys zum Blutfeuer zu bringen. Niemand aber – auch ich nicht – weiß genau, wo dieser Lebensquell der Erde zu finden ist. Der Ellcrys wußte es früher einmal. Doch die Welt, an die er sich erinnert, gibt es nicht mehr. Er nannte den Elfen einen Namen – Sichermal. Es ist ein Name aus der alten Welt, der ihnen nichts sagt. Als ich Arborlon verließ, reiste ich zuerst nach Paranor, um in den Geschichtsbüchern der Druiden zu forschen, die nach den Großen Kriegen vom Rat zusammengestellt wurden und in denen die Geheimnisse der alten Welt aufgezeichnet sind. Es gelang mir, das Land zu finden, in dem Sichermal liegt. Doch der genaue Ort, wo das Blutfeuer sprudelt, muß erst noch von jenen entdeckt werden, die es suchen.«

Plötzlich begriff Wil Ohmsford, warum All
daß er ins Westland zöge.

Er verstand es und konnte es dennoch nicht gl
»Amberle kann dieses Abenteuer nicht allei
Allanon fort. »Das Land, das sie aufsuchen muß
viel zu gefährlich für ein junges Elfenmädchen
gelungen ist, die Mauer der Verfemung zu durchl
weiterhin ihre Spur suchen; und wenn sie sie f
Amberle keinen Schutz gegen sie. Aber es darf
ßen. Sie ist die letzte Hoffnung ihres Volkes. V
nicht wiedergeboren wird, wird die Mauer
schließlich ganz einstürzen, und das Böse, das d
ist, wird von neuem über die Erde einbrechen. I
Krieg mit den Elfen kommen, in dem diese höch
unterliegen werden. Werden aber die Elfen ve
das Böse auch in die anderen Länder vordringen
mächtiger werden, wie das in der Natur dieser
am Ende wird es alle vier Rassen verschlingen.«

»Aber Ihr seid doch da, um ihr zu helfen ...«
verzweifelt nach einem Ausweg aus dem Netz
verstrickt zu werden drohte.

»Nein, ich kann nicht an ihrer Seite bleiben
non.

Darauf folgte ein langes Schweigen. Allan
Hände auf dem Tisch aus.

»Das hat seinen guten Grund, Wil Ohmsf
berichtet, daß die Bösen bereits hinter der Mau
hervorbrechen. Der Ellcrys wird stetig schwä
in dem Maße, in dem er schwächer wird, werd
die durch seine Macht gefangengehalten werden
Sie werden weiterhin gegen die Mauer der Ver
Immer neuen wird es gelingen, sich zu befreien
werden sie die Mauer völlig einreißen. We
werden sie über das Elfenvolk herfallen und
kann der Fall eintreten, daß dies lange vor de
Blutfeuers geschieht. Es kann auch sein, daß
oder doch zu spät gefunden wird. In jedem F

machen – nicht weil ich glaubte, daß ich sie jemals brauchen würde. Ich habe nie auch nur versucht, mich ihrer Kraft zu bedienen.«

»Das wäre auch völlig zwecklos, Wil.« Erregt wandte sich Flick wieder an Allanon. »Er weiß es ganz genau. Keiner außer Shea kann die Kräfte der Elfensteine zum Leben und Wirken erwecken.

Allanons Miene blieb unverändert.

»Das entspricht nicht ganz der Wahrheit, Flick. Nur der kann die Kräfte der Elfensteine einsetzen, dem die Steine freiwillig geschenkt wurden. Ich gab sie Shea zum Gebrauch, als ich ihm riet, das Tal von Culhaven zu fliehen. Sie blieben sein Eigentum, bis er sie Wil zum Geschenk machte. Jetzt gehören sie Wil. Er hat, wie einst Shea, die Macht, sich ihrer Kräfte zu bedienen.«

Flicks Gesicht drückte Verzweiflung aus.

»Du kannst sie zurückgeben«, drängte er Wil, als er die Verwirrung in den Augen des jungen Mannes sah. »Oder du kannst sie jemandem schenken – irgend jemandem. Du brauchst sie nicht zu behalten. Du brauchst dich auf diesen Wahnsinn nicht einzulassen!«

Allanon schüttelte den Kopf.

»Flick, so einfach ist das nicht.«

»Aber was wird aus meinen Plänen, ein Heilkundiger zu werden?« rief Wil plötzlich. »Soll die Zeit und die Arbeit, die ich darauf verwendet habe, einfach verloren sein? Mein Leben lang wollte ich immer nur ein Heilkundiger werden, und jetzt endlich bin ich auf dem besten Weg dazu. Soll ich das alles aufgeben?«

»Wie kannst du ein Heilkundiger werden, wenn du dich weigerst, in dieser Lebensbedrohung Beistand zu leisten?« Die Stimme des Druiden war plötzlich hart. »Ein Heilkundiger muß helfen, wo er kann und wie er kann. Er kann nicht wählerisch sein. Wenn du dich jetzt weigerst zu helfen, und all das, was ich vorausgesehen habe, Wirklichkeit wird, wie willst du dann in der Zukunft mit dem Wissen leben, daß du nicht einmal versucht hast, es zu verhindern?«

Wils Gesicht lief rot an. »Aber wann kann ich dann endlich zurückkehren?«

»Das weiß ich nicht. Es kann lange dauern.«

»Und wenn ich nun mit Euch gehe, könnt Ihr mir dann mit Sicherheit sagen, daß die Kraft der Elfensteine ausreichen wird, dieses Mädchen zu beschützen?«

Allanons Gesicht verschloß sich.

»Nein, das kann ich nicht. Die Kraft der Elfensteine wird durch die Kräfte desjenigen gespeist, der sie in seinem Besitz hat.«

»Ihr könnt mir also keine Versicherungen geben?« Wils Stimme war zu einem Flüstern abgesunken.

»Nein.« Der Blick des Druiden ruhte unverwandt auf ihm. »Dennoch, du mußt mitkommen.«

Ungläubig und verzweifelt sank Wil in den Sessel zurück. »Mir scheint, ich habe da gar keine Wahl.«

»Natürlich hast du eine Wahl!« fuhr Flick ihn ärgerlich an. »Willst du denn alles hier nur aus dem einen Grund aufgeben, daß Allanon sagt, du müßtest ihm folgen? Willst du aus diesem Grund allein ihn begleiten?« Wil hob den Blick. »Habt ihr das nicht auch getan, Onkel Flick – Großvater und du –, als ihr euch auf die Suche nach dem Schwert von Shannara begabt?«

Flick zögerte, unsicher geworden. Dann beugte er sich zu dem jungen Mann hinüber und umschloß fest seine Hände.

»Wil, du läßt dir in dieser Sache nicht genug Zeit der Überlegung. Ich habe dich vor Allanon gewarnt. Jetzt hör mir einmal genau zu. Ich sehe mehr in dieser Geschichte als du. Hinter den Worten des Druiden verbirgt sich etwas. Ich fühle es.« Seine Stimme wurde eindringlicher, und die Furchen in seinem bärtigen Gesicht vertieften sich. »Ich habe Angst um dich. Nur deshalb spreche ich so mit dir, wie ich es jetzt tue. Du bist mir wie ein eigener Sohn; ich möchte dich nicht verlieren.«

»Ich weiß«, flüsterte Wil. »Ich weiß.«

Flick richtete sich wieder auf. »Dann geh nicht. Soll Allanon sich einen anderen suchen.«

Der Druide schüttelte den Kopf.

»Das kann ich nicht, Flick. Einen anderen gibt es nicht. Nur Wil ist dazu befähigt.« Seine Augen suchten die des jungen Talbewohners. »Du mußt mich begleiten.«

»Laßt mich statt dessen gehen«, rief Flick, Verzweiflung in der

Stimme. »Wil kann mir die Elfensteine geben, und ich kann das Elfenmädchen beschützen. Allanon, schon früher sind wir miteinander auf Abenteuer gegangen ...«

Doch der Druide schüttelte wiederum ablehnend das Haupt.

»Flick, du kannst mich nicht begleiten«, sagte er freundlich und behutsam. »Dein Herz ist größer als deine Kraft, Talbewohner. Die Reise, die bevorsteht, ist lang und beschwerlich. Nur ein junger Mann kann die Strapazen ertragen.« Er schwieg eine Weile. »Unsere Zeit der gemeinsamen Reisen ist ein für allemal vorüber, Flick.«

Lange lastete tiefes Schweigen über der Runde. Dann wandte sich der Druide wieder Wil Ohmsford zu. Der junge Mann sah seinen Onkel an. Einen Moment lang blickten die beiden einander wortlos in die Augen. Unsicherheit flackerte in den grauen Augen Flicks, Wils Blick aber war jetzt ruhig und fest. Flick sah, daß er seine Entscheidung getroffen hatte. Beinahe unmerklich nickte er.

»Du mußt das tun, was du für richtig hältst«, murmelte er widerstrebend.

Wil richtete seinen Blick auf Allanon.

»Ich werde Euch begleiten.«

Am folgenden Morgen suchte Allanon in aller Frühe Wil Ohmsford auf und erklärte ihm, daß sie Storlock unverzüglich verlassen müßten. Düster und mit grimmig entschlossener Miene erschien der Druide in der Tür des Häuschens, in dem Wil lebte. Flüchtig erwog Wil, einem so überstürzten Aufbruch zu widersprechen, doch ein Unterton in der Stimme, ein Zug im Gesicht Allanons machten ihm klar, daß es besser wäre, es zu unterlassen. Am vergangenen Abend, als sie auseinandergegangen waren, hatte das Ansinnen des Druiden nichts Drängendes gehabt; jetzt war das anders. Was immer auch Allanon veranlaßt hatte, diese rasche Entscheidung zu treffen, es mußte ein zwingender Grund vorliegen. Wortlos packte der Talbewohner seine wenigen Habseligkeiten und verriegelte die Tür des Häuschens, dann folgte er dem Druiden.

Es regnete wieder. Aus Nordwesten wälzte sich ein neues Gewitter heran, und der Morgenhimmel war schwer und bleiern. Fest in seinen schwarzen Umhang gehüllt, den durch die Kapuze geschützten Kopf leicht gesenkt und gegen den stetig schärfer werdenden Wind, führte Allanon den jungen Talbewohner die schlammige Straße hinauf. Eine Handvoll weißgekleideter Stors erwartete sie auf der Treppe vor dem Krankenhaus, um Wil einen kleinen Nothilfekasten und Proviant für die Reise mitzugeben. Artaq war schon gesattelt und warf ungeduldig den Kopf hin und her. Ohne Verzögerung stieg Allanon auf. Die vorsichtige Behutsamkeit, mit der er sich dabei bewegte, ließ darauf schließen, daß seine Wunden noch nicht ganz ausgeheilt waren und Schmerzen bereiteten.

Wil bekam einen drahtigen grauen Wallach mit Namen Spitter und hatte gerade einen Fuß in den Steigbügel gestellt, als Flick keuchend angelaufen kam. Sein Kopf war hochrot, sein bärtiges Gesicht naß von Schweiß. Hastig zog er den jungen Mann auf die überdachte Veranda des Krankenhauses hinauf.

»Ich hab's eben erst erfahren«, erklärte er schwer atmend, während er sich den Regen aus den Augen wischte. »Es wundert mich, daß man es überhaupt für nötig gehalten hat, mir Bescheid zu sagen.« Er warf einen zornigen Blick zu Allanon hinüber. »Ist es wirklich erforderlich, daß ihr so schnell aufbrecht?«

Wil nickte langsam. »Ich vermute, irgend etwas hat es notwendig gemacht.«

Enttäuschung und Sorge spiegelten sich in Flicks Augen.

»Es ist noch nicht zu spät, dir deinen Entschluß in dieser Sache noch einmal zu überlegen«, flüsterte er rauh und hätte noch mehr gesagt, wenn Wil nicht mit einem Kopfschütteln abgewehrt hätte. »Also gut. Ich werde deinem Großvater berichten, was geschehen ist. Ich bin überzeugt, es wird ihm ebensowenig gefallen wie mir. Sei vorsichtig, Wil. Und denk an meine Worte – uns allen sind Grenzen gesetzt.«

Wil nickte. Barsch, als hätten sie Angst zu zeigen, was sie fühlten, nahmen sie Abschied voneinander. Ihre Gesichter waren starr, ihre Blicke verlegen, als sie einander hastig umarmten. Dann machten sich Allanon und Wil auf den Weg. Flick, die Stors und das Dorf wurden zu Schatten, die allmählich mit den grauen Nebeln der Wälder des Ostlands verschmolzen.

Der Druide und Wil Ohmsford ritten in westlicher Richtung aus Storlock hinaus bis zum Rand der Rabb-Ebene. Dort wandten sie sich nach Süden. Allanon hielt seinen Rappen kurz an, um Wil mitzuteilen, daß die erste Etappe ihrer Reise sie über den Silberfluß hinüber in ein kleines Dorf am westlichen Ausläufer des Unteren Anar führen würde. Havenstead hieß das Dorf, sagte er, und dort würden sie Amberle finden. Nähere Erklärungen gab der Druide nicht, und Wil fragte auch nicht.

In Strömen rauschte der Regen auf sie nieder, während sie, sich am Rand der Wälder haltend, mit eingezogenen Köpfen, tief über ihre Pferde gebeugt, dahinritten, ohne ein Wort untereinander zu wechseln. Wils Gedanken wanderten zurück zu den Ereignissen des vergangenen Abends. Selbst jetzt wußte er nicht recht, warum er sich entschlossen hatte, den Druiden zu begleiten. Und das beunruhigte ihn. Er mußte doch in der Lage sein zu erklären, weshalb er sich auf ein solches Wagnis eingelassen hatte – wenn schon nicht anderen, dann wenigstens sich selbst! Aber er konnte es nicht. Zeit genug hatte er gehabt, über die Gründe für seine Entscheidung nachzudenken, und er hatte in der Tat auch kaum an etwas anderes gedacht. In der Rückschau wenigstens hätte es ihm gelingen müssen, seine Handlungsweise klar zu sehen; aber es gelang ihm nicht. Vielmehr verspürte er ein beharrliches Gefühl der Verwirrung, das sich nicht vertreiben lassen wollte. Alles schien in seinem Geist zu einem wirren Knäuel verfilzt – Argumente, die jeder Logik entbehrten und nicht bis zum Ende durchdacht waren, Emotionen, die wie Farben ineinanderliefen und miteinander verschwammen. Sie ließen sich nicht trennen und zu säuberlicher Überschaubarkeit ordnen. Sie jagten durcheinander wie eine Herde von Wölfen gejagter Schafe, und er hetzte ihnen hoffnungslos hinterher.

Er wollte gern glauben, daß er ausersehen worden war, diesen Weg einzuschlagen, weil er gebraucht wurde. Wenn all das, was Allanon berichtet hatte, der Wahrheit entsprach – und er glaubte es trotz Flicks unverhohlener Skepsis –, dann konnte er dem Elfenvolk und insbesondere dem Mädchen Amberle einen großen Dienst erweisen. Aber machte er sich da nicht etwas vor? Er hatte keine Ahnung, ob er die Elfensteine, die sein Großvater ihm anvertraut hatte, überhaupt zu gebrauchen verstand. Angenommen, ihre zauberischen Kräfte blieben ihm unzugänglich? Angenommen, Allanon täuschte sich, wenn er glaubte, die Elfensteine könnten einfach an ihn weitergegeben werden! Ach, alle möglichen ›Wenn‹ und ›Aber‹ fielen ihm ein. Nur eines stand fest: Er hatte eine reichlich impulsive Entscheidung getroffen, und nun mußte er eben versuchen, dieser Entscheidung gerecht zu werden.

Die Tatsache, daß die Entscheidung so impulsiv getroffen worden war, tat ihrem Verdienst keinen Abbruch. Wenn er die Mittel besaß, den Elfen zu helfen, dann mußte er diese Mittel zur Verfügung stellen. Er mußte wenigstens versuchen, Unterstützung zu leisten. Außerdem – sein Großvater wäre bestimmt mit Allanon gezogen! Shea Ohmsford wäre Allanon gefolgt, hätte dieser sich an ihn gewandt; genau wie er ihm damals gefolgt war, das Schwert von Shannara zu suchen. Wil durfte dem nicht nachstehen.

Er holte tief Atem. Ja, er hatte die richtige Entscheidung getroffen, und er glaubte, sie aus den richtigen Motiven heraus getroffen zu haben, so wirr und unklar sie ihm jetzt auch schienen. Das, was ihm am stärksten zu schaffen machte, erkannte er plötzlich, hatte mit der Entscheidung und den Gründen, die sie bewirkt hatten, gar nichts zu tun. Es hatte mit Allanon zu tun. Wil hätte gern geglaubt, daß sein Entschluß, den Druiden zu begleiten, von ihm allein gefällt worden war. Doch je ehrlicher er die Sache in Augenschein nahm, desto gewisser wurde er, daß er im Grunde mit der Entscheidung nichts zu tun gehabt hatte. Allanon hatte entschieden. Sicher, er – Wil Ohmsford – hatte die Worte ausgesprochen, als kämen sie aus seinem Herzen, hatte sie trotz der Warnungen seines Onkels mutig und beherzt ausgesprochen. Doch er wußte, daß der Druide genau vorausgesehen hatte, mit welchen Argumenten Wil Ohmsford dazu bewogen werden konnte, eben diese Worte auszusprechen; daß er das Gespräch entsprechend gelenkt hatte. Er hatte gewußt, wie Wil und wie Flick reagieren würden, wie die beiden sich gegenseitig beeinflussen würden, wie seine eigenen Bemerkungen auf sie wirken würden. All dies hatte er gewußt und dieses Wissen angewandt. Shea Ohmsford hatte seinem Enkel einmal erzählt, Allanon besäße die Fähigkeit, die Gedanken anderer zu lesen. Wil verstand jetzt, was sein Großvater damit gemeint hatte.

Nun, wie dem auch sei, er hatte sich verpflichtet. Das konnte nicht ungeschehen gemacht werden, selbst wenn er den Wunsch gehabt hätte, sich von dieser Verpflichtung zu befreien, was jedoch nicht der Fall war. Von jetzt an würde er vor derartigen raffinierten Manipulationen des Druiden auf der Hut sein. Soweit es ihm möglich war, würde er sich bemühen, die Gründe zu erkennen, die sich hinter den Worten und Handlungen Allanons verbargen, um auf diese Weise klarer zu sehen, wohin er dirigiert wurde. Wil Ohmsford ließ sich nicht so leicht an der Nase herumführen. Er stand nun schon seit mehreren Jahren auf eigenen Füßen und hatte nicht die Absicht, sich das Heft aus der Hand nehmen zu lassen. Er mußte sich vor dem Druiden in acht nehmen. Er wollte ihm vertrauen, aber nicht blind und ohne kritische Überlegung. Vielleicht konnte er den Elfen und dem Mädchen Amberle Hilfe leisten; aber er würde selbst darüber entscheiden, wie er diese Hilfe geben wollte. Und er würde selbst darüber entscheiden, wessen Interessen er dienen wollte. Er wollte nichts einfach so akzeptieren, wie es sich darstellte.

Vorsichtig hob er den Kopf und spähte durch den Regen zu der dunklen Gestalt hin, die vor ihm ritt – Allanon, der letzte der Druiden, ein Wesen, das aus einer anderen Zeit kam und dessen besondere Kräfte alles Wissen dieser gegenwärtigen Welt klein und gering erscheinen ließen. Wil mußte ihm vertrauen und doch nicht blindlings vertrauen. Wieder fühlte er sich heillos verwirrt. Worauf hatte er sich da eingelassen? Vielleicht hatte Flick doch recht gehabt. Vielleicht hätte er gut daran getan, seine Entscheidung noch einmal zu überdenken. Aber dazu war es jetzt zu spät. Und zu spät war es auch für diese Gedanken. Er schüttelte den Kopf. Es hatte keinen Sinn, weiter solchen Überlegungen nachzuhängen. Besser war es, den Gedanken eine andere Richtung zu geben.

Den Rest des Tages plagte er sich mit diesem Bemühen ab. Ohne Erfolg.

Der prasselnde Regen flaute allmählich zu einem Nieseln ab und versiegte schließlich ganz im kalten Grau des Abends. Immer noch verhüllten Gewitterwolken den Himmel, als der Einbruch der Nacht den Tag verdunkelte. Dunstschwaden woben in der Luft und wanderten am Waldessaum entlang wie verirrte Kinder.

Allanon lenkte sein Pferd unter das schirmende Dach der mächtigen Bäume, und auf einer kleinen Lichtung schlugen sie ihr Nachtlager auf. Hinter ihnen befand sich, die Wipfel der Wälder weit überragend, die finstere Mauer des Wolfsktaag-Gebirges, schwarz im Dunkel der Nacht. Trotz der Nässe fanden sie genug dürres Holz, um ein kleines Feuer zu entfachen, dessen Flammen an diesem feuchtkalten Abend etwas Wärme spendeten. Sie hängten ihre Reisemäntel über Leinen, die sie von Baum zu Baum gespannt hatten, und pflockten die Pferde in der Nähe an.

Beim Essen, einem kargen Mahl aus kaltem Rindfleisch, Früchten und Nüssen, sprachen sie kaum miteinander. Der Druide hockte in grüblerischem Schweigen da, wie schon seit ihrem Aufbruch aus dem Dorf in seine eigenen Gedanken vertieft. An einem Gespräch schien er kein Interesse zu haben. Doch Wil war entschlossen, mehr darüber zu erfahren, was ihn erwartete, und er hatte nicht die Absicht, seine Fragen noch länger zurückzuhalten. Als sie beide gegessen hatten, rückte er ein wenig näher ans Feuer, tat es recht umständlich, um Allanons Aufmerksamkeit auf sich zu ziehen.

»Könnten wir ein Weilchen miteinander reden?« fragte er vorsichtig, eingedenk der Berichte seines Großvaters über das unberechenbare Temperament des großen Alten.

Der Druide blickte ihn einen Augenblick ausdruckslos an, dann nickte er.

»Könnt Ihr mir noch ein wenig mehr über die Geschichte der Elfen erzählen?« fragte Wil, der fand, daß das Gespräch hier seinen Ausgang nehmen müsse.

Allanon lächelte schwach. »Was möchtest du denn gern wissen, Wil Ohmsford?«

Der junge Mann zögerte.

»Gestern abend habt Ihr uns erzählt, daß es die Elfen genau wie die Menschen wirklich gegeben hat, obwohl die geschichtlichen Zeugnisse aus den Zeiten der alten Welt nichts über sie berichten, sondern nur Märchen und Sagen von ihnen erzählen. Ihr sagtet, sie hätten existiert, aber die Menschen hätten sie nicht sehen können. Das hab' ich nicht verstanden.«

»Nein?« Der Druide schien belustigt. »Nun, dann sollst du eine Erklärung bekommen. Einfach gesagt, die Elfen waren immer Geschöpfe des Waldes – ganz besonders in den Zeiten vor den Großen Kriegen. Damals waren sie, wie ich dir schon erzählt habe, Geschöpfe mit magischen Kräften. Sie besaßen die Fähigkeit, mit ihrer Umgebung zu verschmelzen und so unauffällig zu werden wie ein Busch oder Baum, an dem man tausendmal vorbeikommen kann, ohne ihn zu bemerken. Die Menschen konnten die Elfen nicht sehen, weil sie es nicht verstanden, nach ihnen Ausschau zu halten.«

»Aber sie waren nicht unsichtbar?«

»Kaum.«

»Nur schwer zu erkennen?«

»Ja, ja.« In der Stimme des Druiden schwang ein Anflug ungeduldiger Gereiztheit.

»Aber wieso fällt es uns heute nicht schwer, sie zu sehen?«

Allanon richtete sich auf.

»Du hörst nicht zu. In den Tagen der alten Welt waren die Elfen Geschöpfe mit magischen Kräften – genau wie alle anderen sogenannten Geisterwesen. Aber das sind sie heute nicht mehr. Sie sind Menschen genau wie du ein Mensch bist. Ihre Zauberkräfte sind ihnen abhanden gekommen.«

»Wie ist das geschehen?«

Wie ein wißbegieriges Kind stützte Wil die Ellbogen auf die Knie und drückte sein Kinn in die geöffnete Hand.

»Das ist nicht so leicht zu erklären«, erwiderte der Druide. »Aber ich sehe schon, daß du keine Ruhe geben wirst, solange ich nicht wenigstens versucht habe, es dir zu erklären. Also, paß auf.« Er beugte sich nach vorn. »Nach der Erschaffung des Ellcrys, nach der Verbannung der Mächte des Bösen von der Erde, lebten sich die Elfen und die anderen Völker der sogenannten Geisterwelt wieder auseinander. Das war ganz natürlich, denn sie hatten sich ja ursprünglich nur deshalb zusammengetan, um den gemeinsamen Feind zu besiegen. Als das erreicht war, blieb wenig Gemeinsames. Über ihre Sorge hinaus, die Erde zu erhalten, hatten sie fast nichts gemein. Jedes Volk hatte seine eigene Lebensweise, seine eigenen Gewohnheiten, seine eigenen Interessen. Elfen, Zwerge, Gnomen, Trolle und Hexen waren so verschieden voneinander, wie die Tiere des Waldes von den Fischen im Meer verschieden sind.

Die Menschheit war aus ihren frühen, primitiven Anfängen noch nicht erwacht, und die Dämmerung sollte sich noch über Hunderte von Jahren hinziehen. Die Zauberwesen zollten den Menschen kaum Aufmerksamkeit, und es schien ja auch, als gäbe es dazu keinen Anlaß. In diesem Stadium schließlich war der Mensch nicht mehr als ein höheres Tier. Er besaß eine größere angeborene Intelligenz als andere Tiere, aber weniger gut entwikkelte Instinkte. Die Elfen und ihre Brüder sahen nicht voraus, welchen Einfluß die Menschen allmählich auf die Entwicklung der Erde gewinnen würden.«

Der Druide machte eine kurze Pause.

»Sie hätten das aber voraussehen können, wenn sie den Unterschieden zwischen ihrer eigenen Art und der Art der Menschen mehr Aufmerksamkeit gewidmet hätten. Zwei Unterschiede waren von besonderer Bedeutung. Die Elfen und ihre Brüder vermehrten sich langsam; die Menschen dagegen vermehrten sich rasch. Die Elfen beispielsweise waren eines der größeren Völker, doch infolge der längeren Lebenszeiten gab es weniger Geburten. Viele der anderen Zauberwesen gebaren im Lauf mehrerer hundert Jahre nur ein einziges Mal. Bei den Menschen hingegen gab es häufige Geburten im Familienverband, und ihre Bevölkerung wuchs rasch. Zu Beginn waren die Zauberwesen den Menschen an Zahl weit überlegen. Innerhalb von tausend Jahren jedoch kehrte sich die Situation um. Und von da an vergrößerte sich die menschliche Bevölkerung stetig, während die Zahl der Zauberwesen abzunehmen begann. Doch darauf komme ich gleich noch zurück.

Der zweite Unterschied zwischen den Zauberwesen und den

Menschen betraf die Fähigkeit, sich den Gegebenheiten anzupassen. Die Elfen waren Geschöpfe des Waldes; nur selten verließen sie den Schutz ihrer Wälder. Ähnlich verhielt es sich mit den anderen Völkern. Jedes lebte innerhalb eines ganz bestimmten geographischen Gebietes, eines scharf abgegrenzten Terrains. So war es immer gewesen. Die einen lebten in den Wäldern, die anderen in und an Flüssen und Meeren, wieder andere in den Bergen oder auf den offenen Ebenen. Sie hatten ihre Lebensweise dem Gebiet angepaßt, das ihr Heim war; sie konnten und wollten anderswo nicht leben. Der Mensch hingegen konnte überall leben; er war anpassungsfähiger. Ob Wälder oder Flüsse, ob Berge oder Täler – er nahm alles für sich in Anspruch. Und so breitete sich die Menschheit ganz natürlich und ohne Schwierigkeiten immer weiter aus, während ihre Zahl immer stetig zunahm. Der Mensch paßte sich jeder Veränderung der Umwelt an. Die Elfen und ihre Brüder widerstanden jeder Veränderung.«

Allanon schwieg. Dann lächelte er schwach und sagte: »Es gab eine Zeit, Wil Ohmsford, da hatte das Leben in der alten Welt viel mit dem heutigen Leben gemein. Das war damals, als die Menschen ihr Leben so ähnlich gestalteten, wie es die heutigen Rassen tun. Überrascht dich das?«

Wil nickte. »Ja, ein bißchen schon.«

Der Druide schüttelte den Kopf.

»Aber es hat eine solche Zeit gegeben. Und damals hätten die Elfen sich zeigen und sich mit den Menschen zusammentun sollen, um gemeinsam ihre Welt zu gestalten. Doch sie unterließen es – ebenso wie ihre Brüder. Sie zogen es vor, weiterhin in ihren Wäldern versteckt zu leben und Beobachter zu bleiben, da sie glaubten, die Entwicklung der Menschheit könne ihre Existenz nicht beeinflussen. Sie erkannten nicht die Bedrohung für sich. Die Menschen besaßen keine Zauberkräfte und wirkten auch nicht zerstörerisch – damals jedenfalls nicht. Kurz und gut, die Elfen hielten an ihrer Politik der Isolation fest und bildeten sich törichterweise ein, es könnte immer so bleiben. Das war ihr Verderben. Die menschliche Bevölkerung der Erde wuchs und wuchs und entwickelte sich immer weiter. Im Lauf der Zeit entdeckte der Mensch die Existenz der Elfen und ihrer Brüder.

Doch da die Zauberwesen es vorzogen, weiter im Verborgenen zu leben, weckten sie das Mißtrauen der Menschen. Man betrachtete sie als unheilbringende Geschöpfe, die andere bespitzelten und sich gegen sie verschworen, als boshafte Geschöpfe, die sich einen Spaß daraus machten, allerhand Schabernack zu treiben und den hart arbeitenden Menschen das Leben noch schwerer zu machen. Ein Körnchen Wahrheit lag in diesen Beschuldigungen. Einige dieser Geschöpfe spielten den Menschen tatsächlich mit Vergnügen üble Streiche, aber im großen und ganzen war ihr schlechter Ruf unverdient.

Nun, die Elfen und ihre Brüder ignorierten einfach die schlechte Meinung, die die Menschen von ihnen hatten. Was die Menschen von ihnen dachten, kümmerte sie nicht. Ihre einzige Sorge galt der Erhaltung und Bewahrung des Landes und der Wesen, die von ihm lebten, und dieser Aufgabe konnten sie trotz der unfreundlichen Gefühle, die die Menschen ihnen entgegenbrachten, weiterhin ungehindert nachgehen.

Doch auch da trat allmählich eine Änderung ein. Die Zahl der Menschen wuchs immer schneller, die Menschheit breitete sich weiter aus, man baute Städte und Festungen, man umsegelte die Welt, um neues Land zu entdecken, man rückte der Wildnis rundum zu Leibe, um sie urbar zu machen. Die Menschen begannen, das Land zu verändern, gaben ganzen Landstrichen ein neues Gesicht, indem sie das Land kultivierten. Die Elfen mußten immer tiefer in die Wälder zurückweichen, während die Menschen mit Äxten und Sägen stetig nachrückten. Alle Zauberwesen sahen durch diese Expansion plötzlich ihren Lebensraum bedroht und wurden immer weiter zurückgedrängt, bis es für einige schließlich keine Heimat mehr gab.«

»Aber versuchten sie denn nicht, sich den Eindringlingen zu widersetzen?« fragte Wil.

»Dafür war es schon zu spät«, antwortete Allanon mit einem bitteren Lächeln. »Als es soweit gekommen war, waren viele der Zaubervölker schon ausgestorben – einige, weil sie einfach nicht genug Nachkommen gezeugt hatten, andere, weil sie unfähig waren, sich einer veränderten Umwelt anzupassen. Jene, die übrigblieben, waren nicht mehr in der Lage, sich zusammenzuschließen, wie sie das einstmals getan hatten; Hunderte von Jahren waren seit dem Krieg mit den bösen Mächten vergangen, und die Zaubervölker hatten sich überall auf der Erde verstreut und die Verbindung miteinander wie untereinander verloren. Das schlimmste Unglück aber war, daß ihre Zauberkräfte erloschen waren. Als die bösen Mächte noch mit ihren Zauberkräften die Erde zu zerstören gesucht hatten, waren gute Kräfte der Magie nötig gewesen, dem Widerpart zu bieten. Doch als die bösen Mächte von der Erde verbannt waren, bestand keine Notwendigkeit mehr, Zauberkräfte einzusetzen. Und mit der Zeit gingen die Kräfte verloren. Da die Menschen kaum Zauberkräfte besaßen, hielten die Elfen es nicht für nötig, ihre magischen Kräfte zu gebrauchen. Und als sie dann einsahen, daß ihnen nur noch die Zauberkräfte helfen konnten, war es zu spät – sie waren ihnen zum großen Teil verloren. So kam es, daß sie dem Eindringen der Menschen in ihre heimatlichen Gebiete nur schwachen Widerstand entgegensetzen konnten. Anfangs kämpften sie mit Erbitterung und setzten all die magische Kraft ein, die ihnen noch verblieben war, doch es half nichts. Der Menschen waren zu viele, der Zauberwesen zu wenige. Ihre Magie hatte keine Wirkung. Sie brachte ihnen unbedeutende Siege ein, kurze Gnadenfristen, nicht mehr. Am Ende wurden sie einfach überwältigt, aus ihren Heimstätten vertrieben. Sie mußten sich entweder eine neue Heimat schaffen oder umkommen.«

»Und die Elfen?« fragte Wil leise.

»Sie lernten zu überleben. Ihre Bevölkerung schrumpfte beträchtlich, doch das Volk starb nicht aus wie viele andere Völker. Sie blieben in ihren Wäldern, zogen sich immer weiter zurück und lebten nunmehr völlig verborgen vor den Menschen, die inzwischen fast die ganze Erde erobert hatten. Mit Entsetzen verfolgten sie die Zerstörung ihrer Welt. Sie sahen, wie die Erde ihrer Bodenschätze beraubt wurde, wie die Tiere, die auf ihr lebten, ausgerottet wurden. Sie mußten mit ansehen, wie die Erde von den Menschen völlig und irreversibel aus ihrem ökologischen Gleichgewicht gebracht wurde. Sie sahen tatenlos zu, wie die Menschen einander unaufhörlich bekriegten, weil immer eines der Völker die Vorherrschaft über die anderen erobern wollte. Sie sahen das alles mit an und warteten und bereiteten sich vor – denn sie erkannten, welches Ende das alles nehmen mußte.«

»Es kamen die Großen Kriege«, sagte Wil.

»Ja, es kamen die Großen Kriege«, bestätigte Allanon nickend. »Die Elfen sahen die Katastrophe voraus, und in einer gewaltigen Anstrengung rafften sie alle ihnen noch verbliebenen magischen Kräfte zusammen, um ihr eigenes Volk zu retten und einige sorgfältig ausgewählte Schätze ihrer Vergangenheit – darunter den Ellcrys – vor dem Untergang zu bewahren. Und die Anstrengung wurde belohnt. Sie überlebten. Die meisten anderen Zaubervölker wurden vernichtet. Eine kleine Zahl von Menschen überlebte ebenfalls, allerdings nicht aufgrund eigenen Weitblicks. Diese Menschen überlebten, weil es von ihrer Art so viele in allen Teilen der Welt gab, daß einige einfach dem Untergang durch die Katastrophe entkamen. Alles aber, was die Menschen erbaut hatten, fiel der Zerstörung anheim. Ihre wuchernde Zivilisation wurde ausgelöscht. Die alte Welt verkarstete in eine öde, wüste Wildnis.

Jahrhundertelang war alles Leben nach der Großen Katastrophe nur ein erbarmungsloser Kampf ums Überleben. Die wenigen Geschöpfe, die in dieser neuen Welt am Leben blieben, mußten sich der primitiven Umwelt anpassen, die durch die Katastrophe völlig verändert worden war. Die menschliche Rasse machte eine grundlegende Wandlung durch. Aus der alten Menschenrasse entwickelten sich vier neue, voneinander deutlich unterschiedliche Rassen: Menschen, Zwerge, Gnomen und Trolle. Man glaubte, und die meisten glauben es noch immer, daß die Elfen eine fünfte aus der Katastrophe geborene Rasse seien. Für die neuen Rassen war die Katastrophe der Beginn des Lebens. Die Geschichte der alten Welt geriet schnell in Vergessenheit; die alten Sitten und Gebräuche verloren sich. Die Elfen bewahrten sich einen großen Teil ihrer Geschichte und ihrer Traditionen. Nur ihre magischen Kräfte waren ihnen verloren – von nun an für immer. Die Notwendigkeit der Anpassung hatte Veränderungen zur Folge, die andernfalls nicht stattgefunden hätten. Diese Veränderungen brachten die Elfen in kultureller und physiologischer Hinsicht den neuen Rassen näher. Die neu geborenen Menschen und die überlebenden Elfen glichen sich in der neuen Welt einander an, bis sie schließlich kaum noch voneinander zu unterscheiden waren.

Und als sich schließlich, nahezu tausend Jahre nach dem Ende der Großen Kriege, die neuen Rassen aus dem primitiven Leben zu erheben begannen, das sie ertragen hatten, solange sie unter den Nachwirkungen der Katastrophe um das nackte Überleben gekämpft hatten, zogen sich die Elfen nicht vor ihnen zurück. Nimmermehr würden sie sich in ihren Wäldern verbergen, um als unbeteiligte Zuschauer die Entwicklung einer neuen Welt zu beobachten. Diesmal würden sie an dieser Entwicklung mitwirken, mit den neuen Rassen zusammenarbeiten, um sicherzustellen, daß die Menschen nicht ein zweites Mal jenen Weg einschlugen, der nur um Haaresbreite an der Vernichtung allen Lebens vorbeigeführt hatte.

Die Elfen riefen also durch den Druiden Galaphile den ersten Druidenrat in Paranor zusammen. Sie bemühten sich, die neuen Rassen abzubringen von der verderblichen Suche nach den alten wissenschaftlichen Erkenntnissen von Kraft und Energie, rieten statt dessen zu einer behutsameren Annäherung an die Geheimnisse des Lebens. Sie strebten danach, die magischen Kräfte wieder zu erlangen, die sie verloren hatten, weil sie glaubten, diese Künste würden ihnen in ihrem Bemühen, die neue Welt und ihr Leben zu erhalten, helfen.«

»Aber die Elfen besitzen keine Zauberkräfte«, erinnerte Wil. »Nur die Druiden besaßen sie.«

»Die Druiden und eine Handvoll anderer, die über das Land verstreut lebten«, berichtigte Allanon.

Eine geraume Weile schien er mit seinen Gedanken woanders zu sein. Als er wieder sprach, klang seine Stimme abweisend. »Die Druiden machten früh Bekanntschaft mit den Gefahren, die der Suche nach den verlorenen Zauberkräften innewohnen. Ein Druide namens Brona führte sie ihnen vor Augen. Seine Begierde, die Magie bis an ihre Grenzen zu erforschen, vernichtete ihn und machte aus ihm jenes Wesen, das wir den Dämonen-Lord nennen. Als die Druiden erkannten, was die Gier nach dem Wissen um die Magie aus ihm gemacht hatte, unterbanden sie weiteres Forschen.

Die Kräfte, auf die sie gestoßen waren, waren weder absolut gut, noch absolut böse; sie waren einfach ungeheuer stark – so stark, daß der sterbliche Mensch sie nicht meistern konnte. Eine Zeitlang kehrte Ruhe ein. Dann aber überfiel Brona die Druiden in Paranor und tötete sie alle. Damit löste er den zweiten Krieg der Rassen aus. Nun war nur noch Brimen übrig, die Zauberkräfte weiterzuvermitteln. Als auch er dann nicht mehr unter den Lebenden weilte, blieb nur noch ich...«

Seine Stimme erlosch, und die dunklen Augen verengten sich zu schmalen Schlitzen, während er in das züngelnde Feuer zu seinen Füßen starrte. Dann hob er plötzlich den Kopf und sah Wil direkt an.

»Was möchtest du noch wissen, Talbewohner?«

Sein Ton war scharf, beinahe ärgerlich. Es erschreckte Wil, doch er hielt dem Blick des Druiden ruhig stand.

»Was sollte ich denn sonst noch wissen Eurer Meinung nach?« fragte er zurück.

Allanon antwortete nicht. Ein langes unbehagliches Schweigen hing schwer zwischen den beiden Männern, die einander immer noch in die Augen sahen. Schließlich wandte Wil den Blick wieder ab und stocherte mit der Stiefelspitze müßig in der glühenden Asche des Feuers.

»Was hat es mit diesen Geschöpfen auf sich, die hinter die Mauer der Verfemung verbannt wurden?« fragte er schließlich. »Wie haben sie so lange Zeit überlebt? Wie kommt es, daß sie nicht untergegangen sind?«

Allanons düstere Miene veränderte sich nicht.

»Nenn sie Dämonen, denn dazu sind sie geworden. Sie wurden an einen Un-Ort verbannt, eine finstere Leere jenseits alles Lebendigen. In dieser Leere gab es keine Zeit, die Alter und Tod hätte anzeigen können. Die Elfen erkannten das nicht, vermute ich, oder sie hielten es für bedeutungslos, da es ihnen allein darum ging, das Böse aus ihrer eigenen Welt zu bannen. Wie dem auch sei, die Dämonen starben nicht; sie vermehrten sich vielmehr. Das Böse, das in ihnen lebte, nährte sich aus sich selbst und wuchs an Stärke. Es brachte neues Leben hervor. Denn das Böse, das man sich selbst überläßt, Talbewohner, geht nicht zugrunde; es wächst und gedeiht. Das Böse einzusperren, heißt nicht, das Böse zu vernichten. Es nährt sich aus sich selbst, es wuchert innerhalb seines Gefängnisses, schwillt an und tobt und wütet, bis es sich befreit, und dann – und dann gerät es außer Rand und Band.«

»Und seine Zauberkraft?« fragte Wil hastig. »Ist die auch gewachsen?«

Das Gesicht des Druiden verlor etwas von seiner grimmigen Härte, als er nickte.

»Sie wurde auf die gleiche Weise genährt und dazu ständig erprobt. Das Bedürfnis nämlich, ihrem Haß über das, was ihnen angetan worden war, Luft zu machen, trieb die Bösen bis an den Rand der Raserei, so daß sie sich in ihrem Gefängnis gegenseitig bekämpften.«

Jetzt war es an Wil, sich in Schweigen zu hüllen. Er senkte den Kopf, so daß sein Gesicht in den Schatten tauchte, und legte beide Arme fest um seine angezogenen Beine. Im Osten murrte mit gedämpftem Groll das abziehende Gewitter, das sich in den zerklüfteten Wänden des Wolfsktaag-Gebirges verlor.

Eine Spur von Ungeduld trat in Allanons dunkle Züge, während er den jungen Mann beobachtete. Wieder beugte er sich vor.

»Sind jetzt alle deine Fragen beantwortet, Wil Ohmsford?«

Wil blinzelte im Schein des Feuers. »Nein.« Mit einer heftigen Bewegung hob er den Kopf. »Nein, eine Frage habe ich noch.«

Allanon runzelte die Stirn.

»In der Tat. Nun, dann heraus damit.«

Er war offensichtlich verärgert. Wil zögerte, überlegte im stillen, ob es ratsam war, die Sache weiterzuverfolgen. Er kam zu dem Schluß, daß es gar nicht anders ging. Mit Bedacht wählte er seine Worte.

»Alles, was ich gehört habe, läßt darauf schließen, daß diese Dämonen den Elfen weit überlegen sind. Es scheint, daß sie selbst Euch gewachsen sind.« Zorn loderte bei diesen Worten im Gesicht des Druiden auf, doch Wil sprach hastig weiter. »Wenn ich, wie Ihr von mir verlangt, das Mädchen Amberle auf seiner Suche nach dem Blutfeuer begleite, werden die Bösen zweifellos versuchen, uns zu vernichten. Was geschieht, wenn sie uns finden? Habe ich im Kampf gegen sie denn überhaupt eine Chance,

Allanon? Selbst mit den Elfensteinen? Ihr wolltet mir zuvor nicht antworten. So antwortet mir jetzt.«

»Ha!« Der Druide neigte sich leicht zurück. Das hagere, dunkle Antlitz war plötzlich völlig ausdruckslos im mageren Schein des Feuers. »Ich dachte mir doch, daß deine Wißbegier einzig darauf hinausläuft.«

»Bitte beantwortet mir meine Frage«, sagte Wil mit ruhiger Beharrlichkeit.

Allanon neigte nachdenklich den Kopf zur Seite.

»Ich weiß die Antwort selbst nicht.«

»Ihr wißt sie nicht?« rief Wil ungläubig aus.

Der Druide schloß wie erschöpft die Augen.

»Zunächst einmal hoffe ich verhindern zu können, daß sie euch auf die Spur kommen. Wenn sie euch nicht finden, dann können sie euch auch keinen Schaden zufügen. Im Augenblick wissen sie noch nichts. Und wenn es nach mir geht, dann bleibt es so.«

»Aber wenn sie uns finden – was dann?«

»Dann hast du die Elfensteine.« Er zögerte. »Hör mir zu, Wil. Die Elfensteine sind ein Zaubermittel aus der alten Welt. Ihre Zauberkraft bestand schon, als die Elfen diese Mächte des Bösen das erste Mal besiegten. Die Kraft der Steine richtet sich nach der Stärke des Mannes oder der Frau, die sich ihrer bedienen. Es sind drei Elfensteine – einer für das Herz, einer für den Geist, einer für den Körper dessen, der sie besitzt. Alle drei müssen eins werden; wenn das geschieht, dann kann die Kraft, die freigesetzt wird, gewaltig sein.«

Er maß den jungen Mann mit einem scharfen Blick.

»Begreifst du nun, warum ich deine Frage nicht beantworten kann? Du allein wirst die Kraft und Stärke deiner Verteidigung gegen eure Feinde bestimmen; sie muß aus deinem Inneren kommen, nicht aus den Steinen. Ich kann diese innere Stärke in dir nicht beurteilen. Das kannst nur du selbst. Ich kann dir lediglich sagen, daß ich dich für einen ebenso guten Menschen halte, wie dein Großvater einer ist – und einem besseren bin ich nie begegnet, Wil Ohmsford.«

Der junge Mann blickte den Druiden einen Moment lang wortlos an, dann sah er ins Feuer hinunter.

»Ich auch nicht«, flüsterte er.

Allanon lächelte schwach. »Es schien schlecht bestellt um die Aussichten deines Großvaters, als er sich aufmachte, das Schwert von Shannara zu suchen. Der Dämonen-Lord wußte von Anfang an von ihm; die Schädelträger drangen nach Shady Vale selbst ein, um seiner habhaft zu werden. Auf Schritt und Tritt seines Weges wurde er gehetzt und verfolgt. Und dennoch überlebte er – und das, obwohl er selbst beträchtliche Zweifel an einem glücklichen Ausgang des Unternehmens hatte.«

Er hob den Arm und legte Wil eine Hand auf die Schulter. Die tiefliegenden Augen blitzten im Feuerschein.

»Ich denke, du hast gute Aussichten in diesem Kampf. Ich glaube an dich. Jetzt mußt du selbst an dich glauben.«

Er nahm die Hand weg und erhob sich.

»Wir haben uns ausgesprochen für diese Nacht. Du brauchst Schlaf. Wir haben morgen einen langen Ritt vor uns.« Er zog seine schwarzen Gewänder eng um sich. »Ich wache.«

Er machte Anstalten, sich vom Feuer zu entfernen.

»Ich kann wachen«, erbot sich Wil eilig, dem die Verletzungen des Druiden in den Sinn kamen.

»Du kannst schlafen«, brummte Allanon, und die Schatten der Nacht verschluckten ihn.

Wil blickte ihm eine Weile nach, dann breitete er beinahe widerstrebend seine Decke am Feuer aus, wickelte sich darin ein und streckte sich müde aus. Schlafen würde er jetzt nicht, sagte er sich. Noch nicht. Denn erst wollte er alles, was er an diesem Abend gehört hatte, gründlich überdenken, um sich darüber klar zu werden, was er davon halten sollte. Und erst wenn er überzeugt war zu wissen, was für eine Rolle er in dieser Unternehmung spielte, wollte er sich dem erquickenden Schlaf überlassen.

Nur für einen Augenblick schloß er die Augen. Und schlief sofort ruhig und fest.

Bei Tagesanbruch saßen sie wieder auf. Wälder und Wiesen glänzten noch feucht von den Regenfällen des vergangenen Tages, doch der Himmel lachte blau und strahlend über den beiden Männern, als sie an den Rändern des Anar entlang nach Süden ritten. Die triste Eintönigkeit der Rabb-Ebene wich allmählich frischen grünen Wiesen, und der milde Morgenwind wehte den verlockenden Duft von fruchttragenden Obstbäumen herbei.

Am späten Nachmittag erreichten sie den legendären Silberfluß und stießen auf eine Kompanie Zwergenpioniere, die an einer dicht bewaldeten Engstelle des Flusses an einer Brücke bauten. Der Druide ließ Wil mit den Pferden in einem Fichtenwäldchen zurück und ging hinunter an das Flußufer, um mit den Zwergen zu sprechen. Es dauerte geraume Zeit, und als er zurückkehrte, schien ihn etwas stark zu beschäftigen. Erst als sie wieder auf ihren Pferden saßen und flußabwärts ritten, berichtete er Wil, daß er die Zwerge auf die Gefahr aufmerksam gemacht hatte, die den Elfen drohte, und darum gebeten hatte, daß sie so rasch wie möglich Hilfstruppen schickten. Einer der Soldaten hatte den Druiden erkannt und versprochen, daß man dem Ersuchen nachkommen würde. Aber im Handumdrehen ließ sich ein ansehnliches, schlagkräftiges Heer nicht aufbringen.

Mit diesen knappen Erklärungen ließ Allanon die Sache bewenden. Nach einiger Zeit durchquerten sie den Silberfluß an einer Furt, wo eine breite Sandbank das klare Wasser teilte und Felsgestein die Strömung so stark hemmte, daß Pferde und Reiter ungefährdet ans andere Ufer hinübergelangen konnten. Sie ritten weiter in südlicher Richtung und beobachteten, wie ihre Schatten allmählich länger wurden, als der Tag langsam sich seinem Ende zuneigte. Die Sonne stand schon tief, als Allanon seinen Rappen auf dem Rücken eines baumbeschatteten Hügels zügelte und sich aus dem Sattel schwang, und Wil tat es ihm gleich. In einem kleinen Hain von Hickorybäumen banden sie ihre Pferde fest und näherten sich dann einer felsigen Anhöhe, die eine Bresche in die grüne Mauer der Bäume schlug. Allanon voraus, kletterten sie hinauf und blickten von oben weit ins Land.

Zu ihren Füßen öffnete sich ein breites, hufeisenförmiges Tal.

Die Hänge und der Talgrund waren von dichten Wäldern überzogen, doch nach Westen hin dehnten sich grünes Weideland und bebaute Äcker. Dort, wo Wald und Felder sich berührten, lag ein Dorf. Ein schmales Flüßchen wand sich aus den Wäldern durch die kleine Ansiedlung und speiste mit seinem Wasser die säuberlich angelegten Bewässerungsgräben, die das Ackerland berieselten. Männer und Frauen eilten geschäftig umher, winzige Gestalten in den Augen der beiden Betrachter aus der Höhe. Weit im Süden ging das Grasland in ein von Felsbrocken durchsetztes Tiefland über, das sich bis an den Horizont zu dehnen schien.

»Havenstead«, verkündete Allanon und wies auf das Dorf und die umliegenden Äcker. »Da draußen liegt der Schlachtengrund.«

Wil nickte. »Und was tun wir jetzt?«

Der Druide ließ sich in das weiche Gras nieder.

»Wir warten die Dunkelheit ab. Je weniger Leute uns zu Gesicht bekommen, desto besser ist es. Die Stors bewahren zwar Stillschweigen, aber diese Dörfler da unten haben flinke Zungen. Wir stehlen uns schnell und unauffällig ins Dorf hinein und verlassen es auf gleiche Weise wieder.« Er prüfte den Stand der Sonne, die schon in abendlichem Rot leuchtete. »Wir haben nur noch etwa eine Stunde.«

Schweigend saßen sie beieinander, bis der Rand der Sonnenscheibe über den Baumwipfeln gerade noch zu sehen war. Über das Tal hatte bereits die Abenddämmerung das Grau ihrer Schatten geworfen. Allanon erhob sich. Sie kehrten zu ihren Pferden zurück, saßen wieder auf und ritten weiter. Allanon führte sie zunächst nach Osten, und sie hielten sich am oberen Rand des Tals, bis sie einen dicht bewaldeten Hang erreichten, in dessen grünen Tiefen sich ein schmaler Ziehweg verbarg. Auf diesem lenkten sie ihre Pferde hinunter. Den Windungen des Weges folgend trotten sie auf ihren Tieren zwischen den Bäumen abwärts, während der Abend rasch in Dunkelheit versank. Wil verlor bald jede Orientierung, doch Allanon schien den Weg genau zu kennen und verlangsamte das Tempo nicht.

Nach einiger Zeit erreichten sie den Talboden, und das Vorwärtskommen war nicht mehr so beschwerlich. Über den dunklen Wipfeln der Bäume spannte sich ein klarer, mondheller Nachthimmel, und hin und wieder durchdrang der Ruf eines Nachtvogels die Stille. Die Luft war süß und schwer vom Duft der Wälder, und Wil wurde schläfrig.

Endlich bemerkten sie das Flimmern gelber Lichter, deren Schein das Dickicht des Waldes durchdrang, und der gedämpfte Klang von Stimmen schwebte durch das abendliche Schweigen. Allanon stieg ab, bedeutete Wil, das gleiche zu tun, und führte sein Pferd am Zügel weiter. Der Wald lichtete sich merklich, Gestrüpp und Unterholz verschwanden, und bald sahen sie eine niedrige Steinmauer mit einer aus Holz gezimmerten Pforte. Eine Reihe hochgewachsener Nadelbäume zog sich parallel zu der Mauer hin, so daß kaum zu erkennen war, was sich jenseits befand. Wil wurde sich bewußt, daß sie sich am Ostrand des Dorfes befanden. Die flackernden Lichter waren die Flammen von Öllampen.

An der Mauer angekommen, machten sie ihre Pferde an einem Eisenpfosten fest. Allanon legte mahnend einen Finger auf seine Lippen. Lautlos schlichen sie durch das kleine Törchen.

Beim Anblick dessen, was sie auf der anderen Seite erwartete, blieb Wil wie angewurzelt stehen. Ein großer, in Terrassen angelegter Garten breitete sich vor ihnen aus. Die Pracht seiner Blüten und Blumen war selbst im bleichen Mondschein von atemberaubender Faszination. Ein mit Steinen belegter Weg, in dem Silbersprenkel glitzerten, wand sich durch den Garten abwärts zu einer Gruppe von Holzbänken und von dort weiter zu einem kleinen aus Holz und Stein erbauten Haus. Es war ebenerdig mit einem hohen Dachboden und hatte vorn eine offene Veranda. Blumenkästen schmückten die Rautenfenster, und dicht wuchernde, niedrige Büsche standen vor den rauh verputzten weißen Mauern. Scharlachrote Eiben und blaugrün glänzende Blautannen wuchsen vor dem Haus. Ein zweiter Weg führte von der Veranda unter dem Blätterdach einer herrlichen weißen Birke hindurch und schlängelte sich durch eine Hecke zur jenseits befindlichen Straße.

Wil nahm den Anblick voll staunender Verwunderung in sich auf. Überall lachten Farben und Leben, alles bot ein Bild vollendeter Ordnung.

Er warf einen fragenden Blick auf Allanon. Das spöttische Lächeln blitzte flüchtig auf, und der Druide bedeutete ihm zu folgen. Sie nahmen den Weg durch den Garten zu den Sitzbänken und wanderten weiter zu dem kleinen Haus. Gelblichweißer Lichtschein fiel hell aus den durch Vorhänge verhüllten Fenstern, und der leise, sanfte Klang von Stimmen drang nach draußen. Kinderstimmen, dachte Wil. Er war leicht überrascht darüber und hätte beinahe den dicken, getigerten Kater übersehen, der behäbig auf der untersten Stufe der Treppe zur Veranda lag. Er fing sich gerade noch rechtzeitig, um dem schlafenden Tier auszuweichen. Der Kater hob den Kopf und warf ihm einen arroganten Blick zu. Eine zweite Katze, kohlschwarz, flitzte eilig von der Veranda und sprang lautlos ins Gebüsch.

Allanon und Wil stiegen die Treppe hinauf und traten zur Haustür. Allanon klopfte fest und bestimmt. Die Stimmen verstummten. Schritte näherten sich der Tür und hielten an.

»Wer ist da?« fragte eine Stimme leise, und die Vorhänge an der Milchglasscheibe der Haustür wurden einen Spalt auseinandergezogen.

Der Druide beugte sich vor, so daß der Lichtschein von drinnen auf sein dunkles Gesicht fallen konnte.

»Ich bin Allanon«, antwortete er.

Darauf folgte ein langes Schweigen. Dann knirschte der Riegel der Tür, als er zurückgezogen wurde. Die Tür öffnete sich. Ein Elfenmädchen trat heraus. Es war klein, selbst für eine Elfe, sein Körper schmal und zierlich, die Arme von der Sonne gebräunt. Kastanienbraunes Haar fiel ihm bis zur Hüfte und beschattete ein kindliches Gesicht, das unschuldig und wissend zugleich war. Die Augen warfen einen flüchtigen Blick hinüber zu Wil – sie waren grün und von einer lebendigen Tiefe –, und richteten sich dann wieder auf den Druiden.

»Allanon ist seit mehr als fünfzig Jahren nicht mehr in den Vier Ländern gesehen worden.« Ihre Stimme war ruhig, doch in ihren Augen stand Furcht. »Wer bist du?«

»Ich bin Allanon«, wiederholte er. Er ließ einen Augenblick des Schweigens seine Worte wirken. »Wer sonst hätte dich hier aufstöbern können, Amberle? Wer sonst hätte wissen können, daß du eine der Erwählten bist?«

Wortlos starrte das Elfenmädchen ihn an. Als sie sprechen wollte, kam ihr kein Wort über die Lippen. Fest verklammerte sie ihre Hände ineinander, bemühte sich angestrengt, ihre Fassung wiederzufinden.

»Die Kinder werden ängstlich, wenn ich sie zu lange allein lasse. Sie müssen zu Bett gebracht werden. Bitte wartet hier.«

Schon war aus der Tiefe des Hauses das ungeduldige Scharren kleiner Füße zu hören und das feine Flüstern aufgeregter Stimmen. Amberle drehte sich um und verschwand in dem kleinen Haus. Sie konnten ihre Stimme hören, die leise und beruhigend klang, als sie die Kinder die Holztreppe zum Dachboden hinaufführte.

Allanon trat zu einer Bank auf der anderen Seite der Veranda und setzte sich. Wil blieb, wo er war, gleich an der Tür stehen, und lauschte den Stimmen des Elfenmädchens und der Kinder, während er dachte: O Gott, sie ist ja selbst noch ein Kind.

Einen Augenblick später war sie zurück. Leichten Schrittes trat sie auf die Veranda hinaus und schloß die Haustür sorgfältig hinter sich. Sie sah Wil an, der ihren Blick mit einem befangenen Lächeln erwiderte.

»Dieser junge Mann ist Wil Ohmsford.« Körperlos schwebte Allanons Stimme durch die Dunkelheit. »Er studiert in Storlock. Er möchte ein Heilkundiger werden.«

»Guten –« begann Wil, doch sie ging schon an ihm vorbei zu dem großen Alten.

»Warum seid Ihr hierher gekommen, Druide – wenn Ihr der Druide seid?« fragte sie, eine Mischung aus Verärgerung und Unsicherheit in der Stimme. »Hat mein Großvater Euch gesandt?«

Allanon erhob sich. »Können wir uns zum Gespräch in den Garten setzen?«

Das Mädchen zögerte, nickte dann. Sie führte sie von der Veranda den Steinweg hinunter zu den Bänken. Dort ließen sie sich nieder. Der Druide nahm ihr gegenüber Platz, während Wil ein klein wenig abseits einen Platz einnahm. Er erkannte sehr wohl, daß sich seine Rolle bei dieser Zusammenkunft auf die des

Zuschauers beschränkte.

»Warum seid Ihr hierher gekommen?« wiederholte Amberle, deren Stimme jetzt etwas gefestigter klang als anfangs.

Allanon schlang seine Gewänder fester um sich.

»Zunächst einmal – niemand hat mich geschickt. Ich bin aus eigenem Entschluß hier. Ich bin gekommen, dich zu bitten, mit mir nach Arborlon zurückzukehren.« Er machte eine kurze Pause. »Ich will mich kurz fassen. Der Ellcrys stirbt, Amberle. Die Mauer der Verfemung beginnt abzubröckeln; das Böse, das sie gefangenhält, drängt in die Freiheit – alle Dämonen! Bald werden sie das Westland überrennen. Nur *du* kannst es verhindern. Du bist die *letzte* der Erwählten.«

»Die letzte...« flüsterte sie, doch die Worte blieben ihr im Hals stecken.

»Ja. Sie sind alle tot. Die Dämonen haben sie gefunden und getötet. Und jetzt suchen die Dämonen dich.«

Ihr Gesicht erstarrte vor Entsetzen.

»Nein! Was ist das für eine List, Druide? Was für eine List –« Wieder brach sie ab, als Tränen ihr in die Augen traten und über die kindlichen Wangen rannen. Mit einer ungeduldigen Bewegung wischte sie sie weg. »Sind sie wirklich alle tot? Alle?«

Der Druide nickte. »Du mußt mich nach Arborlon begleiten.«

Protestierend schüttelte sie den Kopf.

»Nein! Längst bin ich keine Erwählte mehr. Das weißt du sehr wohl.«

»Mir ist bekannt, daß dein Wunsch ist, nicht zu den Erwählten zu gehören.«

Die grünen Augen blitzten zornig.

»Was ich wünsche, ist in dieser Sache nicht von Bedeutung. Ich diene nicht mehr; das alles liegt hinter mir. Ich bin keine Erwählte mehr.«

»Der Ellcrys hat dich erwählt«, widersprach Allanon ruhig und bestimmt. »Er muß darüber befinden, ob du dieses Amt noch immer innehast oder nicht. Er muß darüber bestimmen, ob du sein Samenkorn zum Blutfeuer bringen sollst, damit er wiedergeboren und die Bannmauer der Verfemung neu errichtet werden kann.«

»Ich begleite Euch nicht nach Arborlon«, erklärte Amberle fest.

»Du mußt.«

»Aber ich werde es nicht tun. Niemals werde ich zurückkehren. Hier ist jetzt mein Zuhause; diese Leute hier sind mein Volk. Ich habe diese Wahl getroffen, endgültig.«

Der Druide schüttelte bedächtig sein Haupt.

»Du kannst dir deine Heimat wählen und du kannst dir dein Volk wählen. Nicht immer aber deine Pflichten. Sie werden dir manchmal auferlegt, ohne daß dir eine Wahl bleibt. Und so ist es in dieser Sache, Elfenmädchen. Du bist die letzte der Erwählten; du bist die letzte Hoffnung der Elfen. Du kannst vor deiner Verantwortung nicht davonlaufen; du kannst dich nicht vor ihr verstecken. Und du kannst nichts daran ändern.«

Amberle sprang auf, tat unentschlossen ein paar Schritte, kam wieder zurück.

»Ihr begreift nicht.«

Allanon betrachtete sie. »Ich begreife besser als du glaubst.«

»Wenn dem so wäre, würdest du von mir nicht verlangen, daß ich zurückkehre. Als ich aus Arborlon fortging, wußte ich, daß ich nie wieder zurückkommen würde. In den Augen meiner Mutter, meines Großvaters und meines Volkes hatte ich Schimpf und Schande auf mich geladen. Ich tat etwas Unverzeihliches – ich wies das Geschenk zurück, in den Kreis der Erwählten aufgenommen zu werden. Selbst wenn ich es wünschte – und ich wünsche es nicht! – ließe sich das nicht ungeschehen machen. Die Elfen sind ein Volk mit einem tief verwurzelten Gefühl für Tradition und Ehre. Niemals können sie das, was geschehen ist, akzeptieren. Selbst wenn ihnen gesagt würde, daß sie alle zugrunde gehen werden, wenn nicht ich – und ich allein! – sie rette, würden sie mich nicht wieder in ihrem Kreis aufnehmen wollen. Ich bin eine Ausgestoßene, und nichts vermag daran etwas zu ändern.«

Nun richtete sich auch der Druide auf. Groß und dunkel stand er vor der zierlichen kleinen Gestalt. Der Blick seiner Augen war beängstigend.

»Töricht sind deine Worte, Elfenmädchen, und hohl deine Einwände. Du sprichst ohne Überzeugungskraft. Das paßt nicht zu dir. Ich weiß, daß du mehr Stärke besitzt, als du gezeigt hast.«

Die Worte trafen. Amberle fuhr hoch.

»Was wißt Ihr schon von mir, Druide? Nichts!« Die grünen Augen sprühten vor Zorn, als sie dicht vor ihn hintrat. »Ich bin Lehrerin. Ich unterrichte Kinder. Einige von ihnen habt Ihr heute abend gesehen. Sie kommen in kleinen Gruppen zu mir und verbringen einen Sommer unter meinem Dach. Sie werden mir von ihren Eltern anvertraut. Ich trage die Verantwortung für sie. Während sie in meinem Hause leben, vermittle ich ihnen das Wissen von den lebendigen Dingen dieser Erde. Ich lehre sie Liebe und Achtung vor der Welt und ihrer Kreatur, in die sie hineingeboren sind – ich lehre sie Verständnis für diese Welt und alle Wesen, die auf ihr leben. Ich lehre sie, Leben zu geben für das Leben, das ihnen gegeben wurde; ich lehre sie, solches Leben zu nähren. Wir beginnen ganz einfach, wie in diesem Garten. Und zum Schluß gelangen wir bis zu den komplexen Zusammenhängen, die das menschliche Leben umgeben. Das, was ich tue, tue ich mit Liebe. Ich bin ein einfacher Mensch mit einer schlichten Gabe, die ich mit anderen teilen kann. Die Erwählten aber teilen nichts mit anderen! Ich war nie eine Erwählte – nie! Ich wurde dazu berufen, obwohl es nicht mein Wunsch war, obwohl ich nicht geeignet war, dieses Amt zu erfüllen. All das habe ich hinter mir gelassen. Dieses Dorf und seine Bewohner sind der Mittelpunkt meines Lebens. Hier bin ich die, die ich bin. Hier gehöre ich hin.«

»Vielleicht.« Die Stimme des Druiden war ruhig und gelassen, wie unberührt von ihrer zornigen Erregung. »Und aus keinem besseren Grund willst du die Elfen im Stich lassen? Ohne dich müssen sie zugrunde gehen. Sie werden kämpfen wie damals in der alten Welt, als die Mächte des Bösen sie das erste Mal bedrohten. Aber diesmal fehlen ihnen die magischen Kräfte, ihnen Stärke zu verleihen. Sie werden vernichtet werden.«

»Diese Kinder sind mir anvertraut worden –« begann das Mädchen hastig von neuem, doch mit einer brüsken Bewegung hob Allanon die Hand.

»Was glaubst du wohl, wird geschehen, wenn die Elfen erst vernichtet sind? Glaubst du, die Bösen werden sich damit zufriedengeben, innerhalb der Grenzen des Westlandes zu bleiben? Was soll dann aus den Kindern werden, die dir anvertraut sind, Elfenmädchen?«

Einen Augenblick starrte Amberle ihn betroffen und schweigend an. Dann sank sie langsam wieder auf der Bank nieder. Tränen strömten ihr aus den Augen, und sie drückte die Lider fest zu.

»Warum wurde ich erwählt?« fragte sie leise, flüsternd beinahe. »Es gab keinen Grund dafür. Ich habe das Amt nicht gesucht –, und es waren so viele andere da, die danach strebten.« Die Hände in ihrem Schoß verkrampften sich. »Es war der reine Spott, Druide – der reine Hohn. Seht Ihr das nicht? Seit mehr als fünfhundert Jahren war keine Frau mehr erwählt worden. Immer nur Männer. Aber dann wurde ich erwählt – ein schrecklicher, grausamer Irrtum. Ein Irrtum.«

Das Gesicht des Druiden wirkte wieder ausdruckslos, als er den Blick durch den Garten wandern ließ.

»Es war kein Irrtum«, antwortete er, obwohl Wil den Eindruck hatte, daß er wie zu sich selbst sprach. Der Druide wandte sich langsam um und blickte das Mädchen an. »Wovor hast du Angst, Amberle? Denn du hast doch Angst, nicht wahr?«

Sie blickte nicht auf, hielt die Augen geschlossen. Nickte nur stumm.

Allanon setzte sich wieder. Seine Stimme klang jetzt sanft und gütig.

»Die Angst ist ein Teil des Lebens, aber man sollte ihr offen ins Angesicht blicken, sie niemals verschleiern. Wovor also fürchtest du dich?«

Seinen Worten folgte ein langes Schweigen.

Schließlich sprach Amberle. Ihre Worte waren nur ein Flüstern.

»Vor ihm.«

Der Druide runzelte die Stirn.

»Vor dem Ellcrys?«

Doch diesmal antwortete Amberle ihm nicht. Sie hob die Hände zu ihrem tränenfeuchten Gesicht und trocknete ihre Tränen. Amberle öffnete ihre grünen Augen und stand wieder auf.

»Wenn ich nun mit dir nach Arborlon reisen würde, wenn ich bereit wäre, meinem Großvater und meinem Volk gegenüberzutreten und ein letztes Mal vor den Ellcrys hinzutreten – wenn ich also alles täte, was Ihr verlangt habt, was geschieht dann, wenn er *mir* sein Samenkorn nicht gibt?«

Allanon richtete sich auf.

»Dann sollst du nach Havenstead zurückkehren, und ich werde dich nicht wieder belästigen.«

»Ich werde es mir überlegen.«

»Für lange Überlegungen bleibt keine Zeit«, entgegnete Allanon eindringlich. »Du mußt dich jetzt entscheiden, noch heute abend. Die Dämonen suchen dich schon.«

»Ich werde es mir überlegen«, wiederholte sie. Ihre Augen hefteten sich auf Wil. »Welche Rolle spielst du in dieser Sache, Heiler?« Wil wollte antworten, doch sie kam ihm mit einem Lächeln zuvor. »Laß nur. Ich spüre, daß wir hier im gleichen Boot sitzen. Du weißt nicht mehr als ich.«

Weniger, hätte Wil gern gesagt, aber sie hatte sich schon abgewandt.

»Ich habe in meinem Haus keinen Platz für Euch.« Sie richtete das Wort wieder an Allanon. »Ihr könnt hier nächtigen, wenn Ihr möchtet. Morgen werden wir uns weiter besprechen.«

Sie machte sich auf den Weg zu ihrem Häuschen. Das kastanienbraune Haar fiel ihr wie ein Schleier den Rücken herab.

»Amberle!« rief der Druide ihr nach.

»Morgen«, gab sie zurück und verlangsamte den Schritt nicht.

Dann war sie verschwunden, und die Haustür fiel hinter ihr lautlos ins Schloß.

Aus den träge wogenden Nebeln seines Schlafes kommend stürzte sich das Ungeheuer auf Wil, ein formloses Geschöpf seiner Träume, das aus den Tiefen seines Unbewußten aufstieg, um ihn zu quälen. Ein Schreckenswesen war es, ein Wesen, das in den finsteren Nischen seines Geistes lauerte, dort, wo er seine tiefsten Ängste verborgen hielt. Schlau und hinterhältig überfiel es ihn, überwand mit Leichtigkeit die Hindernisse, die er ihm entgegenstellen wollte, und seine Bewegungen waren schnell und geschmeidig, als es sich über ihn warf. Er konnte es nicht sehen, als es nahte; würde es nie sehen. Es besaß weder Substanz noch Identität; hatte keinen Sinn. Es existierte nur durch das überwältigende Gefühl des Entsetzens, das es auslöste. Natürlich floh er vor ihm – flog auf schnellen Beinen durch die Landschaften seiner Phantasie, lief und lief, bis ihm schien, daß es ihn nicht mehr einholen könnte. Doch er irrte. Augenblicklich war es wieder da, holte ihn schnell und sicher ein. Voller Verzweiflung floh er wieder, während er lautlos um Hilfe schrie. Aber es war niemand da, der ihm helfen konnte. Er war mutterseelenallein mit dem Ungeheuer und konnte ihm nicht entkommen. Und doch mußte er ihm entrinnen, denn er wußte mit Gewißheit, daß er sterben würde, wenn es ihn einholte, wenn es ihn berührte. So rannte er denn weiter voller Angst, mit blinden Augen, und spürte den Atem des Schreckenswesens heiß in seinem Nacken ...

Mit einem Aufschrei fuhr er aus dem Schlaf, riß sich die Decke herunter und setzte sich auf. Kalt lag die Nachtluft auf seinem Gesicht und seinem Körper. Schweiß strömte ihm aus den Achselhöhlen, und er spürte im Kopf den wilden Schlag seines Herzens.

Allanons dunkle Gestalt kauerte an seiner Seite. Seine kräftigen Hände hielten Wils Schultern umfaßt. Die Stimme des Druiden war ein heiseres Flüstern.

»Schnell, Talbewohner. Sie haben uns gefunden.«

Wil Ohmsford brauchte nicht zu fragen, wer *die* waren, die sie gefunden hatten. Sein Traum war Wirklichkeit geworden. Mit einem Sprung war er auf den Beinen, packte seine Decke und stürzte dem Druiden nach, der schon zu dem kleinen Haus eilte. Als hätte die Intuition sie geweckt, erschien Amberle auf der Veranda. Das weiße Nachtgewand flatterte gespenstisch um ihre zierliche Gestalt. Sie wirkte wie ein Geisterwesen.

Sogleich eilte Allanon zu ihr.

»Ich habe dir befohlen, dich anzuziehen«, flüsterte er zornig.

Sie schien nicht überzeugt.

»Solltet Ihr versuchen, mich mit List von hier fortzulocken, Druide? Sollte dies ein Spiel sein, das Ihr Euch ausgedacht habt, um mich zu bewegen, Euch nach Arborlon zu begleiten?«

Allanons Miene verfinsterte sich.

»Bleib ruhig noch einige Minuten hier stehen, dann wirst du deine Antwort schon bekommen! Kleide dich jetzt an!«

Sie ließ sich nicht einschüchtern.

»Gut. Aber ich kann die Kinder nicht einfach im Stich lassen. Sie müssen an einen Ort gebracht werden, wo sie in Sicherheit sind.«

»Dazu bleibt keine Zeit«, entgegnete der Druide ungeduldig. »Außerdem sind sie hier sicherer, als wenn wir sie jetzt durch die Dunkelheit schleppen.«

»Sie werden es nicht verstehen, daß sie einfach verlassen werden.«

»Bleib, dann werden sie dein Schicksal teilen.« Allanon war mit seiner Geduld am Ende. »Wecke das älteste! Sag ihm, daß du fort mußt, daß du keine Wahl hast. Sag ihm, es soll die anderen zu einem Nachbarn bringen, sobald es draußen hell wird. Tu, was ich dir sage – spute dich!«

Diesmal widersprach sie nicht. Sie machte kehrt und verschwand im Inneren des Häuschens. Wil zog seine Kleider zurecht und wickelte seine Decke zusammen. Gemeinsam mit Allanon sattelte er die Pferde. Sie führten sie vor das dunkle Haus, um dort das Elfenmädchen zu erwarten.

Amberle ließ nicht lange auf sich warten. Ihre Füße steckten in Stiefeln, und über der langen Hose und dem gegürteten Kittel trug sie einen langen blauen Umhang.

Allanon führte das Elfenmädchen und den Talbewohner dicht vor Artaq. Flüsternd sprach er mit dem Tier, während er seinen seidenweichen Hals streichelte. Dann drückte er Wil die Zügel in die Hand.

»Steig auf!«

Wil tat, wie ihm befohlen. Artaq warf den Kopf zurück und wieherte leise. Allanon sprach weiter flüsternd auf ihn ein. Dann faßte er Amberle um die Mitte und hob sie so schwungvoll, als besäße sie höchstens das Gewicht einer Feder, hinter Wil auf das Pferd. Er selbst schwang sich auf Spitter.

»Leise«, mahnte er. »Kein Wort.«

Sie bogen in die Straße ein, die vor dem kleinen Haus vorbeiführte, und folgten ihr in östlicher Richtung durch das schlafende Dorf. Nur das sachte Trappeln der Pferdehufe auf der festgetrampelten Erde durchbrach die tiefe Stille. Bald hatten sie die Häuser des Dorfes hinter sich gelassen und den Rand des Waldes erreicht. Vor ihnen dehnten sich Wiesen und Äcker, und in den Bewässerungsgräben glitzerte das Wasser im Mondlicht.

Wortlos stieg Allanon vom Pferd. Eine Weile stand er unbewegt in der mondhellen Nacht und lauschte in die Stille hinein. Ängstliche Besorgnis spiegelte sich auf seinen Zügen. Schließlich trat er nahe an Artaq heran und bedeutete Wil und Amberle, sich zu ihm herunterzuneigen.

»Sie sind überall.« Er sprach die Worte wie einen Hauch. Wil überlief es eiskalt. Der Druide blickte ihn an, als wolle er seinen Wert taxieren. »Bist du schon einmal zur Jagd geritten?« Wil nickte. »Gut. Du und Amberle behaltet Artaq. Wenn ihr in Bedrängnis geratet, laß ihm die Zügel schießen. Er wird euch sicher aus aller Gefahr herausführen. Wir reiten jetzt am Dorfrand entlang in nördlicher Richtung bis zur Öffnung des Tals. Dort durchbrechen wir ihre Umzingelung. Halte auf keinen Fall an, ganz gleich, was geschieht. Hast du mich verstanden? Wenn wir getrennt werden sollten, dann kehrt nicht um. Reitet weiter nach Norden, bis ihr den Silberfluß erreicht. Wenn ich nicht gleich nachkomme, dann durchquert den Fluß und reitet nach Westen in Richtung auf Arborlon.«

»Was werdet ihr . . .?« fragte Wil hastig.

»Kümmere dich nicht darum, was ich tun werde«, fiel ihm der Druide ins Wort. »Konzentriere dich darauf, das zu tun, was ich dir aufgetragen habe.«

Wil nickte widerstrebend. Ihm gefiel das alles gar nicht. Als Allanon sich umdrehte, blickte er Amberle an.

»Halt dich fest«, flüsterte er mit einem Lächeln.

Sie erwiderte das Lächeln nicht. In ihren Augen stand unverhüllte Angst.

Allanon saß wieder auf. Langsam und vorsichtig trabten sie am Waldsaum entlang und schlugen einen Bogen um die westlichen Ausläufer des Dorfes. Tief und lastend hing die Stille über dem Tal. Wie Schatten glitten sie durch die Dunkelheit, während ihre Augen die Nacht nach Bewegungen durchforschten. Nach einer Weile erhob sich vor ihnen dunkel der Nordhang des Tals.

Plötzlich hielt Allanon sein Pferd mit einem Ruck an und bedeutete Wil, ebenfalls stehenzubleiben. Stumm wies er zu den Feldern zu ihrer Linken. Wil und Amberle blickten in die Richtung seines Armes. Zunächst war nichts weiter zu erkennen als endlose Reihen von Getreidehalmen. Doch gleich darauf machten sie die flinke Bewegung eines tierähnlichen Wesens aus, das aus einem der Bewässerungsgräben kroch und im Getreidefeld verschwand.

Eine Weile standen sie wie versteinert und warteten, dann ritten sie weiter. Sie hatten erst ein kurzes Stück Wegs zurückgelegt, als aus den Wäldern hinter ihnen ein tiefes, gieriges Heulen aufstieg. Amberle umfaßte Wil fester und drückte ihren Kopf an seinen Rücken.

»Dämonen-Wölfe«, sagte Allanon ruhig. »Sie haben unsere Spur aufgenommen.«

Er schlug Spitter die Hacken in die Flanken, und das Pferd fiel in einen leichten Trab. Artaq schnaubte angstvoll und folgte. Andere Dämonen-Wölfe stimmten in das Heulen ein, und dann dröhnte das laute Knacken von Ästen und Zweigen, als viele Leiber durch die Bäume brachen.

»Reitet zu!« rief Allanon.

Die Pferde sprangen vorwärts, schwenkten aus dem Schutz des Waldsaums in scharfem Winkel nach links. Im Galopp donnerten sie an den Feldern entlang, folgten der Linie des Hauptbewässerungsgrabens zur Öffnung des Tals, die den Weg ins offene Grasland freigab. Rings um sie herum widerhallte es vom gierigen, wilden Geheul der Dämonen-Wölfe. Gigantische, zuckende Schatten setzten in Riesensprüngen über Getreidehalme und Maisstengel und rasten wie toll vor Mordgier auf sie zu. Wil beugte sich tief über Artaqs Hals und trieb den schwarzen Rappen an. Der Paß, der aus dem Tal herausführte, kam in Sicht.

Ein halbes Dutzend knurrender, fauchender Schatten brach aus dem Wald vor ihnen, wolfsähnliche Wesen von riesenhafter Gestalt. Ihre Gesichter wirkten auf groteske Weise menschlich, als sie sie im Mondlicht emporhoben und die scharfen Zähne fletschten. Allanon ritt ihnen direkt entgegen. Blaue Flammen züngelten an den Fingern der Hand, die er drohend emporschwang. Gleich darauf schnellten die Flammen lodernd mitten in das Rudel hinein, brennend heiß, so daß die Wölfe wie rasend auseinanderstoben. Mittendurch jagte der Druide, und sein Pferd wieherte schrill vor Angst und Schrecken.

Artaq hatte den Druiden und die Dämonen-Wölfe schon hinter sich gelassen, flog in gestrecktem Galopp dem offenen Flachland entgegen. Mehrere dunkle Leiber stürzten aus dem Schutz der Felder, die vor ihnen lagen, und gierige Mäuler schnappten nach den Läufen des Rappen. Artaq ließ sich nicht aufhalten. Er prallte mit der Schulter gegen eines der greulichen Wesen, so daß dieses sich überschlagend zu Boden stürzte. Die anderen blieben rasch zurück. Wil beugte sich noch tiefer über den Hals des Pferdes, zog Amberle mit sich hinunter und ließ die Zügel lockerer. Zu ihrer Rechten tauchte eine neue Schar Dämonen-Wölfe auf. Ihr wütendes Heulen erfüllte die Nacht. Blaue Flammen fuhren wie Messerklingen in den blutrünstigen Haufen hinein, und das Geheul wurde zu jämmerlichem Schmerzensgeschrei. Artaq jagte weiter.

Dann brach aus dem vor ihnen liegenden Wald ein einzelner Dämonen-Wolf hervor, ein gewaltiges Wesen, das an dem Flüßchen entlangschoß, aus dem die Bewässerungsgräben gespeist wurden. Er raste vorwärts, um sie abzufangen, flog mit unglaublicher Geschwindigkeit dahin, geschmeidig in seinen Bewegungen und völlig lautlos. Wil spürte, wie ein kalter, harter Klumpen sich in seiner Brust zusammenzog. Das Ungeheuer verkürzte den Abstand zu ihnen allzu rasch; sie würden ihm nicht entkommen. Er tat das einzige, was ihm einfiel. Er feuerte Artaq mit einem wilden Schrei der Verzweiflung an und ließ ihm die Zügel schießen. Der mächtige Rappe reagierte sofort, vermochte es, neue Kräfte zu mobilisieren. Sein Schritt wurde ausgreifender. Das Ungeheuer hatte sie fast eingeholt, ein finsteres Schreckgespenst, das plötzlich aus der Nacht aufzutauchen schien. Wil schloß die Augen und stieß erneut einen Schrei aus. Artaq wieherte wie zur Erwiderung, dann übersprang er mit einem gewaltigen Satz das Flüßchen. Sobald seine Hufe das andere Ufer berührten, jagte er aus den Wäldern und Feldern von Havenstead hinaus, dem offenen Flachland zu.

Sekundenlang ließ Wil die Augen geschlossen, klammerte sich nur blind an Artaqs Hals und überließ sich den sicheren Bewegungen des kräftigen Tieres, als dieses in die Nacht floh. Als er endlich den Kopf wieder hob und einen Blick nach rückwärts wagte, sah er, daß sie allein waren. Feuer und Rauch stiegen aus der Finsternis des Tals, und die Nacht erzitterte unter schrecklichem Jaulen und Winseln. Von den Dämonen-Wölfen war keine Spur zu sehen. Von Allanon allerdings auch nicht.

Ohne zu überlegen, zügelte Wil den Rappen mit heftiger Bewegung und riß ihn herum. Allanons Anweisungen waren klar und bestimmt gewesen. Unter keinen Umständen durfte er umkehren. Amberle mußte seine vordringlichste Sorge gelten. Sie war seinem Schutz anvertraut; sie mußte behütet werden um jeden Preis. Er warf einen raschen Blick auf das kindliche Gesicht hinter sich. Die grünen Augen blickten ihn fragend an. Er wußte, was er zu tun hatte. Und doch wußte er auch, daß der Druide noch im Tal war, inmitten der Ungeheuer, vielleicht in Gefahr. Wie konnte er ihn einfach im Stich lassen und davonreiten?

Nur einen Moment hielt seine Unschlüssigkeit an. Dann sah er Spitter, der wie von Furien gejagt aus dem Tal hervorschoß. Und tief über seinem Hals hing der Druide, dessen schwarze Gewänder sich im Wind bauschten, während hinter ihm der Himmel blutrot loderte. Dichtauf folgten die Dämonen-Wölfe mit gewaltigen zottigen Leibern und heulten ihren Haß auf die Menschen heraus, die ihnen entkommen waren.

Wil wandte Artaq ohne Verzug nach Norden und schlug ihm die Fersen in die Seiten. Schnaubend sprang der große Rappe vorwärts. Diesmal ließ Wil ihm nicht freien Lauf, sondern hielt ihn sorgfältig unter Kontrolle. Die Jagd würde vielleicht noch lange dauern, und auch die Kräfte des mächtigen Rappen hatten ihre Grenzen. Artaq widersetzte sich nicht, sondern folgte gehorsam seiner Führung. Wil beugte sich wieder nach vorn. Er spürte, wie Amberles Hände seine Körpermitte fester umspannten, während sie das Gesicht wieder an seinen Rücken drückte.

Eine Meile später holte Spitter sie ein. Der Körper des keuchenden Pferdes war schweißnaß, die Nüstern waren weit gebläht. Schon zeigte es Müdigkeit. Wil blickte voll ängstlicher Sorge zu Allanon hinüber, aber der Druide erwiderte den Blick nicht; seine dunklen Augen erforschten das Land, das sich vor ihnen auftat, während er mit flüchtigen Handbewegungen sein Pferd antrieb.

Die Jagd über die grasbewachsenen Ebenen der Landschaft am Silberfluß ging weiter und verlor nichts an grimmiger Entschlossenheit. Das rasende Geheul der Dämonen-Wölfe erstarb schnell; statt dessen hörten sie jetzt keuchenden, röchelnden Atem und wütendes Knurren ohnmächtigen Zorns. Sie galoppierten durch Talmulden, die sich zwischen sanften Hügeln öffneten, und über weite, öde Anhöhen, an Obsthainen vorüber und an einsam stehenden Eichen und Weiden – ohne Pause flogen sie durch die schweigende Finsternis des Flachlandes. Die Zeit hatte keine Bedeutung mehr. Nahezu ein Dutzend Meilen hatten sie schon hinter sich gebracht. Doch der Abstand zwischen ihnen und den Verfolgern blieb unverändert.

Endlich kam der Silberfluß in Sicht, ein breites Band mondfunkelnden Wassers, das zwischen den niedrigen Hügeln am Flußufer in der Dunkelheit aufblitzte. Wil sah den Fluß zuerst und stieß einen lauten Ruf aus. Beim Klang seiner Stimme sprang Artaq augenblicklich vorwärts und setzte sich wieder vor Spitter. Verspätet suchte Wil, ihn zurückzuhalten, doch der Rappe ließ sich diesmal nicht zügeln. Er lief noch immer leichtfüßig und mühelos und ließ den rasch ermattenden Spitter schnell zurück.

Die Lücke zwischen Artaq und jenen, die hinter ihm kamen, wurde größer. Wil mühte sich immer noch, den Rappen zu zügeln, als er die kauernden, dunklen Gestalten gewahrte, die unversehens aus der Nacht hervorbrachen – sich windende, schlängelnde Gestalten, die mit borstigem grauen Haar bedeckt waren. Dämonen! Wil spürte, wie sich sein Magen zusammenkrampfte. Es war eine Falle. Sie hatten ihn hier erwartet für den Fall, daß es ihm und Amberle gelingen sollte, den Dämonen-Wölfen bei Havenstead zu entkommen. Jetzt warteten sie in breiter Front an den Ufern des Silberflusses und rückten enger zusammen, als die Reiter sich näherten.

Artaq sah sie ebenfalls und schwenkte scharf nach links, um auf eine kleine Anhöhe zuzuhalten. Hundert Schritte zurück tat Spitter es ihm nach. Noch weiter zurück, die Distanz zu dem rasch ermüdenden Pferd jedoch verringernd, schossen die Dämonen-Wölfe über die Ebene, und ihr Heulen hallte jetzt wieder schauerlich durch die Nacht. Artaq jagte in gestrecktem Galopp die Anhöhe hinauf und flog schon wieder abwärts, zum Silberfluß hin. Eilig wollten die Dämonen vor ihm sich ihm in den Weg stellen. Wil konnte sie jetzt deutlich sehen, katzenähnliche Ungeheuer mit den Gesichtern von Frauen, die gräßlich verzerrt waren. Mit scheußlichem Gekreische stürzten sie dem Rappen entgegen, und ihre langen, reißenden Zähne blitzten im Mondlicht.

In letzter Sekunde wirbelte Artaq herum und raste wieder zur Anhöhe. Die Ungeheuer blieben wütend kreischend zurück. Im selben Moment erklomm Spitter den Hügel, stolperte vor Müdigkeit und ging in die Knie. Allanon wurde mit flatternden Gewändern zu Boden geschleudert, überschlug sich mehrmals und sprang schließlich wieder auf die Beine. Von allen Seiten jagten die Dämonen-Wölfe heran, aber in einem weiten lodernden Bogen schossen die blauen Flammen aus seinen Fingern und trieben die Unwesen auseinander wie der Herbstwind welke Blätter.

Artaq schwenkte wieder nach links. Wil und Amberle klammerten sich verzweifelt an ihn, um nicht abgeworfen zu werden. Laut wiehernd vor Haß auf diese Katzenwesen, die ihn aufhalten wollten, stürmte der Rappe erneut gegen die Widersacher an, parallel zum Flußufer. So schnell flog er dahin, daß er mitten unter ihnen war, noch ehe sie gewahrten, was er beabsichtigte. Mehrere der Ungeheuer wollten ihn packen, rissen mit klauenbewehrten Gliedern an ihm, doch im selben Augenblick war er an ihnen vorüber, entzog sich mit einem gewaltigen Sprung ihren gierigen Krallen und raste durch die Nacht davon. Hinter ihm übergoß blauer Flammenregen die nächsten Verfolger und verbrannte sie zu Asche. Wil sah sich nur einmal um. Allanon stand noch immer auf der Höhe des Hügels, auf allen Seiten umgeben von Dämonen-Wölfen und Katzenwesen, die immer näherrückten. Zu viele! Feuer schoß aus den Händen des Druiden, und er verschwand in einem nebelhaften Chaos aus Rauch und dunklen, zuckenden Leibern.

Ein sechster Sinn warnte Wil plötzlich vor neuer Gefahr. Hastig wandte er den Blick von der Schlacht oben auf der Anhöhe. Aus dem Nichts tauchte plötzlich eine neue Rotte Dämonen-Wölfe auf. In riesigen, lautlosen Sprüngen jagten sie Artaq entgegen. Wil verspürte einen Anflug kopfloser Angst. Er und Amberle waren zwischen den Ungeheuern und dem Fluß eingekeilt. Vor ihnen stand wie eine Mauer dichter Wald, der ihnen den Fluchtweg abschnitt, hinter ihnen die Dämonen, denen sie eben erst entflohen waren. Es gab keine Rettung.

Artaq zögerte nicht. Er schlug einen Haken und stürmte zum Silberfluß zurück. Die Wölfe folgten, lautloses, schwarzes Entsetzen. Wil war überzeugt, daß sie diesmal nicht entrinnen würden. Allanon war nicht mehr da; er konnte ihnen nicht mehr helfen. Sie waren ganz allein auf sich gestellt.

Der Silberfluß kam näher. Nirgends war eine seichte Stelle, nirgends eine Furt zu sehen – nur mondschimmerndes Wasser, das zu tief, dessen Strömung zu schnell war, um eine Durchquerung zu wagen. Und doch verlangsamte Artaq sein Tempo nicht. Wie groß auch immer die Gefahr sein mochte, die eine Überquerung des Flusses mit sich brachte, der Rappe hatte sich entschieden. Er war entschlossen, es mit dem Fluß aufzunehmen.

Auch die Dämonen-Wölfe spürten das. Weniger als dreißig Schritte zurück, warfen sie sich in wilder Entschlossenheit vorwärts, Wil und das Elfenmädchen doch noch zu fassen. Amberle schrie auf. Verzweifelt suchte Wil in seinem Kittel nach dem Lederbeutel mit den Elfensteinen. Dabei wußte er nicht einmal, ob er fähig sein würde, sie zu gebrauchen. Er wußte nur, daß er etwas tun mußte. Doch er hatte sich ihrer zu spät erinnert. In demselben Moment, als seine Hand sich um die Steine schloß, erreichten sie das Ufer des Flusses. Artaq zog sich zusammen wie eine Feder und sprang. Wil und Amberle klammerten sich an seinen Rücken. Und im selben Augenblick erstrahlte rund um sie herum ein gleißendes weißes Licht und bannte sie in der Bewegung, als wären sie in einem Bild eingefangen worden. Die Wölfe verschwanden. Der Silberfluß versank. Alles war fort. Sie waren allein und stiegen langsam aber stetig ins Licht auf.

Vor den Anfängen der Zeit war er da. Vor den Anfängen der Geschichte der Menschheit. Ja, selbst vor dem Krieg zwischen Gut und Böse, der das Wesen des Lebens, das nach ihm folgte, für immer festlegte. Er war schon in jener Zeit da, als die Welt ein geheiligtes Eden war und alle Lebewesen in Frieden und Harmonie miteinander lebten. Damals war er jung, selbst ein Zauberwesen, während die Zaubergeschöpfe der Erde gerade geboren wurden. Er lebte in einem Garten, der seiner Obhut anvertraut worden war; ihm war die Verantwortung übergeben, dafür zu sorgen, daß der Garten und alle Wesen, die in ihm lebten, gepflegt und erhalten wurden, behütet und erneuert. Er hatte keinen Namen, denn Namen wurden nicht gebraucht. Er war der, der er war, und sein Leben stand gerade erst am Anfang.

Verborgen war ihm geblieben, was dereinst aus ihm werden sollte. Seine Zukunft war eine unbestimmte und ferne Verheißung gewesen, die geisterhaft durch das Labyrinth seiner Träume schwebte, und er hätte ihre Wirklichkeit nicht voraussehen können. Er hätte nicht vorahnen können, daß sein Leben nicht wie das anderer Lebewesen endlich sein werde, sondern fortdauern sollte über Jahrhunderte des Sterbens und Geborenwerdens – ewig. Er hatte nicht voraussehen können, daß alle jene, die gleichzeitig mit ihm, und alle jene, die erst viel später das Licht der Welt erblickten, ob Feenwesen oder Mensch, vergehen und vergessen würden, während er allein weiterleben sollte. Und er hätte es auch nicht gewollt, denn er war noch jung genug, um davon überzeugt zu sein, daß seine Welt immer so bleiben würde, wie sie damals war. Hätte er gewußt, daß es ihm bestimmt war zu erleben, wie sie sich bis zur Unkenntlichkeit veränderte, er hätte nicht überleben wollen. Er hätte sich zu sterben gewünscht, eins zu werden wieder mit der Erde, die ihn hervorgebracht hatte.

Doch er sollte der letzte fortglühende Funke jener goldenen Zeit werden, die die Erschaffung der Welt regierte; der letzte fortglühende Funke von Frieden und Harmonie, von Licht und Schönheit, die das Paradies des Lebens waren. So war es in der Dämmerung der Anfänge bestimmt worden, und so war auf ewig der Lauf seines Lebens, auf ewig der Sinn seines Lebens verändert worden. Er sollte einer Welt, die ihre Mitte verloren hatte, Erinnerung an das sein, was gewesen war. Und er sollte auch Verheißung dafür sein, daß all das, was gewesen war, eines Tages vielleicht wiederkehren würde.

Zu Beginn hatte er dies nicht verstanden. Nur Bestürzung und Schmerz hatte die Entdeckung geweckt, daß die Welt sich veränderte, daß ihre Schönheit welkte und ihr Licht erlosch – daß all das, was mit Frieden und Harmonie erfüllt gewesen war, verloren sein sollte. Bald aber war sein Garten das einzige, was blieb. Von allen denen, die mit ihm in die Welt gekommen waren, war nicht ein einziger mehr da. Er war allein. Von Schmerz und Selbstmitleid gequält, drohte er eine Zeitlang zu verzweifeln. Dann wollten die Klauen der Veränderung, die das Land rund um ihn herum gewandelt hatten, auch nach seiner kleinen Welt greifen und sie auf den Kopf stellen. Da besann er sich der ihm auferlegten Pflichten und nahm den langen und schwierigen Kampf um die Erhaltung des Gartens auf, der sein Heim war. Dieses letzte Bollwerk der ersten Welt sollte überleben, auch wenn alles andere verloren war. Die Jahre verrannen, und sein Kampf dauerte fort. Er merkte, daß er kaum alterte. Er entdeckte in sich eine Kraft, von der er nicht gewußt hatte, daß er sie besaß. Nach einiger Zeit erkannte er den Sinn seines einsamen Daseins – eine neue Verantwortung war ihm übertragen worden, und er durfte sich dieser Verantwortung nicht entziehen. Mit der Erkenntnis kam die Annahme, und mit der Annahme das Verstehen.

Jahrhundertelang lebte und kämpfte er im Verborgenen, und sein Dasein war den Völkern, die rund um ihn herum bauten, nicht mehr als ein Mythos, ein Märchen, das man mit einem wehmütigen Lächeln und besserwisserischer Nachsicht erzählte. Erst nach der alles verheerenden Katastrophe, die die Menschen die Großen Kriege nannten, nach der endgültigen Zerstörung der alten Welt und dem Auftauchen der neuen Rassen, erst da begann man, den Mythos als Wahrheit zu akzeptieren. Damals nämlich entschloß er sich zum erstenmal, aus seinem Garten in das Land hinauszugehen. Er tat es nach sorgfältiger Überlegung. Es gab wieder einen Zauber in der Welt, und dies war der edelste und höchste Zauber – der Zauber des Lebens. Das Land draußen war neu und frisch, und er sah in dieser Wiedergeburt eine Gelegenheit, all das wiederaufleben zu lassen, was er gekannt hatte, als er jung gewesen war. Durch ihn konnten Vergangenheit und Zukunft vielleicht endlich vereint werden. Es würde nicht leicht werden und auch nicht schnell erfolgen; aber es würde kommen. Er konnte sich nun nicht länger in der Abgeschiedenheit seines Gartens verborgen halten. Er mußte herauskommen. Sein kleines Heiligtum barg den Keim all dessen, was die Welt wiedergewinnen mußte, wenn sie fortbestehen wollte. Er sah, daß es nicht genügte, ihn zu erhalten. Er sah, daß er kultiviert werden mußte – mehr, daß dieser Keim aus der alten Welt sichtbar und zugänglich gemacht werden mußte. Und er mußte dafür Sorge tragen, daß dies geschah.

So verließ er also den Garten, der so viele Jahrhunderte lang sein Heim gewesen war, und durchstreifte das Land, das ihn umgab. Eine Landschaft freundlicher grüner Ebenen und sanft wogender Hügel war es, schattiger Waldtäler und stiller Seen, durchzogen von einem Fluß, der ihre Lebensader war. Doch er entfernte sich nicht weit von seinem Garten, denn ihm galt seine erste Sorge, und die Notwendigkeit, ihn zu pflegen und zu hegen, verlangte, daß er in seiner Nähe blieb. Aber er brauchte auch gar nicht weit zu wandern. Das Land, das er vorfand, gefiel ihm. Er pflanzte in seinem Herzen den Keim der ersten Welt, drückte ihm sein Zeichen auf, verlieh ihm einen besonderen Glanz, der es leicht erkennbar machte, gab seinen Bewohnern und den Wanderern, die es durchstreiften, seinen Segen und bot ihnen Schutz gegen alles Böse. Im Lauf der Zeit begannen die neuen Rassen zu begreifen, was er vollbracht hatte; man sprach von ihm und seinem Land mit Ehrfurcht und Achtung. Allenthalben in den Vier Ländern begann man sich seine Geschichte zu erzählen. Sie wuchs und wuchs, bis sie schließlich zur Legende geworden war.

Man gab ihm den Namen des Landes, das er zu seinem eigenen gemacht hatte. Man nannte ihn den König vom Silberfluß.

Wil und Amberle erschien er in der Gestalt eines alten Mannes. Grau und gebeugt von der Last der Jahre trat er aus dem Licht. Seine Gewänder umwallten seinen mageren Körper. Das Haar fiel ihm in vollen, weißen Wellen auf die Schultern. Das Greisengesicht war zerknittert und von der Sonne gebräunt; die tiefblauen Augen hatten die Farbe des Meeres. Lächelnd begrüßte er sie, und Wil und Amberle erwiderten das Lächeln, da sie spürten, daß diesem Mann nichts Böses anhaftete. Sie saßen immer noch auf dem breiten Rücken des Rappen, der, den Körper noch in vollem Lauf gestreckt, bewegungslos war in dem Licht, das sie alle in Reglosigkeit gebannt hielt. Weder der junge Mann noch das Elfenmädchen verstanden, was geschehen war, doch sie verspürten keine Furcht, nur eine tiefe, tröstliche Schläfrigkeit, die sie mit der Kraft eiserner Ketten umfangen hielt.

Verschwommen und undeutlich im Dunsthauch des Lichts, blieb der alte Mann vor ihnen stehen. Seine Hand berührte Artaqs edlen Kopf, und der Rappe wieherte leise. Dann richtete der Greis den Blick auf Amberle, und in seinen Augen schimmerten Tränen.

»Ach, Kind, wärst du mein«, flüsterte er und trat näher, um ihre Hand in die seine zu nehmen. »Nichts Böses soll dir in diesem Land widerfahren. Wir sind am Ziel vereint und werden eins sein mit der Erde.«

Wil wollte etwas entgegnen und konnte es nicht. Der alte Mann trat wieder zurück und hob eine Hand zum Lebewohl.

»Ruht euch jetzt aus. Schlaft.« Seine Gestalt begann zu zerfließen, als er ins Licht zurückglitt. »Schlaft, Kinder des Lebens.«

Wil wurden die Augen schwer. Es war ein angenehmes, willkommenes Gefühl, und er sträubte sich nicht dagegen. Er spürte Amberles zarte Gestalt schwer an seinem Rücken. Locker hielten ihre Hände seine Mitte umfangen. Das Licht schien zurückzuweichen, in Dunkelheit zu verbleichen. Seine Augen fielen zu, und er schlief ein.

Er träumte. Er stand inmitten eines Gartens von unbeschreiblicher Schönheit und Heiterkeit. So wundersam war dieser Garten in der Pracht seiner Farben und dem süßen Hauch seiner Düfte, daß alles, was er in seinem Leben erfahren oder sich vorgestellt hatte, daneben verblaßte. Silbern glitzernde Bäche ergossen sich aus verborgenen Quellen in stille Teiche. Mächtige Bäume breiteten starke Äste aus, und durch ihr Laub sickerte das Sonnenlicht und tauchte alles darunter in ein Gesprenkel warmen Goldes. Weiches, süßes Gras polsterte smaragdgrün die Wege und Pfade. Eine unendliche Vielfalt von Vögeln, Fischen und anderen Tieren belebte den Garten – lebte in Harmonie und Zufriedenheit und Frieden. Wil Ohmsford war erfüllt von einem Gefühl tiefer, bleibender Ruhe, von einem Glücksempfinden so tief, daß er weinte.

Doch als er sich umwandte, um seine Gefühle mit Amberle zu teilen, gewahrte er, daß sie verschwunden war.

Als Wil Ohmsford wieder erwachte, graute der Morgen. Er lag in einem grasbewachsenen Tal unter den schützenden Ästen eines Ahorns. In langen schrägen Strahlen fiel das Morgenlicht durch das üppige Wachstum breiter Blätterbänder. Aus der Nähe war das gedämpfte Plätschern von Wasser zu hören, das gegen ein Ufer anschlägt. Einen Herzschlag lang glaubte er sich noch in dem wundersamen Garten seiner Träume, richtete sich mit einem Ruck auf und blickte sich um. Der Garten war nicht mehr da.

Neben ihm lag Amberle, noch immer schlafend. Er zögerte, doch dann beugte er sich über sie und rüttelte sie sachte an der Schulter. Sie regte sich und schlug die Augen auf. Verwundert blickte sie ihn an.

»Wie geht es dir?« fragte er.

»Gut. Wo sind wir?« Sie rieb sich den Schlaf aus den Augen. Wil schüttelte den Kopf.

»Ich weiß es nicht.«

Das Elfenmädchen setzte sich langsam auf und sah sich in dem kleinen Tal um.

»Wo ist Allanon?«

»Auch das weiß ich nicht.« Wil streckte versuchsweise die Beine und stellte mit Überraschung fest, daß die Muskeln locker und weich waren. »Er ist weg. Sie sind alle weg – Allanon, diese Ungeheuer ...« Er verstummte, als er vom Unterholz am anderen Ende des Tales her Geräusche wahrnahm. Ein vertrautes schwarzes Gesicht schob sich durch das Blättergewirr. Wil lächelte. »Nun, wenigstens haben wir Artaq noch.«

Der Rappe zupfte träge ein paar Grashalme und trottete zu Wil hinüber, um ihn sacht mit der Schnauze anzustupsen. Wil streichelte flüchtig den schmalen Kopf und kraulte das Tier hinter den Ohren. Amberle saß schweigend dabei.

»Hast du den alten Mann gesehen?« fragte Wil sie.

Sie nickte ernst. »Das war der König vom Silberfluß.«

Wil sah sie an.

»Das dachte ich mir. Mein Großvater hat ihn einmal gesehen, vor Jahren. Ich war mir eigentlich bis heute nicht sicher, ob es ihn wirklich gibt. Merkwürdig.« Artaq entfernte sich ein paar Schritte und begann zu grasen. Wil schüttelte den Kopf. »Er hat uns das Leben gerettet. Die Dämonen-Wölfe hätten uns beinahe eingeholt.« Er bemerkte den Ausdruck, der in die Augen des Elfenmädchens trat, und brach ab. »Jedenfalls sind wir jetzt sicher.«

»Es war wie im Traum, nicht wahr?« meinte sie leise. »Wir schwebten im Licht. Wir saßen auf Artaq und rundherum gleißte nur das Licht. Dann kam er auf uns zu. Er kam aus dem Nichts und sagte etwas ...« Sie verstummte, als verwirre die Erinnerung sie. »Hast du es gesehen?«

Wil nickte.

»Und dann verschwand er«, fuhr sie wie zu sich selbst fort, als wolle sie sich ins Gedächtnis zurückrufen, was geschehen war. »Er verschwand, und das Licht erlosch – und dann – und dann ...« Sie blickte ihn fragend an.

»Der Garten?« fragte er. »Hast du den Garten gesehen?«

»Nein.« Sie zögerte. »Nein, ich habe keinen Garten gesehen. Um mich herrschte nur Dunkelheit, und ich hatte ein merkwürdiges Gefühl, das ich nicht beschreiben kann. Ich – es war wie eine Sehnsucht – ein nach etwas greifen wollen, glaube ich.« Sie blickte ihn hilfesuchend an, doch Wil stand nur Verwirrung im Gesicht. »Du hast neben mir gestanden«, fuhr sie fort. »Du hast neben mir gestanden, aber du konntest mich nicht sehen. Ich habe dir zugerufen, aber es hatte den Anschein, als könntest du mich nicht hören. Es war so sonderbar.«

Wil krümmte die Schultern und beugte sich vor.

»Ich erinnere mich an den alten Mann und das Licht. Genauso, wie du es beschrieben hast. Ja, daran erinnere ich mich. Als der alte Mann und das Licht vergingen, schlief ich ein. Zumindest hatte ich das Gefühl einzuschlafen. Ich saß immer noch auf Artaq, und du warst hinter mir. Ich spürte deine Arme um meinen Körper. Dann stand ich plötzlich in einem Garten, wie ich noch keinen gesehen hatte. Er war wunderschön, und so friedlich und ruhig. Aber als ich mich nach dir umsah, warst du nicht mehr da. Du warst verschwunden.«

Wortlos blickten sie einander an.

»Ich glaube, wir versuchen jetzt am besten, erst mal festzustellen, wo wir eigentlich sind«, meinte Wil schließlich.

Er stand auf und sah sich wieder um. Verspätet fiel es ihm ein, daß er Amberle aufhelfen könnte, doch da stand sie schon neben ihm und zupfte sich Blätter und Gras aus dem Haar. Er zauderte einen Augenblick, dann schritt er voraus durch das Dickicht von Bäumen und Büschen, dem Plätschern des Wassers nach.

Wenig später standen sie am Ufer eines Sees, der so groß war, daß sein Wasser sich am Horizont zu verlieren schien. Tiefblau und klar dehnte sich das Gewässer in der Morgensonne. Hier und dort blitzten silberne Schaumkronen auf. Bäume säumten die grasbewachsenen Ufer, Weiden, Ulmen und Eschen, und ihre Blätter kräuselten sich in einem sanften Südwind, der den Duft von Jelängerjelieber und Azaleen heranwehte. Am wolkenlosen Himmel, der den See überspannte, wölbte sich ein flimmerndes Band vieler Farben, das vom einen Ende des Horizonts zum anderen zu reichen schien.

Wil blickte zur Sonne, dann wandte er sich mit einem ungläubigen Kopfschütteln an Amberle.

»Weißt du, wo wir sind? Irgendwo am Nordufer des Regenbogen-Sees. Der alte Mann hat uns den ganzen Silberfluß hinuntergetragen und dann noch über den See bis hierher. Wir sind meilenweit von unserem Ausgangspunkt entfernt.«

Amberle nickte beinahe zerstreut.

»Ich glaube, du hast recht.«

»Ich weiß, daß ich recht habe.« Wil wanderte erregt auf und ab und blieb schließlich direkt am Wasser stehen. »Ich möchte nur wissen, wie er das geschafft hat.«

Amberle hockte sich ins Gras und blickte auf den See hinaus.

»Die Legende berichtet, daß er denen hilft, die der Hilfe bedürfen, wenn sie sein Land durchreisen – daß er sie beschützt und behütet.« Sie schwieg, ihre Gedanken schienen woanders zu weilen. »Er hat etwas zu mir gesagt ... Wenn ich mich nur erinnern könnte, was es war ...«

Wil hörte ihr nicht zu.

»Wir sollten uns auf den Weg machen. Arborlon ist weit. Aber wenn wir in nordwestlicher Richtung reiten, müßten wir eigentlich auf den Mermidon stoßen, und dem können wir dann direkt bis in das Westland folgen. Da ist das Land zwar weit und offen, aber so leicht wird man uns jetzt nicht mehr finden. Wir haben keine Spur hinterlassen.«

Die Verstimmung, die über Amberles Gesicht huschte, bemerkte er gar nicht, so beschäftigt war er mit seinen Überlegungen.

»Ich denke, wir werden ungefähr vier Tage brauchen – vielleicht auch fünf, da wir ja zu zweit nur ein Pferd haben. Wenn wir Glück haben, finden wir vielleicht unterwegs noch eines, aber das ist wahrscheinlich ein bißchen viel verlangt. Es wäre auch nicht schlecht, wenn wir eine Waffe hätten; wir haben ja nicht einmal einen Jagdbogen. Da wird uns wohl nichts anderes übrigbleiben, als von den Früchten des Feldes zu leben. Wir könnten natürlich –«

Er brach ab, als er plötzlich gewahrte, daß Amberle unmutig den Kopf schüttelte. Das Elfenmädchen kreuzte die Beine und lehnte sich an einen Baumstamm.

»Was ist?« fragte er und ließ sich auf dem Platz neben ihr

nieder. »Mißfällt dir etwas?«

»Ja, du zum Beispiel.«

»Ich? Wie meinst du das?«

»Du scheinst bereits fest beschlossen zu haben, wie es weitergehen soll. Findest du nicht, du solltest dir vielleicht auch meine Überlegungen zu der Frage anhören?«

Höchst erstaunt starrte Wil sie an.

»Aber natürlich. Ich –«

»Ich habe nicht bemerkt, daß du mich um meine Meinung gefragt hast«, fuhr sie fort, ohne auf seinen Einwurf zu achten. »Hältst du es für überflüssig zu fragen?«

Wil lief vor Scham rot an. »Entschuldige. Ich habe nur –«

»Du hast nur Entscheidungen getroffen, die zu treffen du gar kein Recht hast.« Sie machte eine Pause und betrachtete ihn kühl. »Ich weiß nicht einmal, was du hier tust. Der einzige Grund, weshalb ich überhaupt bis hierher mitgekommen bin, ist der, daß mir im Grund keine Wahl gelassen wurde. Ich finde es an der Zeit, mir über einige Punkte Gewißheit zu verschaffen. Warum hat Allanon dich überhaupt damit beauftragt, Wil Ohmsford? Wer bist du?«

Wil stand ihr Rede und Antwort. Er begann mit der Geschichte seines Großvaters, Shea Ohmsford, und der Suche nach dem Schwert von Shannara, und er endete mit Allanons Auftauchen in Storlock und seinem Begehren, er – Wil Ohmsford – solle den Elfen bei der Suche nach dem Blutfeuer helfen. Er erzählte ihr alles, verschwieg nichts, da er spürte, daß das Mädchen sich weigern würde, weiter in seiner Gesellschaft zu bleiben, wenn er ihr gegenüber nicht völlig ehrlich war.

Als er geendet hatte, blickte Amberle ihn stumm an und schüttelte dann den Kopf.

»Ich weiß nicht, ob ich dir glauben soll. Wahrscheinlich doch. Ich habe eigentlich keinen Grund, es nicht zu tun. Aber es ist einfach so viel geschehen, daß ich jetzt vollkommen unsicher bin.« Sie zögerte. »Ich habe von den Elfensteinen gehört. Sie waren ein altes Zaubermittel, von dem es hieß, es sei lange vor den Großen Kriegen verlorengegangen. Und du behauptest nun, Allanon hätte drei von ihnen deinem Großvater gegeben, und der wiederum hätte sie dir geschenkt. Wenn dem so wäre...« Sie verstummte, den Blick forschend auf Wil gerichtet. »Würdest du sie mir zeigen?« fragte sie dann.

Wil zögerte, dann griff er in seinen Kittel. Er wußte, daß sie ihn auf die Probe stellen wollte. Aber, sagte er sich, dazu hatte sie wohl auch ein Recht. Schließlich stand ja nur sein Wort dafür, daß seine Erklärungen der Wahrheit entsprachen, und von ihr wurde verlangt, daß sie ihre Sicherheit in seine Hände legte. Er zog den abgegriffenen Lederbeutel heraus, lockerte die Zugschnüre und schüttete die Steine in seine Hand. Sie waren von vollendeter Form. Leuchtend blau glänzten sie im morgendlichen Sonnenlicht.

Amberle neigte sich tief über sie und betrachtete sie mit feierlichem Ernst. Dann richtete sie den Blick wieder auf Wil.

»Woher weißt du, daß es die Elfensteine sind?«

»Ich habe darauf das Wort meines Großvaters. Und Allanons.«

Sie schien nicht beeindruckt.

»Kannst du dich ihrer denn bedienen?«

Er schüttelte den Kopf.

»Ich habe es nie versucht.«

»Dann weißt du also in Wirklichkeit gar nicht, ob sie dir nützen oder nicht.« Sie lachte leise. »Das wirst du erst erfahren, wenn du sie brauchst. Kein sehr beruhigender Gedanke, nicht?«

»Nein«, stimmte er zu.

»Aber trotzdem bist du mitgekommen.«

Er zuckte die Schultern.

»Es erschien mir richtig.« Er ließ die Elfensteine wieder in den Beutel gleiten und steckte ihn in die Tasche seines Kittels zurück. »Mir wird nichts anderes übrigbleiben als abzuwarten, was geschieht, wenn es soweit ist.«

Einen Lidschlag lang musterte sie ihn aufmerksam, ohne etwas zu sagen. Wil schwieg.

»Wir haben vieles gemeinsam, Wil Ohmsford«, erklärte sie schließlich. Sie umschlang ihre Beine mit den Armen. »Nun hast du mir kundgetan, wer du bist. Dann hast du wohl ein Recht darauf auch zu erfahren, wer ich bin. Mein Familienname lautet Elessedil. Eventine Elessedil ist mein Großvater. In gewisser

Weise sind wir beide durch unsere Großväter in diese Sache hineingeraten.«

Wil nickte. »Ja, das ist wohl wahr.«

Der Wind faßte ihr kastanienbraunes Haar und blies es wie einen Schleier über ihr Gesicht. Sie strich es sich aus den Augen und blickte wieder über den See.

»Du weißt, daß ich nicht nach Arborlon zurückkehren möchte«, sagte sie.

»Ja, ich weiß es.«

»Aber du bist der Meinung, daß ich dorthin gehen sollte, nicht wahr?«

Er lehnte sich zurück und stützte sich auf seine Ellbogen und blickte zu dem Regenbogen am Himmel auf.

»Ich glaube, daß du dorthin gehen *mußt*«, erwiderte er. »Nach Havenstead kannst du nicht zurück; dort suchen dich die Dämonen. Bald werden sie dich auch hier suchen. Du mußt weiter. Wenn Allanon entkommen ist...« Er unterbrach sich, als ihm die Bedeutung dieser vier Worte klar wurde. »Wenn Allanon entkommen ist«, fuhr er dann fort, »wird er damit rechnen, daß wir nach Arborlon weiterreiten, und dort werden wir auf ihn stoßen.« Er senkte den Kopf und sah sie an. »Wenn du bessere Vorschläge hast, dann lasse sie hören.«

Lange Zeit antwortete sie nicht, sondern starrte wortlos auf den Regenbogen-See hinaus, vertieft in die anmutige Bewegung des Wassers. Als sie endlich doch den Mund öffnete, war es nur ein Flüstern.

»Ich habe Angst.«

Jetzt erst sah sie ihn an. Es schien, als wollte sie noch etwas sagen, aber dann überlegte sie es sich anders. Sie lächelte – das erste echte Lächeln, das er bei ihr bemerkte.

»Hm, wir sind zwei ausgemachte Narren, nicht wahr? Du mit deinen Elfensteinen, von denen du gar nicht weißt, ob sie überhaupt echt sind, und ich auf dem Weg dorthin, wohin ich niemals in meinem Leben zurückkehren wollte.«

Sie stand auf und tat ein paar Schritte. Als er sich ebenfalls erhob, wandte sie sich ihm zu. »Eines sollst du wissen: Ich halte diese Reise nach Arborlon für sinnlos. Ich glaube, daß Allanon sich täuscht. Weder der Ellcrys noch das Elfenvolk werden mich wieder aufnehmen; denn ich bin keine Erwählte mehr, ganz gleich, was der Druide meint. Aber etwas anderes zu tun, hätte wohl auch nicht viel Sinn, wie?«

»In meinen Augen nicht.«

Sie nickte. »Dann ist es abgemacht.« Das kindliche Gesicht war ernst, als sie ihn ansah. »Ich hoffe nur, daß alles nicht ein großer Irrtum ist.«

Wil seufzte. »Wenn es das ist, werden wir es wahrscheinlich bald genug erfahren.« Er zwang sich zu einem Lächeln. »Komm, holen wir Artaq und reiten wir los. Dann wird es sich schon zeigen.«

Zwei Tage lang ritten sie nun in nord-westlicher Richtung durch das weite Grasland von Callahorn. Das Wetter war warm und trocken, und die Zeit flog schnell dahin. Gegen Mittag des ersten Tages ballten sich im Norden über den scharfzackigen Felsgipfeln der Drachenzähne drohende Gewitterwolken zusammen, doch bei Sonnenuntergang hatten frische Winde sie nach Osten zur Rabb-Ebene getrieben und endgültig verjagt.

Wil und Amberle suchten Artaq zu schonen, indem sie abwechselnd zu Fuß gingen oder beide zusammen auf ihm ritten. Artaq wirkte auch noch frisch, nachdem er sie mehrere Stunden getragen hatte, aber Wil wollte auf keinen Fall ein Risiko eingehen. Von den Dämonen, die sie am Silberfluß abgeschüttelt hatten, sahen sie keine Spur, doch sie zweifelten nicht daran, daß die Ungeheuer weiterhin nach ihnen auf der Suche waren. Und wenn sie ihnen erneut auf die Spur kommen sollten, dann mußte Artaq bei Kräften sein.

Da sie außer einem kleinen Jagdmesser, das Wil im Gürtel trug, keine Waffen besaßen, mußten sie sich von Früchten und Kräutern nähren, die in der weiten, grasigen Ebene wild wuchsen.

In der ersten Nacht schliefen sie unter einer Gruppe von Balsampappeln, dicht gelegen an einer kleinen Quelle, die ihnen frisches Trinkwasser spendete. Am Nachmittag des zweiten Tages erreichten sie den Mermidon und folgten seinem Lauf in nördlicher Richtung. Bisher waren sie keiner Menschenseele begegnet, doch nun stießen sie auf ein halbes Dutzend Reisender, von denen einige zu Fuß unterwegs waren, andere zu Pferd. Alle tauschten sie ein freundliches Wort und ein Winken mit ihnen, bevor sie ihre Reise fortsetzten.

Bei Sonnenuntergang schlugen sie am Ufer des Mermidon im Schutz eines Wäldchens aus Föhren und Weiden ihr Lager auf. Sie befanden sich nun südwestlich der Stadt Tyrsis. Aus einer Weidengerte, einem Stück Schnur und einem Haken seines Umhangs fertigte Wil eine Angel, und eine halbe Stunde später hatte er tatsächlich zwei Barsche gefangen. Er hockte noch am Flußufer und schuppte die Fische, als aus Süden ein Wagenzug in Sicht kam, der gemächlich zum anderen Ufer hin in Bewegung war. Hell blitzten die hübsch bemalten Häuser auf Rädern mit ihren Spitzdächern aus Holzschindeln, die handgeschnitzten Holztüren und messingverzierten Fensterrahmen in der Abendsonne. Die Wohnwagen wurden von kräftigen Pferden gezogen, auf deren Geschirr Silberbeschläge funkelten. Mehrere Reiter begleiteten den Zug. Sicher und anmutig saßen sie in ihren seidenen Umhängen in den Sätteln ihrer Pferde, von deren Zügeln wehende bunte Bänder herabhingen.

Unwillkürlich hielt Wil in seiner Arbeit inne und beobachtete den seltsamen Zug, der sich dem Flußufer näherte. Achsen stöhnten, Lederriemen knarrten, laute Rufe der Aufmunterung schallten durch die Stille. Beinahe gegenüber von der Stelle, wo Wil saß, bildeten die Wagen einen Kreis und hielten an. Männer, Frauen und Kinder kletterten heraus und machten sich daran, die Pferde auszuspannen.

Aus den Bäumen hinter Wil tauchte Amberle auf und kam näher. Wil warf ihr nur einen flüchtigen Blick zu und sah dann wieder zum anderen Ufer hinüber.

»Fahrendes Volk«, meinte er nachdenklich.

Sie nickte. »Ich weiß. Die Elfen haben für diese Leute nicht viel übrig.«

»Niemand hat für sie viel übrig.« Er machte sich wieder über das Schuppen der Fische. »Sie stehlen alles, was nicht niet- und nagelfest ist oder beschwatzen einen mit solcher Beharrlichkeit, bis man es ihnen freiwillig gibt. Sie haben ihre eigenen Gesetze und geben nichts auf die anderer.«

Amberle berührte seinen Arm. Er blickte auf und sah einen hochgewachsenen Mann, der unter einem waldgrünen Umhang ganz in Schwarz gekleidet war. Er begleitete zwei ältere Frauen in langen bunten Röcken und Blusen zum Wasser hinunter. Als die Frauen sich bückten, um ihre Eimer zu füllen, lüftete der Mann seinen breitkrempigen Hut und verneigte sich mit schwungvoller Bewegung zu Wil und Amberle hin. Auf dem dunkel-gebräunten Gesicht mit dem schwarzen Bart blitzte ein breites Lächeln. Wil hob einen Arm und winkte freundlich zurück.

»Ich bin nur froh, daß sie nicht auf unserer Seite sind«, bemerkte er zu Amberle, als sie aufstanden, um zu ihrem Lager zurückzukehren.

Nach dem Mahl mit Fisch, Gemüse, Obst und Quellwasser ließen sie sich am Feuer nieder und blickten zwischen den Bäumen hindurch zu den lodernden Feuern der Fahrensleute am anderen Ufer hinüber. Lange schwiegen sie beide, jeder in seine Gedanken vertieft. Dann sah Wil Amberle an.

»Wie kommt es, daß du so viel über das Wesen und das Wachstum von Pflanzen weißt? Hat jemand dich das alles gelehrt?«

Überraschung flog über ihre Züge.

»Dafür, daß du Elfenblut in deinen Adern hast, weißt du wahrhaftig nicht viel von uns, wie?«

Wil zuckte die Schultern.

»Nein, eigentlich nicht. Das Elfenblut hab' ich von meinem Vater, und der starb, als ich noch sehr jung war. Ich glaube nicht, daß mein Großvater je im Westland war – zumindest spricht er nie davon. Ich habe wahrscheinlich einfach nie viel darüber nachgedacht, was es bedeutet, mit Elfenblut geboren worden zu sein.«

»Darüber hättest du aber nachdenken sollen«, versetzte sie leise, und ihre grünen Augen sahen ihn an. »Wenn wir verstehen wollen, wer wir sind, müssen wir erst verstehen, wer wir waren.«

Die Worte klangen vorwurfsvoll. Doch der Vorwurf galt nicht Wil, sondern eher Amberle selbst. Wil verspürte ein plötzliches

Verlangen, mehr über dieses Mädchen zu erfahren, sie irgendwie dazu zu bewegen, sich ihm wenigstens ein klein wenig zu öffnen.

»Vielleicht könntest du mir helfen, das zu verstehen«, meinte er nachdenklich.

Augenblicklich verdunkelte Zweifel ihre Augen. Es war beinahe so, als glaubte sie, er wolle sie zum Narren halten. Lange zauderte sie, ehe sie ihm antwortete.

»Also gut, ja, vielleicht kann ich es.« Sie wandte sich zu ihm um, so daß sie ihm ins Gesicht blicken konnte. »Als erstes mußt du folgendes wissen: Die Elfen sind der Überzeugung, daß die Erhaltung der Erde und aller Wesen, die auf ihr leben, Tiere wie Pflanzen, eine moralische Verpflichtung ist. Diese Überzeugung hat vor allem anderen ihr Verhalten als Geschöpfe dieser Erde bestimmt. In der alten Welt widmeten sie ihr ganzes Leben der Pflege der Wälder, in denen sie lebten, kümmerten sich um die Pflanzen aller Art, die in ihnen gediehen, und um die Tiere, die in ihnen hausten. Damals gab es natürlich kaum andere Aufgaben, derer sie sich annehmen mußten, denn sie lebten ja völlig abgeschieden wie Einsiedler. Das ist jetzt anders, aber die Elfen halten auch heute an der Überzeugung fest, daß sie für den Zustand ihrer Welt die moralische Verantwortung tragen. Von jedem Elf wird erwartet, daß er einen Teil seines Lebens dem Bemühen widmet, der Erde etwas von dem zurückzugeben, was er von ihr bekommen hat. Das soll heißen, es wird von jedem Elf erwartet, daß er einen Teil seines Lebens dafür gibt, zum Wohl der Erde zu arbeiten – sei es, daß er Schäden beheben hilft, die durch Mißbrauch oder Vernachlässigung entstanden sind, sei es, daß er sich der Tiere annimmt oder der Bäume und anderen Pflanzen, die Pflege und Fürsorge brauchen.«

»Und das hast du in Havenstead getan?«

Sie nickte. »In gewisser Weise. Die Erwählten sind von diesem Dienst an der Erde befreit. Als ich nicht mehr zu den Erwählten gehörte und in meiner Heimat nicht mehr willkommen war, beschloß ich, der Erde zu dienen. Die meisten Elfen suchen sich ihre Aufgaben im Westland, weil das ihr Heimatland ist. Wir sind aber der Meinung, daß die Sorge um die Erde in der Verantwortung aller Menschen liegt. Bis zu einem gewissen Grad teilen die

Zwerge unser Interesse, aber die anderen Rassen haben sich immer ziemlich gleichgültig gezeigt. Deshalb ziehen manche Elfen aus dem Westland in andere Gemeinden und versuchen, den Menschen, die dort leben, ihre Verantwortlichkeit für die Pflege und Erhaltung ihres Landes begreiflich zu machen. Ich habe das in Havenstead versucht.«

»Und zu diesem Zweck hast du mit den Kindern des Dorfes gearbeitet«, bemerkte Wil.

»In erster Linie mit den Kindern, denn die Kinder sind offener für das, was ich lehre, und haben Zeit zu lernen. Ich erhielt meinen Unterricht im Umgang mit der Erde, als ich noch ein Kind war; so ist das bei uns Elfen. Ich verstand es besser als die meisten, das Gelernte umzusetzen – ich vermute, das ist einer der Gründe, warum ich erwählt wurde. Der Ellcrys hat Gespür für so etwas. Er besitzt die Fähigkeit –«

Es war, als ertappe sich Amberle mitten in einem Gedanken, den sie nicht weiterverfolgen wollte. Abrupt brach sie ab und zuckte die Schultern.

»Jedenfalls verstand ich es mit den Kindern von Havenstead sehr gut, und die Leute im Dorf waren nett zu mir. Havenstead war mein Zuhause, und ich wollte nicht fort.«

Sie senkte den Blick auf das Feuer zwischen ihnen. Wil schwieg, legte nur ein paar frische Zweige auf. Nach einer Weile sah Amberle wieder zu ihm auf.

»So, jetzt weißt du ein wenig über die Beziehung der Elfen zur Erde. Sie ist ein Teil deines Erbes, deshalb solltest du versuchen, sie zu verstehen.«

»Ich glaube, ich verstehe sie schon«, erwiderte Wil nachdenklich. »Zumindest teilweise. Zwar wurde ich nicht nach Elfenart unterwiesen, aber ich habe bei den Stors die Heilkunst erlernt. Ihr Interesse am menschlichen Leben hat viel Ähnlichkeit mit dem Interesse der Elfen am Wohlbefinden der Erde. Ein Heilkundiger muß tun, was in seiner Macht steht, um das Leben und die Gesundheit der Menschen zu erhalten, die er behandelt. Das ist eine Verpflichtung, die ich eingegangen bin, als ich mich entschloß, ein Heilkundiger zu werden.«

Das Elfenmädchen musterte ihn mit neugierigem Blick.

»Irgendwie finde ich es darum um so sonderbarer, daß Allanon dich überreden konnte, mich zu begleiten. Du bist ein Heilkundiger, der sich der Erhaltung des Lebens verpflichtet hat. Was willst du tun, wenn du in eine Situation gerätst, in der du anderen Schaden antun, sie vielleicht sogar töten mußt, um mich zu schützen?«

Wil starrte sie wortlos an. Er hatte die Möglichkeit, daß es sich so zutragen könnte, nie in Erwägung gezogen. Als er ihr jetzt ins Gesicht blickte, verspürte er ein unbehagliches Gefühl des Zweifels.

»Ich weiß nicht, was ich dann tun werde«, bekannte er voll Unsicherheit.

Danach schwiegen sie beide lange. Über das Feuer hinweg sahen sie einander an und waren nicht fähig, die Befangenheit des Augenblicks zu verdrängen. Dann aber stand Amberle unvermittelt auf, ging zu Wil hinüber und setzte sich neben ihn. Impulsiv ergriff sie seine Hand.

»Die Frage war nicht fair, Wil Ohmsford. Es tut mir leid, daß ich sie gestellt habe. Du hast dich bereit gefunden, mich auf dieser Reise zu begleiten, weil du glaubtest, du könntest mir helfen. Es ist unrecht von mir, daran zu zweifeln, daß du es tun würdest.«

»Die Frage war berechtigt«, widersprach Wil, »aber ich weiß eben keine Antwort darauf.«

»Das ist auch gar nicht nötig«, meinte sie. »Gerade ich müßte eigentlich wissen, daß es Entscheidungen gibt, die nicht im voraus getroffen werden können. Wir können nicht immer voraussehen, wie die Dinge sich entwickeln werden, und wir können daher auch nicht vorausplanen, wie wir handeln werden. Damit müssen wir uns abfinden. Die Frage war wirklich nicht in Ordnung. Ebensogut könntest du mich fragen, was ich tun werde, wenn der Ellcrys mir eröffnet, daß ich noch immer eine Erwählte bin.«

Wil lächelte schwach. »Vorsichtig! Ich bin in Versuchung, dir genau diese Frage zu stellen.«

Augenblicklich ließ sie seine Hand los und stand auf.

»Tu es nicht. Die Antwort, die ich dir gäbe, würde dir nicht behagen.« Sie schüttelte traurig den Kopf. »Du glaubst, ich stehe vor einer einfachen Entscheidung. Aber du irrst dich.«

Sie kehrte auf die andere Seite des Feuers zurück und breitete ihren Umhang auf dem Boden aus. Bevor sie sich in ihn einwikkelte, drehte sie sich noch einmal nach ihm um.

»Glaub mir, Wil Ohmsford, wenn diese Entscheidungen wirklich notwendig werden sollten, dann wirst du es leichter haben als ich.«

Sie senkte den Kopf in die Falten ihres Umhangs und war Augenblicke später eingeschlafen. Wil starrte grüblerisch ins Feuer. Er konnte es nicht erklären, aber er glaubte ihr.

Als sie am folgenden Morgen erwachten, war Artaq nicht mehr da. Im ersten Moment glaubten sie, er sei vielleicht in der Nacht davongewandert, aber sie fanden ihn weder im Wald rund um ihr Lager noch jenseits auf der offenen Ebene. In Wil erwachte ein furchtbarer Verdacht. Sogleich machte er sich daran, die Stelle, wo Artaq gegrast hatte, aufmerksam zu untersuchen, und schritt dann langsam im Kreis um ihren Lagerplatz. Von Zeit zu Zeit ließ er sich auf die Knie nieder, um direkt am Boden zu riechen oder das Erdreich mit den Fingern zu betasten. Nach ein paar Minuten schien er etwas gefunden zu haben. Den Blick weiterhin zu Boden geheftet, streifte er südwärts durch das Wäldchen und in die Wiesen hinaus. Nach etwa zweihundert Fuß schwenkte er ab in Richtung zum Fluß. Amberle folgte ihm stumm. Wenig später standen sie beide am Ufer des Mermidon und blickten auf die sandigen Untiefen, die sich mehrere hundert Fuß stromabwärts von ihrem Lager befanden.

»Die Fahrensleute!« Wil spie das Wort aus wie eine bittere Pille. »Sie haben in der Nacht hier den Fluß durchquert und Artaq gestohlen.«

Amberle machte ein erstauntes Gesicht.

»Bist du sicher?«

»Vollkommen.« Wil nickte. »Ich habe ihre Spuren gefunden. Außerdem kann das sonst niemand fertiggebracht haben. Artaq hätte sich gewehrt, wenn irgendwelche unerfahrenen Leute versucht hätten, ihn zu entführen. Aber diese Burschen sind ganz geschickte Pferdeabrichter. Schau dort hinüber, sie sind schon fort.«

Er wies zum anderen Ufer des Flusses hinüber, wo am vergangenen Abend die Wohnwagen Halt gemacht hatten. Jetzt war dort alles verlassen.

»Und was tun wir nun?« fragte Amberle schließlich.

Wil war so wütend, daß er kaum sprechen konnte.

»Zunächst packen wir unsere Sachen. Dann gehen wir hinüber ans andere Ufer und sehen uns ihren Lagerplatz an.«

Sie kehrten zu ihrem eigenen Lager zurück, packten eilig die paar Sachen, die sie mit sich trugen, und liefen wieder zum Fluß. An den Untiefen durchquerten sie ihn ohne Mühe und rannten zu dem jetzt verlassenen Lagerplatz der Fahrensleute. Wieder unterzog Wil den Boden einer aufmerksamen Prüfung. Dann ging er zu Amberle zurück.

»Mein Onkel Flick hat mich das Spurenlesen gelehrt, als ich zu Hause in Shady Vale mit ihm auf die Jagd ging«, erzählte er ihr, sichtlich besserer Stimmung. »Wir waren manchmal wochenlang in den Duln-Wäldern und haben geangelt und gejagt. Ich habe mich später oft gefragt, ob ich das, was ich damals gelernt habe, jemals wieder brauchen würde.«

Sie nickte ungeduldig. »Was hast du entdeckt?«

»Sie sind nach Westen weitergezogen, wahrscheinlich kurz vor Tagesanbruch.«

»Und das ist alles? Gibt es keinen Hinweis darauf, ob sie Artaq mitgenommen haben?«

»O ja, den haben sie mitgenommen. Da hinten bei den Untiefen sind Spuren genug, die zeigen, daß vom anderen Ufer ein Pferd in den Fluß gegangen und hier drüben wieder herausgekommen ist. Ein Pferd und mehrere Männer. Nein, da gibt's gar keinen Zweifel, die haben ihn. Aber wir holen ihn uns wieder.«

Sie warf ihm einen zweifelnden Blick zu.

»Du willst ihnen folgen?«

»Natürlich!« Sein Zorn erwachte von neuem. »Wir beide werden diese Burschen verfolgen.«

»Nur du und ich, Talbewohner?« Sie schüttelte den Kopf. »Zu Fuß?«

»Bis zum Einbruch der Nacht können wir sie einholen. Die Wagen kommen nur langsam vorwärts.«

»Das setzt voraus, daß wir sie finden, oder nicht?«

»Das ist kinderleicht. Früher konnte ich mal die Fährte eines einzelnen Rehs im Wald verfolgen, auch wenn es wochenlang nicht geregnet hatte; da wird es mir doch jetzt wohl noch gelingen, einem ganzen Wagenzug auf der Spur zu bleiben.«

»Irgendwie gefällt mir das alles nicht«, erklärte sie ruhig. »Selbst wenn wir sie finden, und sie Artaq tatsächlich haben, was sollen wir dann tun?«

»Darüber zerbrechen wir uns den Kopf, wenn wir sie haben«, erwiderte er unerschüttert.

Amberle ließ nicht locker.

»Ich bin der Meinung, wir sollten uns jetzt darüber den Kopf zerbrechen. Diese Leute, denen du folgen willst, sind schließlich alle bewaffnet. Ich bin über den Diebstahl von Artaq genauso erbost wie du, aber das ist doch kein Grund, Hals über Kopf irgend etwas zu unternehmen, ohne zuvor vernünftig zu überlegen.«

Es kostete Wil Mühe, seinen Zorn und seine Ungeduld zu bezähmen.

»Ich laß' mir doch das Pferd nicht einfach stehlen. Überleg mal, wenn Artaq nicht gewesen wäre, dann hätten uns die Dämonen schon in Havenstead erwischt. Er hat ein besseres Schicksal verdient, als von nun an diesen Gaunern dienen zu müssen. Außerdem brauchen wir ihn. Ohne ihn müssen wir zu Fuß weiter. Bis nach Arborlon. Wir würden länger als eine Woche benötigen, und fast die ganze Zeit führt der Weg durch offenes Land. Da können wir von diesen gräßlichen Wesen, die immer noch nach uns suchen, viel leichter aufgestöbert werden. Und das ist mir gar nicht sympathisch. Wir brauchen Artaq.«

»Ich habe den Eindruck, du hast deinen Entschluß bereits gefaßt«, meinte sie ausdruckslos.

Er nickte. »Richtig. Außerdem reisen die Fahrensleute ohnehin in Richtung Westland; es kommt uns nur entgegen.«

Einen Augenblick lang sah sie ihn nur an. Dann nickte sie schließlich.

»Also gut, versuchen wir, sie einzuholen. Ich möchte Artaq auch zurückhaben. Aber ein bißchen nachdenken müssen wir vorher schon. Ich finde, wir sollten einen festen Plan haben, wenn wir auf den Zug stoßen.«

Er lächelte. »Den haben wir bis dahin ganz bestimmt.«

Den ganzen Tag wanderten sie, den Räderspuren des Wagenzuges folgend, durch das offene Grasland. Es war heiß und trocken, und die Sonne brannte von einem wolkenlosen blauen Himmel auf sie herunter.

Sie fanden kaum Schatten, in den sie sich vor der Hitze flüchten konnten. Das bißchen Wasser, das sie bei sich trugen, war bald getrunken, und sie trafen auf kein Gewässer, an dem sie ihren Vorrat hätten auffüllen können. Am späten Nachmittag schmeckten sie nur noch den Staub der Ebene und ihren Durst. Die Beinmuskeln schmerzten, und ihre Füße waren voller Blasen. Sie sprachen wenig miteinander, konzentrierten sich nur darauf, einen Fuß vor den anderen zu setzen, während sie zusahen, wie die Sonne vor ihnen langsam versank. Schließlich blieb vom Tag nur ein matter lohfarbener Schein über dem weiten Land.

Wenig später begann es zu dunkeln, der Tag versank im Zwielicht, das Zwielicht wurde von der Nacht verschluckt. Sie marschierten weiter, obwohl sie jetzt die Spuren der Wagenräder nicht mehr erkennen konnten. Sich ganz auf ihren Richtungssinn verlassend, versuchten sie, in gerader Linie westwärts zu wandern. Mond und Sterne erwachten blitzend am Nachthimmel und sandten ihr weiches Licht in die Ebene hinunter, um den Talbewohner und das Elfenmädchen zu führen. Schmutz und Schweiß erkalteten und trockneten auf den Körpern der beiden jungen Menschen, und sie spürten, wie ihre Kleider unangenehm steif wurden. Keiner von beiden jedoch dachte daran, den anderen zu einer Rast aufzufordern. Stumm und entschlossen wanderten sie weiter, das Mädchen ebenso wie der junge Mann. Ihn überraschte die Ausdauer des Elfenmädchens, und er bewunderte ihre Tatkraft und ihren Mut.

Dann sahen sie in der Ferne ein Licht. Es waren Flammen, die wie ein Leuchtfeuer die Nacht erhellten. Sie hatten die Fahrensleute gefunden. Ohne ein Wort zu wechseln, trotteten sie näher an den Feuerschein heran; die Giebeldächer der Wagen nahmen in der Nacht allmählich Form und Gestalt an, und schließlich sahen sie vor sich den Wagenzug, in losem Kreis gruppiert, wie am Abend zuvor am Ufer des Mermidon.

Wil nahm Amberle bei der Hand und zog sie mit sich herunter, als er sich niederkauerte.

»Wir gehen rein«, flüsterte er, ohne den Blick vom Lager der Fahrensleute zu wenden.

Sie starrte ihn ungläubig an.

»Das ist dein Plan?«

»Ich kenne mich mit diesen Leuten ganz gut aus. Mach einfach alles mit, was ich sage, dann wird's schon klappen.«

Ohne ihre Antwort abzuwarten, stand er auf und machte sich auf den Weg zum Wagenzug. Das Elfenmädchen blickte ihm einen Moment lang unschlüssig nach, dann stand auch sie auf und folgte ihm. Als sie sich dem Kreis der Wagen näherte, wurden die Gesichter der Männer, Frauen und Kinder sichtbar, die sich im Feuerschein hin und her bewegten. Gelächter und Stimmengewirr drangen zu ihnen. Die Fahrensleute hatten gerade ihr abendliches Mahl beendet, hier und dort stattete eine Familie einer anderen einen Besuch ab. Von irgendwoher kam der melodische Schlag eines Saiteninstruments.

Fünfzig Schritte von der Wagenburg entfernt stieß Wil einen Ruf aus. Amberle war so überrascht, daß sie zusammenfuhr. Drinnen im Lager hielten alle in ihrer jeweiligen Tätigkeit inne. Die Köpfe flogen herum. Eine Handvoll Männer tauchte an der Lücke zwischen den Wagen auf, die den sich nähernden jungen Leuten am nächsten war. Stumm spähten die Männer in die Nacht hinaus. Der Feuerschein loderte hinter ihnen, so daß ihre Gesichter im Schatten lagen, und nicht zu erkennen waren. Wil zögerte nicht. Er ging direkt auf sie zu. Amberle folgte ihm mit einem Schritt Abstand. Im ganzen Lager war es mucksmäuschenstill.

»Guten Abend«, sagte Wil freundlich, als er die Gruppe von Männern erreichte, die ihnen den Durchgang ins Lager versperrte.

Die Männer antworteten nicht. Im tanzenden Schimmer des Feuers sah Wil Ohmsford das Blitzen eiserner Klingen.

»Wir haben euer Feuer gesehen und dachten, ihr könntet uns etwas Wasser geben«, fuhr er immer noch lächelnd fort. »Wir marschieren seit Tagesanbruch ohne Wasser und sind der Erschöpfung nahe.«

Ein hochgewachsener Mann in einem waldgrünen Umhang und einem breitkrempigen Hut – der Mann, den sie am Fluß gesehen hatten – drängte sich durch das Knäuel schweigender Männer.

»Ah, die jungen Reisenden von gestern abend«, stellte er ruhig fest, ohne sie zu begrüßen.

»Ach, guten Abend«, sagte Wil nochmals in aller Freundlichkeit. »Wir haben leider großes Pech gehabt. Im Lauf der Nacht ist uns unser Pferd abhanden gekommen – es ist offenbar ausgerissen, während wir schliefen. Nun sind wir den ganzen Tag ohne Wasser marschiert und wären dankbar für einen Schluck zu trinken.«

»Ah ja.« Der große Mann lächelte ohne Wärme. Er war sehr hochgewachsen, mager und grobknochig, mit einem dunklen Gesicht, das von einem schwarzen Bart umrahmt war. Er verlieh seinen Zügen eine solche Düsternis, daß sein Lächeln beinahe bedrohlich wirkte. Augen, schwärzer als die Nacht, blickten unter einer von Wind und Wetter gegerbten Stirn hervor, die in eine Hakennase überging. Mit beringter Hand winkte der Mann den anderen, die hinter ihm standen.

»Laßt Wasser bringen«, befahl er, den Blick noch immer auf den Talbewohner gerichtet. In seiner Miene regte sich nichts. »Wer seid Ihr, junger Freund, und wohin des Wegs?«

»Mein Name ist Wil Ohmsford«, antwortete der Talbewohner. »Dies ist meine Schwester Amberle. Wir sind auf dem Weg nach Arborlon.«

»Arborlon.« Nachdenklich wiederholte der hochgewachsene Mann diesen Namen. »Hm, ihr seid natürlich Elfen – das sieht jeder Blinde. Wenn auch vielleicht noch anderes Blut in eueren Adern fließt. Hm, ihr sagt, daß ihr euer Pferd verloren habt. Wäre es nicht klüger gewesen, dem Mermidon zu folgen, anstatt geradewegs nach Westen zu wandern?«

Wil ließ wieder sein Lächeln strahlen.

»Oh ja, daran haben wir auch gedacht; aber seht ihr, es ist von größter Wichtigkeit, daß wir Arborlon so bald wie möglich erreichen. Ein Fußmarsch würde viel zu lange dauern. Wir haben euch und eure Leute natürlich gestern abend am anderen Ufer gesehen und haben auch bemerkt, daß ihr eine Anzahl sehr schöner Pferde besitzt. Da dachten wir, daß ihr uns vielleicht eines eurer Pferde überlaßt, wenn wir euch etwas von Wert dafür geben.«

»Etwas von Wert?« Der hochgewachsene Mann zuckte die Schultern. »Vielleicht. Wir müßten natürlich erst einmal sehen, was Ihr uns zu bieten habt.«

Wil nickte. »Natürlich.«

Eine alte Frau erschien, die einen Krug Wasser und einen hölzernen Becher brachte. Sie reichte beides Wil. Er nahm es wortlos entgegen. Unter den Blicken der Fahrensleute goß er etwas Wasser in den Becher. Ohne ihn Amberle anzubieten, die ihn erstaunt anstarrte, trank er das Wasser hinunter. Dann schenkte er einen zweiten Becher ein und trank auch den aus. Als er fertig war, reichte er Amberle den leeren Becher und den Krug ohne ein Wort.

»Mir scheint, Ihr kennt die Sitte«, bemerkte der hochgewachsene Mann, und Interesse flackerte in seinen dunklen Augen auf. »Dann wißt Ihr auch, daß wir Fahrensleute sind.«

»Ja, ich habe schon Fahrensleute behandelt«, erwiderte Wil. »Ich bin ein Heilkundiger.«

Ein Murmeln pflanzte sich durch die Gruppe von Menschen fort, die seit dem Beginn des Gesprächs beträchtlich angewachsen war. Nahezu das vollständige Lager hatte sich jetzt versammelt, etwa dreißig Männer, Frauen und Kinder, alle in farbenprächtige seidene Gewänder mit bunten Bändern und Schals gekleidet.

»Ein Heilkundiger? Das ist eine Überraschung.« Der hochgewachsene Mann trat vor, zog mit schwungvoller Geste seinen Hut und verbeugte sich. Als er sich wieder aufrichtete, bot er Wil die Hand zum Gruß. »Mein Name ist Cephelo. Ich bin der Führer dieser Familie.«

Wil nahm die dargebotene Hand und schüttelte sie. Cephelo lächelte.

»Aber ihr solltet nicht hier draußen in der Kälte der Nacht stehen bleiben. Kommt mit mir. Auch Eure Schwester ist uns willkommen. Ihr seht mir beide aus, als könntet ihr ein Bad und ein kräftiges Mahl gebrauchen.«

Er führte sie durch das Gedränge der Fahrensleute ins Innere des Wagenkreises. Ein mächtiges Feuer brannte in der Mitte des Lagers, und darüber stand ein Dreifuß, von dem ein eiserner Kessel herabhing. Der Schein des Feuers spiegelte sich in den buntbemalten Wagen, so daß sich der Regenbogen von Farben mit den Schatten der Nacht mischte. Kunstvoll geschnitzte und glänzend polierte Holzbänke standen zu Füßen der Wagen. Die breiten Sitze waren mit Federkissen gepolstert. In den offenen Fenstern, deren Messinggriffe blitzten und funkelten, spielte ein leichter Wind mit Spitzenvorhängen und Perlschnüren. Auf einem langen Tisch, der etwas abseits stand, lag ein ganzes Sortiment ordentlich aufgereihter Waffen – Spieße, Schwerter und Messer. Zwei kleine Jungen waren damit beschäftigt, eifrig und gewissenhaft die scharfen Klingen mit Öl einzureiben.

Als sie das Feuer erreichten, drehte Cephelo sich unvermittelt um.

»Nun, was soll es zuerst sein – eine Mahlzeit oder ein Bad?«

Wil verschwendete nicht einmal einen Blick an Amberle.

»Ein Bad, denke ich – auch für meine Schwester, wenn Ihr das Wasser entbehren könnt.«

»Das können wir.« Cephelo nickte und drehte sich um. »Eretria!«

Seide raschelte, und gleich darauf sah sich Wil einem Mädchen von atemberaubender Schönheit gegenüber. Sie war so klein und zierlich wie Amberle, doch sie hatte nichts von der kindlichen Unschuld des Elfenmädchens. Dichtes schwarzes Haar ergoß sich in lockigem Schwall über ihre Schultern, ein Gesicht umrahmend, das von ebenmäßiger Schönheit war. Unergründlich und geheimnisvoll blickten die dunklen Augen. Das Mädchen trug hohe Lederstiefel, dazu eine Hose und einen Kittel aus scharlachroter Seide, welche die weiblichen Formen wohl bedeckten, aber nicht verhüllten. Silber blitzte an Handgelenken und Hals.

Wil starrte sie voll Erstaunen an und konnte den Blick nicht von ihr wenden.

»Meine Tochter Eretria.« Cephelos Stimme klang gelangweilt. Er wies auf Amberle. »Kümmere dich um das Elfenmädchen. Sie möchte ein Bad nehmen.«

Eretria lächelte spitzbübisch. »Es wäre viel reizvoller, wenn ich mich um ihn kümmern dürfte«, bemerkte sie mit einem Nicken zu Wil hin.

»Tu, was ich dir gesagt habe«, befahl ihr Vater scharf.

Eretria ließ Wil nicht aus den Augen.

»Dann komm, Mädchen«, forderte sie Amberle auf.

Gleich darauf wandte sie sich ab und war verschwunden. Amberle folgte ihr. Übermäßig beglückt schien sie nicht.

Cephelo führte Wil auf die andere Seite des Lagers, wo zwischen zwei Wagen ein kleiner Platz durch aufgehängte Decken abgeschirmt war. Hinter den Decken wartete ein Zuber mit Wasser. Wil entledigte sich seiner Kleider und legte sie ordentlich auf den Boden neben sich. Er merkte sehr wohl, daß der Führer der Fahrensleute jedes Stück, das er ablegte, genau musterte. Er wollte wohl sehen, ob er etwas von Wert besäße. Wil achtete darauf, daß ihm der Beutel mit den Elfensteinen nicht aus der Tasche seines Kittels fiel.

Nachdem er sich völlig entkleidet hatte, stieg er in den Zuber, um sich den Schmutz und den Schweiß des langen Marsches wegzuwaschen.

»Es kommt nicht häufig vor, daß wir einem Heiler begegnen, der bereit ist, Fahrensleute zu behandeln«, bemerkte Cephelo nach einer Weile. »Im allgemeinen müssen wir selbst uns um unsere Kranken kümmern.«

»Ich habe bei den Stors gelernt«, antwortete Wil. »Sie leisten jedem Hilfe, der Hilfe braucht.«

»Bei den Stors?« Cephelo machte kein Hehl aus seiner Verwunderung. »Aber die Stors sind doch Gnomen.«

Wil nickte. »Ich war eine Ausnahme.«

»Ihr scheint mir in vieler Hinsicht eine Ausnahme zu sein«, stellte Cephelo fest. Er ließ sich auf einer Bank nieder und betrachtete den Talbewohner, während dieser sich abtrocknete und dann daranging, seine Kleider auszuwaschen. »Wir haben Arbeit für Euch, so daß Ihr Euer Essen und Eure Unterkunft bei uns bezahlen könnt, Heiler. Es gibt einige unter uns, die Eure Hilfe brauchen.«

»Ich bin gern bereit zu tun, was ich kann«, erwiderte Wil.

»Gut.« Cephelo nickte zufrieden. »Ich will sehen, ob ich ein paar trockene Sachen für Euch finden kann.«

Er stand auf und ging davon. Augenblicklich nahm Wil den Beutel mit den Elfensteinen aus der Tasche seines Kittels und ließ ihn in seinen Stiefel gleiten. Dann wusch er weiter seine Kleider. Es dauerte nicht lange, dann kam Cephelo mit einem Bündel seidener Gewänder zurück. Wil nahm sie dankend entgegen und kleidete sich an. Der Klumpen an der Fußspitze seines rechten Stiefels drückte zwar höchst unangenehm, doch das würde er eben aushalten müssen. Cephelo rief die alte Frau herbei, die zuvor das Wasser gebracht hatte, und befahl ihr, Wils nasse Kleider mit sich zu nehmen. Der Talbewohner reichte ihr die Sachen wortlos; er wußte, daß sie gründlich durchsucht werden würden.

Danach kehrten die beiden Männer zum Feuer in der Mitte des Lagers zurück, wo wenig später Amberle sich zu ihnen gesellte. Auch sie trug seidene Gewänder wie Wil. Beide bekamen nun einen Teller mit dampfendem Essen und einen Becher Wein. Sie saßen am Feuer und aßen schweigend, während die Fahrensleute sich rundum niederließen, um sie neugierig zu beobachten. Cephelo hockte sich mit gekreuzten Beinen auf einem Sitzkissen mit goldenen Quasten nieder und beobachtete seine beiden Gäste mit ausdrucksloser Miene. Von Eretria war nirgends eine Spur zu sehen.

Nach dem Essen versammelte der Führer der Fahrensleute jene Mitglieder seiner Familie um sich, die der Fürsorge eines Heilers bedurften. Nacheinander untersuchte und behandelte der Talbewohner die Patienten. Obwohl er Amberle nicht um ihre Hilfe gebeten hatte, arbeitete sie an seiner Seite, hielt Bandagen und heißes Wasser bereit, ging ihm beim Auflegen einfacher Kräuterpflaster und Salben zur Hand. Als Wil nach etwa einer Stunde den letzten Patienten versorgt hatte, trat Cephelo zu ihm.

»Ihr habt Eure Arbeit gut gemacht, Heiler.« Er lächelte ein wenig freundlich. »Nun wollen wir sehen, was wir als Gegenleistung für Euch tun können. Begleitet mich doch ein Stück – hier hinunter.«

Er legte Wil Ohmsford einen Arm um die Schultern und führte ihn weg vom Feuer. Amberle blieb allein zurück. Die beiden Männer schlenderten zur anderen Seite des Lagers.

»Ihr habt mir berichtet, daß Euch gestern nacht nicht weit von unserm Lager am Mermidon Euer Pferd abhanden gekommen ist.« Die Stimme Cephelos klang nachdenklich. »Wie hat das Tier denn ausgesehen?«

Wils Miene blieb ausdruckslos. Er kannte das Spiel, was da gespielt wurde.

»Es ist ein Hengst, ein schwarzer Hengst.«

»Ach was.« Cephelo schien noch nachdenklicher als zuvor. »Gerade ein solches Pferd haben wir heute morgen gefunden. In aller Frühe. Ein sehr schönes Tier. Es wanderte in unser Lager herein, als wir gerade anspannten, um wieder aufzubrechen. Vielleicht war das Euer Pferd, Heiler.«

»Vielleicht.«

»Wir wußten selbstverständlich nicht, wem das Tier gehört.« Cephelo lächelte. »Deshalb haben wir es mitgenommen. Sehen wir es uns doch einmal an.«

Dreißig Schritte vom Lager entfernt waren die Pferde der Fahrensleute in einer Reihe nebeneinander angepflockt. Zwei dunkle Gestalten tauchten aus der Nacht auf, Wachposten, die mit Spießen und Pfeil und Bogen bewaffnet waren. Auf ein Wort von Cephelo verschwanden sie wieder. Der Führer der Fahrensleute führte Wil an der Reihe von Pferden entlang. Das letzte Tier war Artaq.

Wil nickte. »Ja, das ist unser Pferd.«

»Trägt es Euer Zeichen, Heiler?« fragte Cephelo beinahe so, als sei ihm die Frage peinlich.

Wil schüttelte den Kopf.

»Ach, das ist aber sehr schade, denn dann läßt sich natürlich nicht mit Sicherheit feststellen, ob es sich tatsächlich um Euer

Pferd handelt. Es gibt schließlich in den Vier Ländern eine stattliche Anzahl von Rapphengsten, und wie sollen wir sie voneinander unterscheiden, wenn ihre Eigentümer sie nicht kennzeichnen? Das ist nun wirklich ein Problem, Heiler. Nichts wünsche ich mehr, als Euch dieses Pferd zu geben, doch ich ginge damit ein großes Risiko ein. Nehmt an, ich gebe Euch das Tier, wie ich das wünsche, und dann taucht ein anderer Mann auf und erzählt mir, daß er ebenfalls einen schwarzen Hengst verloren hat, und dann entdecken wir, daß ich irrtümlich Euch sein Pferd gegeben habe. Dann wäre ich ja wohl verantwortlich für den Verlust dieses Mannes.«

»Ja, da habt Ihr wahrscheinlich recht.«

Wil nickte mit wohldosiertem Zweifel, ohne der lächerlichen Mutmaßung Cephelos zu widersprechen. Das gehörte schließlich auch zum Spiel.

»Ich glaube Euch natürlich.« Cephelos bärtiges Gesicht drückte feierlichen Ernst aus. »Wenn man überhaupt einem Menschen auf dieser Welt vertrauen kann, dann doch gewiß einem Heilkundigen.« Er lächelte listig. »Dennoch gehe ich ein gewisses Risiko ein, wenn ich mich dafür entscheide, Euch das Tier auszuhändigen – diese Tatsache kann ich als praktischer Mensch in einem oft harten Geschäft nicht übersehen. Hinzu kommt die Pflege und Versorgung des Tieres. Wir haben uns mit der gleichen Fürsorge um den Hengst gekümmert wie um unsere eigenen Pferde; wir haben ihm die Nahrung zu fressen gegeben, die wir unseren eigenen Tieren geben. Ihr werdet sicher Verständnis dafür haben, wenn ich sage, daß uns meiner Meinung nach für all diese Fürsorge ein Entgeld zusteht.«

»In der Tat.« Wil nickte.

»Schön, gut.« Cephelo rieb sich befriedigt die Hände. »Wir verstehen uns. Nun müssen wir uns nur noch über den Preis einigen. Ihr sagtet vorhin etwas davon, daß Ihr uns für ein Pferd etwas von Wert geben wollt. Vielleicht können wir jetzt einen gerechten Tausch machen – Ihr gebt uns das, was Ihr bei Euch habt, zur Begleichung Eurer Schuld. Ich würde dafür keinem anderen, der sich bei mir nach einem abhanden gekommenen schwarzen Hengst erkundigt, etwas davon sagen, daß wir dieses

Pferd gefunden haben.«

Er zwinkerte verschmitzt. Wil trat zu Artaq und streichelte den glatten Kopf des Pferdes, das seine Schnauze an seine Brust drückte.

»Ich kann Euch leider doch nichts von Wert bieten«, sagte er schließlich. »Ich habe nichts bei mir, womit ich Euch für das entlohnen könnte, was Ihr getan habt.«

Cephelo machte ein enttäuschtes Gesicht.

»Nichts?«

»Gar nichts.«

»Aber Ihr sagtet doch vorhin, Ihr hättet etwas von Wert mitgebracht . . .«

»O ja.« Wil nickte rasch. »Damit meinte ich, daß ich Euch meine Dienste als Heilkundiger anbieten könnte. Ich dachte, das sei etwas von Wert.«

»Aber Eure Dienste als Heilkundiger habt Ihr doch als Gegenleistung für Essen und Unterkunft für Euch und Eure Schwester zur Verfügung gestellt.«

»Ja, das ist wahr.« Wil sah nicht sehr glücklich aus. Er holte tief Atem. »Vielleicht darf ich einen Vorschlag machen?« Neuerliches Interesse flackerte im Gesicht des anderen auf. »Wir befinden uns doch beide auf dem Weg ins Westland. Wenn Ihr uns erlaubt, Euch weiter zu begleiten, ergibt sich vielleicht noch eine Gelegenheit für uns, Euch zu bezahlen – vielleicht bedürft Ihr meiner Künste noch einmal.«

»Das ist unwahrscheinlich.« Cephelo dachte über den Vorschlag nach. Dann schüttelte er den Kopf. »Ihr habt gar nichts von Wert, was Ihr uns für das Pferd geben könnt – gar nichts?«

»Nein, nichts.«

»Eine armselige Art zu reisen«, brummte der Führer der Fahrensleute, während er sich das bärtige Kinn rieb. Wil sagte nichts. »Nun, ich denke es wird nichts schaden, wenn Ihr bis zu den Wäldern mit uns reist. Aber das sind nur noch ein paar Tagereisen, und wenn Ihr bis dahin nichts für uns getan habt, werden wir das Pferd als Lohn für unsere Mühe behalten müssen. Ihr versteht das wohl.«

Wil nickte stumm.

»Eines noch.« Cephelo trat näher. Sein Gesicht war jetzt gar nicht mehr freundlich. »Ich vertraue darauf, daß Ihr nicht so töricht seid, uns das Pferd stehlen zu wollen, Heiler. Ihr kennt uns gut genug, um zu wissen, was mit Euch geschehen würde, solltet Ihr solches versuchen.«

Wieder nickte Wil. Ja, das wußte er.

»Gut.« Cephelo trat wieder zurück. »Vergeßt es nicht.« Es lag auf der Hand, daß ihm die Entwicklung der Dinge gar nicht gefiel, doch er tat seinen Unmut jetzt mit einem Achselzucken ab. »Genug der Geschäfte. Kommt mit ins Lager und trinkt mit mir.«

Er führte Wil wieder in den Kreis der hohen Wagen zurück, klatschte laut in die Hände und rief seinen Leuten zu, sie sollten sich zu ihm gesellen, um mit ihm zusammen bei Wein und Musik den jungen Heilkundigen willkommen zu heißen, der sich ihnen gegenüber so freundlich und hilfsbereit gezeigt hatte. Wil bekam einen Platz neben Cephelo auf einer gepolsterten Bank vor dem Wohnwagen des Führers. Die Männer, Frauen und Kinder des Lagers strömten eifrig zusammen. Aus einem großen Faß wurde Wein gezapft, und Becher machten die Runde. Cephelo erhob sich und brachte einen blumigen Toast auf die Gesundheit seiner Familie aus. Hoch erhoben alle ihre Becher und leerten sie mit einem Zug. Auch Wil trank mit. Er sah sich suchend nach Amberle um und fand sie ziemlich weit außen in dem Kreis von Gesichtern, der ihn umgab. Sie wirkte gar nicht erfreut. Er wünschte, er hätte ihr alles erklären können, was sich da abspielte, doch damit mußte er warten, bis sie allein waren. Fürs erste mußte sie eben die Dinge einfach so hinnehmen, wie sie kamen.

Die Becher wurden aufgefüllt, wieder wurde angestoßen, wieder wurden die Becher geleert. Cephelo rief laut nach Musik. Die Saiteninstrumente und Becken wurden gebracht, und Männer und Frauen begannen zu spielen. Die Musik war wild und zügellos, und doch zugleich von einer betörenden Schönheit. Frei und ungebunden stiegen ihre Klänge in die Nacht, und mit ihnen das fröhliche, unbekümmerte Gelächter der Fahrensleute. Wieder wurde Wein nachgeschenkt, wieder wurden die Becher rasch geleert. Anfeuerungsrufe und Gesang begleiteten die Musiker. Wil spürte, wie ihm der Wein zu Kopf stieg. Er war viel zu stark für jemanden, der das Trinken nicht so gewöhnt war wie die Fahrensleute. Ich muß vorsichtig sein, dachte Wil, als ein neuer Toast ausgebracht wurde, und er wieder den Becher hob. Diesmal nippte er nur von der bernsteinfarbenen Flüssigkeit. In der Spitze seines rechten Stiefels fühlte er den Druck der Elfensteine.

Die Rythmen der Musik wurden schneller, und jetzt sprangen die Fahrensleute auf und begannen zu tanzen. Ein Dutzend etwa bildete mit untergehakten Armen einen Kreis, der sich immer schneller um das Feuer drehte. Andere sprangen auf, sich in den Kreis einzureihen, und jene, die noch saßen, klatschten im Takt in die Hände. Wil stellte seinen Becher auf die Bank, um mitklatschen zu können. Als er einen Augenblick später danach griff, war er frisch gefüllt. Vom wilden Rhythmus der Musik gepackt, trank er den Wein unbesonnen hinunter. Der Kreis der Tanzenden brach jetzt auseinander, Paare bildeten sich, die sich rund um die lodernden Flammen des Feuers drehten. Irgend jemand sang ein Lied voller Sehnsucht und Wehmut, das mit der Musik verschmolz.

Dann plötzlich stand Eretria vor ihm, dunkel und schön, die zierliche Gestalt in scharlachrote Seide gehüllt. Mit einem betörenden Lächeln nahm sie ihn bei den Händen und zog ihn hoch, mitten unter die Tanzenden. Dort löste sie sich einen Moment lang von ihm und kreiselte in einem Wirbel von fliegenden Bändern und wehendem schwarzen Haar davon. Doch gleich darauf stand sie wieder vor ihm. Ihre schlanken Arme umschlangen ihn, während sie tanzten. Der Duft ihres Haares und ihres Körpers mischte sich mit der Wärme des Weins, die durch sein Blut pulste. Er spürte, wie sie sich an ihn schmiegte, federleicht und weich, und Worte sprach, die er nicht recht verstehen konnte. Ihm wurde schwindlig von den Drehungen des Tanzes; alles um ihn herum verschwamm in einem Rausch von Farben, der von der Schwärze der Nacht wogte. Die Musik und das Klatschen, das Gelächter und das Pfeifen der Fahrensleute wurden lauter. Er spürte, wie seine Füße vom Boden abhoben und er zu schweben begann, Eretria noch immer in den Armen.

Dann jedoch war sie plötzlich verschwunden, und er begann zu fallen.

Er erwachte mit den schlimmsten Kopfschmerzen, die er je in seinem Leben gehabt hatte. Das Gefühl, wie ein schlanker Ast in einem wilden Sturm geschüttelt zu werden, riß ihn aus dem Schlaf, und er brauchte mehrere Minuten, um sich bewußt zu werden, daß er sich in einem der Wohnwagen der Fahrensleute befand. Er lag auf einem Strohsack im hinteren Teil des Wagens, die Augen auf ein merkwürdiges Sortiment von Wandbehängen, Seiden- und Spitzenstoffen, Metall- und Holzgeräten gerichtet, die alle mit der Bewegung des holpernden Wagens hin und her schwangen. Ein Strahl hellen Sonnenlichts fiel durch ein angelehntes Fenster, und da wußte er, daß er die ganze Nacht durchgeschlafen hatte.

Amberle erschien neben ihm, in den meergrünen Augen einen Ausdruck des Tadels.

»Ich brauche dich wohl nicht zu fragen, wie du dich heute morgen fühlst, wie?« sagte sie. Ihre Worte gingen beinahe unter im Rumpeln der Räder. »Ich hoffe nur, es hat sich gelohnt, Talbewohner.«

»Nein.« Sehr langsam und vorsichtig setzte er sich auf. Sein Kopf schmerzte heftig bei der Bewegung. »Wo sind wir?«

»In Cephelos Wagen. Seit gestern abend, wenn deine Erinnerung so weit zurückreicht. Ich hab' ihnen gesagt, du hättest dich noch nicht ganz von einem Fieber erholt, das dich in den letzten Tagen geplagt hat, und es wäre möglich, daß du nicht nur vom Wein berauscht, sondern richtig krank bist. Daraufhin haben sie mich zu dir gelassen, damit ich mich um dich kümmern kann. Hier, trink das.«

Sie reichte ihm einen Becher, der mit einer dunklen Flüssigkeit gefüllt war. Wil musterte das Gebräu mißtrauisch.

»Trink es«, wiederholte sie energisch. »Es ist ein Kräutersaft, der gut ist, wenn man zuviel Wein getrunken hat. Gewisse Dinge weiß man einfach, da braucht man nicht erst die Heilkunst zu studieren.«

Er trank den Saft ohne Widerrede. Und da merkte er plötzlich, daß seine Stiefel weg waren.

»Meine Stiefel! Was ist –?«

»Still!« warnte sie und deutete hastig zu der kleinen hölzernen Tür im vorderen Teil des Wagens. Wortlos griff sie unter sein Lager und holte die Stiefel hervor. Dann zog sie aus der Schärpe, die sie um die Hüften trug, den kleinen Lederbeutel mit den Elfensteinen.

Mit einem Stoßseufzer der Erleichterung lehnte Wil sich zurück.

»Du warst den Festlichkeiten nicht ganz gewachsen«, erklärte sie mit einem Anflug von Sarkasmus in der Stimme. »Nachdem du das Bewußtsein verloren hattest, ließ Cephelo dich hier in seinen Wagen bringen. Er wollte dich gerade von diesem alten Weib entkleiden lassen, da gelang es mir, ihn davon zu überzeugen, daß das gefährlich sein könnte. Ich sagte, wenn das Fieber wieder aufgeflammt wäre, dann bestünde die Gefahr der Ansteckkung. Außerdem erklärte ich ihm, daß du es als Beleidigung betrachten würdest, wenn man dir einfach deine Kleider wegnähme. Offenbar war ihm die Sache nicht allzu wichtig, denn er warf die Alte hinaus. Nachdem er dann ebenfalls gegangen war, habe ich dich gründlich durchsucht und die Elfensteine gefunden.«

Er nickte beifällig. »Du hast einen klaren Kopf behalten.«

»Was man von dir nicht behaupten kann.« Sie zog spöttisch die Brauen hoch. Dann blickte sie wieder zu der verschlossenen kleinen Tür hinüber. »Cephelo hat das alte Weib nebenan einquartiert, damit sie uns im Auge behalten kann. Ich habe den Eindruck, er ist nicht überzeugt davon, daß er über dich alles weiß, was er wissen möchte.«

Wil beugte sich vor und stützte das Kinn auf seine Hände.

»Das würde mich nicht wundern.«

»Warum sind wir dann immer noch hier – ich meine, jetzt mal abgesehen davon, daß du gestern abend zuviel getrunken hast?« wollte sie wissen. »Warum sind wir eigentlich überhaupt noch hier?«

Er streckte die Hand nach den Elfensteinen aus, und sie gab sie ihm. Er steckte den Lederbeutel wieder in seinen rechten Stiefel und zog beide Stiefel an. Dann bedeutete er ihr, sich näher zu ihm zu neigen.

»Weil wir einen Weg finden müssen, Artaq zurückzubekommen, und das geht nur, wenn wir bei diesen Leuten bleiben«, flüsterte er so laut, daß sie es trotz des Ächzens des Wagens hören konnte. »Und es hat auch noch einen anderen Grund. Die Dämonen, die uns bei Havenstead gejagt haben, halten nach zwei Leuten Ausschau – nicht nach einem ganzen Wagenzug. Vielleicht können wir sie abschütteln, wenn wir mit den Fahrensleuten reisen. Im übrigen führt unser Weg direkt nach Westen, und wir kommen auf diese Weise schneller voran als zu Fuß.«

»Schön. Aber es ist auch gefährlich, mit diesen Fahrensleuten zu reisen, Talbewohner«, entgegnete sie. »Was willst du tun, wenn wir die Wälder von Westland erreichen, und Cephelo sich noch immer weigert, dir Artaq zurückzugeben?«

Er zuckte die Schultern.

»Darüber zerbrech' ich mir den Kopf, wenn es soweit ist.«

»Immer dasselbe.« Sie schüttelte ärgerlich den Kopf. »Du könntest doch wenigstens versuchen, mich ein bißchen mehr einzuweihen als bisher. Es ist nicht gerade beruhigend, sich auf dich verlassen zu müssen, ohne die geringste Ahnung zu haben, was du planst.«

»Da hast du recht«, stimmte er zu. »Es tut mir leid, daß ich dich gestern abend so völlig im unklaren ließ. Ich hätte dir mehr sagen sollen, bevor wir das Lager betraten, aber ich hatte mir, ehrlich gesagt, gar nicht überlegt, was ich tun wollte. Ich hab' einfach aus dem Stegreif gehandelt, als wir auf das Lager stießen.«

»Das glaube ich dir«, erwiderte sie stirnrunzelnd.

»Aber ich kann's dir jetzt erklären«, erbot er sich. »Die Fahrensleute reisen immer in Familien – das weißt du ja bereits. Das Wort ›Familie‹ ist etwas irreführend, denn die Mitglieder einer Familie bei den Fahrensleuten sind nicht immer blutsverwandt. Diese Leute verkaufen ihre Frauen und Kinder häufig an andere Lager oder benutzen sie als Tauschobjekte. Persönliches Eigentum in dem Sinn gibt es nicht. Jede Familie hat einen Führer – eine Vaterfigur, die sämtliche Entscheidungen trifft. Die Frauen sind den Männern untergeordnet. Das ist in den Augen der Fahrensleute die natürliche Ordnung der Dinge. Sie sind fest davon überzeugt, daß die Frauen den Männern, die sie schützen und versorgen, dienen und gehorchen müssen. Jeder, der ihr Lager betritt, sollte diese Sitte beachten, wenn er von ihnen willkommen geheißen werden will. Deshalb habe ich zuerst von dem Wasser getrunken. Deshalb habe ich dich allein aufräumen lassen, nachdem wir die Kranken behandelt hatten. Ich wollte sie davon überzeugen, daß ich ihre Sitten verstehe und achte. Ich dachte, dann bestünde eher die Chance, daß sie uns Artaq zurückgeben.«

»Aber es scheint nicht geholfen zu haben«, bemerkte Amberle.

»Nein, noch nicht«, bekannte er. »Aber immerhin haben sie uns gestattet, mit ihnen zu reisen. Normalerweise würden sie so etwas nicht einmal in Erwägung ziehen. Die Fahrensleute haben für Außenseiter nicht viel übrig.«

»Sie haben uns gestattet, mit ihnen zu reisen, weil Cephelo neugierig ist und mehr über dich wissen möchte.« Sie hielt einen Augenblick inne. »Eretria interessiert sich auch für dich. Sie hat gar keinen Hehl daraus gemacht.«

Er lachte unwillkürlich. »Und du glaubst wohl, daß ich das Trinkgelage und die Tanzerei gestern abend auch noch genossen habe?«

»Wenn du es unbedingt wissen willst – ja, das glaube ich.«

Sie sagte es ohne die Spur eines Lächelns. Wil lehnte sich zurück und hielt sich stöhnend den Kopf.

»Gut, ich gebe zu, daß ich es übertrieben habe. Aber das hatte seinen Grund, ganz gleich, was du denkst. Ich mußte sie glauben machen, daß ich nicht gerissener bin als sie. Wenn sie nämlich den Eindruck bekommen hätten, daß ich sie überlisten will, wären wir jetzt beide tot. Deshalb habe ich getrunken und getanzt und mich genauso benommen, wie sich jeder Fremde unter den gleichen Umständen benommen hätte – um zu vermeiden, daß sie argwöhnisch werden.« Er zuckte die Schultern. »Für Eretrias Interesse an mir kann ich nichts.«

»Das hab' ich ja auch gar nicht behauptet.« Sie wurde plötzlich ärgerlich. »Es ist mir völlig gleichgültig, ob Eretria sich für dich interessiert oder nicht. Mir ist nur wichtig, daß du uns nicht beide aus Torheit verrätst.«

Sie sah den Ausdruck der Verwunderung, der über sein Gesicht flog, und errötete.

»Bitte sei vorsichtig, ja?« fügte sie hastig hinzu, nahm ihm dann den leeren Becher aus der Hand und ging auf die andere Seite des Wagens. Wil blickte ihr neugierig nach.

Einen Augenblick später kam sie zurück, wieder kühl und ruhig.

»Noch etwas mußt du wissen. Heute am frühen Morgen begegnete der Wagenzug einem alten Fallensteller, der nach Osten reiste. Er war gerade durch den Tirfing gekommen – das Seengebiet unterhalb vom Mermidon, ehe man die Wälder von Westland erreicht. Er warnte Cephelo. Er sagte, dort triebe ein Teufel sein Unwesen.«

Wil krauste die Stirn.

»Ein Teufel?«

»Er nannte es einen Teufel – das ist ein Name, den die Fahrensleute für ein Wesen gebrauchen, das nicht menschlich ist, ein böses Wesen.« Sie legte eine vielsagende Pause ein. »Es kann sein, daß dieser Teufel einer der Dämonen ist, die die Mauer der Verfemung eingerissen haben.«

»Was sagte denn Cephelo zu diesem Teufel?«

Amberle lächelte schwach. »Er kennt keine Angst vor Teufeln. Er beabsichtigt, dennoch durch den Tirfing zu reisen – er scheint fest entschlossen zu sein. Ich habe die Vermutung, daß er dort Geschäfte abwickeln will, die nicht zulassen, daß er den Tirfing meidet. Der Rest der Familie ist nicht allzu glücklich über seine Entscheidung.«

Wil nickte. »Das kann ich verstehen.«

In stetiger Fahrt rollten die Wagen westwärts bis zum Mittag. Dann machte man kurz Rast, um hastig ein Mittagsmahl zu verzehren. Wil fühlte sich inzwischen viel besser und konnte sogar etwas von dem Dörrfleisch und den Gemüsen essen, aus denen die Mahlzeit bestand. Cephelo erkundigte sich höflich nach seinem Befinden, ließ sich aber nicht auf ein längeres Gespräch ein, sondern entfernte sich bald wieder, in Gedanken offensichtlich bei anderen Dingen. Mit gesenkten Stimmen unterhielten sich die Fahrensleute über den Teufel, der angeblich in Tirfing sein Unwesen treiben sollte, und Wil sah deutlich, daß die Familie recht beunruhigt war über den Bericht des alten Fallenstellers. Fahrensleute waren von Natur aus abergläubisch, und Cephelos Entschluß, eine solche Warnung einfach zu mißachten, fand nicht viel Anklang.

Der Nachmittag verflog rasch. Einmal setzte sich Wil eine Weile auf den Bock des Wagens und lenkte die Pferde, während die alte Frau ruhte. Amberle saß an seiner Seite, während er das Vierergespann im Zug der Wagen über die weite, grasbewachsene Ebene steuerte. Sie summte leise vor sich hin und sprach sehr wenig mit ihm. Wil ließ sie in Frieden, konzentrierte sich auf seine Aufgabe als Wagenlenker, während er sinnend den Blick über die Grenzenlosigkeit der Ebene schweifen ließ. Mehrmals ritt Cephelo auf einem großen Fuchs an ihnen vorüber. Sein waldgrüner Umhang bauschte sich hinter ihm, und auf seinem dunklen Gesicht schimmerte ein dünner Schweißfilm. Einmal erhaschte Wil einen flüchtigen Blick auf Artaq, als die Reservepferde an den Wagen vorbei zu einem Wasserloch irgendwo vor dem Zug getrieben wurden. Der Rappe wurde nicht geritten, es schien, als hätte sich Cephelo noch nicht entschieden, was er mit ihm anfangen wollte.

Eine gute Stunde vor Sonnenuntergang erreichten sie den Tirfing, eine Landschaft kleiner, von lichten Wäldern umgebener Seen. Weit im Westen, unter der rotglühenden Kugel der untergehenden Sonne, dehnten sich die dunklen Westlandwälder. Über einen holprigen Trampelpfad, den zahllose Wanderer vor ihnen ausgetreten hatten, wand sich der Zug der Fahrensleute aus der Ebene in das waldreiche Gebiet des Tirfing. Die sengende Hitze, die sie durch das weite Flachland begleitet hatte, blieb hinter ihnen zurück, als sie tiefer in das Grün der Bäume eindrangen, und mit dem Nahen des Abends wurden die Schatten, die vor ihnen auf den Weg fielen, länger. Durch Schneisen in den Wäldern sahen sie hier und dort das silberne Wasser der Seen blitzen, von denen das Land rundherum überzogen war.

Die Dunkelheit war hereingebrochen, als Cephelo schließlich auf einer großen, von Eichen umfriedeten Lichtung halten ließ. Mehrere hundert Fuß nördlich glitzerte ein kleiner See. Die Wohnwagen formierten sich wie immer zum Kreis, und langsam kamen die holpernden, ächzenden Wagen zum Stehen. Wil war so steif, daß er sich kaum noch bewegen konnte. Während die Männer ausspannten und die Frauen mit den Vorbereitungen zum Nachtmahl begannen, kletterte Wil steifbeinig vom Bock herunter, um sich ein wenig die Füße zu vertreten. Amberle ging in der anderen Richtung davon, er folgte ihr nicht. Statt dessen hinkte er zwischen zwei Wagen hindurch zu den Bäumen, welche die Lichtung umgaben, und machte dort halt, um die schmerzenden Glieder zu strecken und seine Muskeln zu lockern.

Plötzlich hörte er Schritte, und als er sich umwandte, sah er, daß Eretria sich näherte, ihre zierliche Gestalt glitt wie ein Schatten durch das abendliche Zwielicht. Sie trug hohe Stiefel und ein Reitkostüm aus Leder, dazu eine rotseidene Schärpe um die Hüfte. Vom Wind zerzaust fiel ihr das üppige schwarze Haar auf die Schultern. Sie lächelte, als sie zu ihm trat, und ihre dunklen Augen blitzten spitzbübisch.

»Entferne dich nur nicht so weit vom Lager, Wil Ohmsford«, sagte sie. »Sonst läufst du plötzlich einem Teufel in die Arme. Das wäre doch schrecklich.«

»Für den Teufel oder für mich?« gab Wil mit einem Lächeln zurück. »Aber ich habe ohnehin nicht die Absicht, mich allzuweit vom Lager zu entfernen, denn mein Hunger ist viel zu groß.«

Vorsichtig ließ er sich ins hohe Gras nieder und lehnte sich mit dem Rücken gegen einen der Eichenstämme. Eretria betrachtete ihn ein Weilchen stumm, dann setzte sie sich neben ihn.

»Was hast du denn den ganzen Tag getrieben?« erkundigte sich Wil, nur um etwas zu sagen.

»Ich hab' dich beobachtet«, antwortete sie und lächelte schalkhaft, als sie den Ausdruck sah, der auf sein Gesicht trat. »Du hast mich natürlich nicht bemerkt. Das solltest du auch nicht.«

Er spürte Unbehagen. »Ja, und warum hast du mich beobachtet?«

»Cephelo wollte es.« Sie zog die Augenbrauen hoch. »Er traut dir nicht über den Weg – und dem Elfenmädchen auch nicht, das angeblich deine Schwester ist.«

Sie blickte ihm jetzt ganz keck ins Gesicht, als wollte sie ihn herausfordern, ihr zu widersprechen. Eine Aufwallung von Panik ergriff Besitz von Wil.

»Amberle ist meine Schwester«, erklärte er so bestimmt, wie er konnte.

Eretria schüttelte den Kopf.

»Sie ist so wenig deine Schwester, wie ich Cephelos Tochter bin. Die Blicke, die sie dir zuwirft, sind nicht die einer Schwester; ihre Augen verraten, daß sie dir etwas anderes ist. Aber mir ist das gleichgültig. Wenn du möchtest, daß sie als deine Schwester gilt, dann soll es so sein. Nur laß dich von Cephelo nicht bei diesem kleinen Spielchen ertappen.«

Wil starrte sie verdutzt an.

»Augenblick«, sagte er. »Was soll das heißen, sie ist so wenig meine Schwester, wie du Cephelos Tochter bist? Er hat doch gesagt, daß du seine Tochter bist, oder nicht?«

»Das was Cephelo sagt, und das, was wahr ist, stimmt nicht unbedingt überein – es stimmt sogar höchst selten überein.« Sie neigte sich ihm ein wenig zu. »Cephelo hat keine Kinder. Er kaufte mich meinem Vater ab, als ich fünf Jahre alt war. Mein Vater war arm und konnte mir nichts bieten. Er hatte noch andere Töchter. Jetzt gehöre ich Cephelo. Aber ich bin nicht seine Tochter.«

Sie erklärte das so sachlich, daß Wil im ersten Moment überhaupt nicht wußte, was er darauf sagen sollte. Sie sah seine Verwirrung und lachte.

»Wir sind Fahrensleute, Wil – du kennst unsere Sitten und Gebräuche. Außerdem hätte es für mich viel schlimmer kommen können. Es hätte mir passieren können, daß ich an einen viel geringeren Mann verkauft worden wäre. Cephelo ist ein Führer; er genießt Achtung und hat einen hohen Rang inne. Das kommt auch mir als seiner Tochter zugute. Ich habe mehr Freiheit in meinem Leben als die meisten Frauen. Und ich habe viel gelernt, Heiler. Ich kann es mit den meisten aufnehmen.«

»Das bezweifle ich nicht«, meinte Wil. »Aber warum erzählst du mir das alles?«

Sie schürzte spitzbübisch die Lippen.

»Weil ich dich mag – warum sonst?«

»Das eben möchte ich gern wissen.« Er ignorierte ihren Blick.

Mit einer plötzlichen Bewegung richtete sie sich auf. Ihr Gesicht zeigte Verstimmung.

»Bist du mit diesem Elfenmädchen verheiratet? Ist sie dir versprochen?«

Seine Überraschung war deutlich.

»Nein.«

»Gut.« Die Verstimmung löste sich auf. Das Schalklächeln blitzte wieder in ihrem Gesicht. »Cephelo hat nicht die Absicht, dir dein Pferd zurückzugeben.«

Wil reagierte mit Vorsicht auf diese Behauptung.

»Das weißt du?«

»Ich weiß, wie er ist. Er wird dir das Pferd nicht zurückgeben. Er wird dich deiner Wege gehen lassen, wenn du ihm keinen Ärger machst und nicht versuchst, dir dein Pferd selbst wiederzuholen; aber das Pferd gibt er dir bestimmt nicht zurück.«

Das Gesicht des jungen Mannes war ausdruckslos.

»Ich frage dich noch einmal – warum erzählst du mir das alles?«

»Weil ich dir helfen kann.«

»Und warum solltest du mir helfen wollen?«

»Weil du dafür mir helfen kannst.«

Wil zog die Brauen zusammen.

»Wie?«

Belustigung funkelte in Eretrias dunklen Augen.

»Ich habe den Verdacht, Wil Ohmsford, daß du nicht der harmlose junge Mann bist, für den du dich bei uns ausgegeben hast. Ganz sicher bist du mehr als ein simpler Heilkundiger, der mit seiner Schwester durch die Ebenen von Callahorn reist. Ich habe den Verdacht, daß dieses Elfenmädchen deiner Obhut anvertraut wurde und daß du sie begleitest, um sie zu beschützen.« Eilig hob sie ihre gebräunte Hand, als er etwas entgegnen wollte. »Du brauchst nicht zu leugnen, Heiler – eine Lüge von deinen Lippen wäre an mich verschwendet, denn ich bin die Tochter des größten Lügners der Welt und verstehe mich viel besser als du auf die Kunst des Lügens.«

Sie lächelte und legte eine Hand auf seinen Arm.

»Ich mag dich, Wil – das ist keine Lüge. Ich möchte gern, daß du das Pferd zurückbekommst. Es ist dir offensichtlich wichtig, es zurück zu erhalten, sonst wärst du uns nicht gefolgt. Allein aber wird es dir nicht gelingen, dir dein Pferd zurück zu holen. Doch ich könnte dir helfen.«

Zweifel spiegelten sich in Wils Miene.

»Warum würdest du das tun?« fragte er.

»Wenn ich dir helfe, dein Pferd wieder zu bekommen, dann sollst du mich mitnehmen, wenn du von hier fortgehst.«

»Was!«

»Ich möchte, daß du mich mitnimmst«, wiederholte sie mit Entschiedenheit.

»Das kann ich nicht!«

»Du kannst es, wenn du dein Pferd zurückhaben möchtest.«

Hilflos schüttelte er den Kopf.

»Warum möchtest du fort von hier? Du hast mir doch eben erzählt, daß –«

»Das alles gehört der Vergangenheit an«, fiel sie ihm ungeduldig ins Wort. »Cephelo ist der Meinung, daß es für mich an der Zeit ist zu heiraten. Nach alter Tradition wird er mir meinen Ehemann aussuchen und mich ihm gegen die Bezahlung eines Preises übergeben. Mein Leben bisher war gut, aber ich habe nicht die Absicht, mich ein zweites Mal verkaufen zu lassen.«

»Könntest du denn nicht einfach allein fortgehen? Du scheinst mir dazu imstande.«

»Ich kann noch viel mehr schaffen, wenn es darauf ankommen sollte, Heiler. Das ist der Grund, weshalb du mich brauchst. Wenn du dir dein Pferd wieder holst – und ich bezweifle, daß du das ohne meine Hilfe fertigbringst –, werden die Fahrensleute dir nachjagen. Da du auf jeden Fall verfolgt werden wirst, ist es für dich keine zusätzliche Belastung, außer dem Pferd auch mich mitzunehmen – insbesondere, da ich die Fahrensleute so gut kenne, daß ich dir die nötigen Kniffe verraten kann, ihnen zu entkommen.«

Wil zuckte die Schultern.

»Ich habe natürlich daran gedacht, allein fortzugehen. Wenn ich keine andere Wahl hätte, würde ich es auch tun. Es wäre immer noch besser als verkauft zu werden. Aber wohin sollte ich gehen? Fahrensleute sind nirgends willkommen, und ich bin nun mal eine von ihnen, ob es mir gefällt oder nicht. Auf mich selbst gestellt müßte ich das Leben einer Ausgestoßenen führen, und das wäre sicherlich nicht angenehm. Mit dir aber würde ich bei den anderen Rassen Aufnahme finden; du bist ein Heiler und genießt Achtung. Ich könnte sogar mit dir reisen. Ich könnte dir bei der Behandlung der Kranken zur Hand gehen. Du würdest schon sehen, daß ich –«

»Eretria«, unterbrach Wil sanft. »Es ist sinnlos, das zu erörtern. Ich kann dich nicht mitnehmen. Ich kann niemanden außer Amberle mitnehmen.«

Ihr Gesicht verdunkelte sich.

»Nicht so hastig, Heiler. Deine Verachtung für mich –«

»Mit Verachtung hat das nichts zu tun«, fiel er ihr ins Wort, während er überlegte, wieviel er ihr sagen konnte. Nicht sehr viel, das war ihm schnell klar. »Hör mir zu, Eretria. Es wäre gefährlich für dich, jetzt mit mir zu reisen. Wenn ich von hier verschwinde, wird Cephelon nicht der einzige sein, der mich sucht. Andere haben es auf mich abgesehen, die viel gefährlicher sind als er. Sie suchen auch jetzt in diesem Moment nach meiner Spur. Wenn ich dich mitnähme, wärst du keinen Moment sicher.«

»Aber das Elfenmädchen reist doch mit dir«, beharrte sie.

»Amberle reist mit mir, weil sie muß.«

»Worte! Ich glaube ihnen nicht. Du wirst mich mitnehmen, Wil Ohmsford. Du wirst mich mitnehmen, weil du mußt.«

Er schüttelte den Kopf. »Das kann ich nicht tun.«

Mit einer heftigen Bewegung stand sie auf. Das schöne Gesicht war zornig, in den Augen blitzte eigensinnige Entschlossenheit.

»Du wirst es dir schon noch anders überlegen, Heiler. Der Moment wird kommen, wo dir keine Wahl bleibt.«

Sie machte kehrt und stapfte wütend davon. In einiger Entfernung von ihm blieb sie plötzlich stehen und blickte zurück. Ihre schwarzen Augen sahen ihn eindringlich an, und auf ihrem dunklen Gesicht breitete sich plötzlich dieses wundersame, strahlende Lächeln aus.

»Ich bin dir bestimmt, Wil Ohmsford«, rief sie.

Einen Moment noch hielt sie seinen Blick fest, dann wandte sie sich ab und setzte ihren Weg zurück ins Lager fort. Mit Verwunderung blickte Wil Ohmsford ihr nach.

Kurz nach dem Abendessen durchbrach plötzlich ein tiefes, dröhnendes Brüllen die friedliche Stille der Nacht. Die Fahrensleute am Feuer erstarrten. Die erschreckenden Laute kamen vom Südende des Sees, an dem das Lager aufgeschlagen war. Einmal, zweimal, dann wieder Stille. Alle Köpfe flogen herum, alle Gesichter spiegelten ängstliche Erwartung. Augenblicke später erscholl das Gebrüll wieder. Wie wütendes Donnergrollen eines gigantischen Stiers klang es durch die Nacht. Hastig griffen die Fahrensleute nach ihren Waffen und stürzten an den Rand ihres Lagers, um in die Dunkelheit hinauszuspähen. Doch das Brüllen erstarb, und diesmal wurde es nicht wieder laut. Cephelo und mehr als ein Dutzend seiner Männer blieben dennoch abwartend stehen. Als sich jedoch nichts tat, befahl der Führer seinen Leuten barsch, sich wieder ans Feuer zu setzen. Mit lauten Bemerkungen machte er sich über Teufel und andere Ungeheuer lustig, die in der Nacht ihr Unwesen trieben, und behauptete prahlerisch, keines dieser Geschöpfe würde es wagen, in ein Lager der Fahrensleute einzubrechen, ohne vorher um Erlaubnis zu fragen. Die Weinbecher wurden neu gefüllt und machten die Runde. Man trank und plauderte und lachte. Und doch wanderten immer wieder verstohlene Blicke in jene Richtung, aus der das Gebrüll gekommen war.

Eine halbe Stunde später dröhnte es wieder durch die Nacht, näher jetzt, noch bedrohlicher als zuvor. Erschreckt sprangen die Fahrensleute auf und packten erneut ihre Waffen, um an den Rand des Lagers zu eilen. Diesmal folgte Wil ihnen. Amberle hielt sich nur einen Schritt hinter ihm, als er an einer Lücke zwischen zwei Wohnwagen halt machte und vorsichtig in die Finsternis hinausblickte. Es war nichts zu sehen. Nichts rührte sich. Etwas zaghaft marschierte Cephelo bis zum Rand des Waldes, der die kleine Lichtung umschloß. Beide Hände lagen auf dem Griff seines wuchtigen Schwerts. Eine Zeitlang blieb er dort am Waldrand stehen, eine schwarze Silhouette vor dem Hintergrund der Bäume, darauf gefaßt, jeden Moment einen Angriff abwehren zu müssen. Aber nichts rührte sich. Alles blieb still. Schließlich machte er kehrt und schritt wieder zurück. Sein Gesicht war starr.

Jetzt scherzte er nicht mehr. Die Pferde, die an einer schmalen Bucht des Sees angepflockt waren, wurden näher zur Wagenburg gebracht, damit man sie besser im Auge behalten konnte. Rund um die Lichtung wurden Wachposten aufgestellt und ermahnt, die Augen offen zu halten. Alle anderen kehrten ins Lager zurück und ließen sich im anheimelnden Feuerschein nieder. Der Wein wurde wieder herumgereicht, aber diesmal tranken nur wenige. Langsam kam auch das Gespräch wieder in Gang, doch die Stimmen waren gedämpft und ohne Ausgelassenheit, und häufig konnte man das Wort ›Teufel‹ vernehmen.

Wil führte Amberle ein paar Schritte von der Gruppe der anderen fort.

»Halte dich immer dicht bei mir«, sagte er leise. »Geh auf keinen Fall von mir weg.«

Mit forschendem Blick sah sie ihn erschrocken an. »Glaubst du –?«

Das Gespräch der beiden wurde unterbrochen, als Cephelo plötzlich in die Hände klatschte und nach Musik rief. Mit lauten Rufen ermunterte er die anderen, es ihm nachzutun. Wil und Amberle folgten. Ein paar Beifallsrufe wurden laut, als Cephelo im Tanzschritt um das Feuer sprang.

Wil blickte sich voller Unbehagen um.

»Wenn da draußen irgendwas herumschleicht und womöglich das Lager angreift, dann verschwinden wir hier. Wir werden versuchen, an Artaq heranzukommen, und dann die Flucht wagen. Bist du bereit das zu riskieren?«

Sie nickte. »Sehr.«

Silbern klirrten die Becken, und die Saiteninstrumente sangen leise. Viele Hände klatschten in stetigem Rhythmus, ruhig und sicher.

Da brach das schreckliche Brüllen von neuem los. Ganz nahe diesmal dröhnte es wild und fürchterlich aus der Finsternis. Und in das Gebrüll mischten sich die Schreie der Wachposten, die voller Entsetzen waren. »Teufel! Teufel!« schrien die Männer am Rande der Lichtung.

Die Leute am Feuer stoben auseinander. Die Männer stürzten zu ihren Waffen, während Frauen und Kinder in heilloser Verwirrung flohen. Ein Aufschrei, dünn und hoch, übertönte das allgemeine Lärmen. Beinahe augenblicklich erstarb er wieder. Jenseits des Wagenrings schob sich ein massiger dunkler Schatten durch die Nacht.

»Ein Dämon!« Wil flüsterte das Wort beinahe ohne Überlegung.

Einen Augenblick später tauchte das Geschöpf in einer Lücke zwischen zwei Wohnwagen auf. Es schob die kleinen Häuser auf Rädern auseinander, als seien sie aus Pappe. Kein Zweifel, es war ein Dämon, aber viel, viel größer als die Ungeheuer, vor denen Wil und Amberle aus Havenstead geflohen waren. Er bewegte sich auf zwei Beinen vorwärts und war mehr als fünfzehn Fuß groß. Der massige Körper, schwerfällig und gebeugt, war mit einer schwieligen, graubraun gesprenkelten Haut bedeckt, die in schweren Falten um Rumpf und Glieder schlotterte. Ein Schuppenkamm lief vom Hals des Geschöpfes den ganzen Rücken und beide Beine hinunter. Das Gesicht war eine leere Maske des Nichts, ein von Zähnen blitzender Rachen, aus dem das tiefe, dröhnende Brüllen hervorquoll. In zwei gewaltigen, klauenbewehrten Händen baumelte der leblose Körper eines der Wachposten.

Der Dämon schleuderte den Toten zur Seite und kam näher. Cephelo und ein Dutzend anderer Männer traten ihm mit Spießen und Schwertern entgegen. Einige Hiebe durchbohrten die dicke Haut, doch die meisten wurden abgewehrt. Das Ungeheuer bewegte sich langsam und schwerfällig, verfügte jedoch über unglaubliche Kräfte. Mit schlürfendem Schritt trampelte es die Mauer der Verteidiger einfach nieder, fegte die Männer, die sich ihm entgegenstellten, mühelos aus seinem Weg. Cephelo warf sich dem Dämon direkt in den Weg und schnellte sich mit einem gewaltigen Sprung vom Boden ab, um dem Ungeheuer das Schwert in den aufgerissenen Rachen zu stoßen. Das monströse Geschöpf zermalmte das Schwert mit einem Biß in kleine Splitter, während seine Klauenhände nach dem Führer der Fahrensleute faßten. Cephelo war flink und entkam, doch ein anderer Mann, der in seiner Hast über die eigenen Füße stolperte, ging zu Boden. Schwer wie ein Felsbrocken fiel der Fuß des Dämonen auf den hilflos am Boden liegenden Mann.

Wil zog Amberle zur anderen Seite des Lagers, wo die Pferde festgemacht waren. Da sah er, wie auch Cephelo zu Boden ging. Die Verteidiger versuchten, die Beine des Dämonen zu umklammern, um ihn aufzuhalten, als ein massiger Arm mit wuchtigem Schlag den Führer der Fahrensleute traf, so daß er Hals über Kopf zu Boden stürzte. Wil sah, wie die anderen Männer Cephelo zu Hilfe kamen. Zwei packten den leblosen Körper und brachten ihn in Sicherheit, während die anderen mit Spießen und Schwertern auf das Ungeheuer einhieben, um es abzulenken. Der Dämon wirbelte herum und streckte die Arme nach dem nächsten Wohnwagen aus. Er packte das schwere Gefährt und kippte es mit einem einzigen Stoß um. Der Wagen stürzte krachend auf die Seite, die Holzwände gingen in Trümmer, aus Metall gearbeitete Schmuckstücke und Ballen leuchtender Seide rollten und sprangen auf die Lichtung hinaus. Wütend schrien die Verteidiger auf und erneuerten ihren hoffnungslosen Angriff.

Amberle zog ungeduldig an Wils Arm, doch noch immer zögerte dieser. Er konnte einfach nicht glauben, daß dieses gewaltige und so schwerfällige Ungeheuer es fertiggebracht haben sollte, ihnen den ganzen Weg von Havenstead zu folgen. Nein, dieses Geschöpf war allein durch die Mauer der Verfemung entkommen und blindlings in den Tirfing eingedrungen, wo es durch Zufall auf den Wagenzug gestoßen war. Es war allein, doch von solcher Kraft und Zerstörungswut, daß die Fahrensleute – das war schon jetzt klar – ihm nicht gewachsen waren. Sie mochten sich noch so sehr bemühen, den Dämonen aufzuhalten, er würde mit Sicherheit das ganze Lager zerstören.

Fliehen aber wollten die Fahrensleute nicht. Die bunten Wagen, die schwerfälligen Häuser auf Rädern – sie waren ihre Heimat, ihr ganzer Besitz. Nein, fliehen würden die Fahrensleute auf keinen Fall. Sie würden sich dem Kampf stellen, und wenn sie das taten, dann würden sie sterben. Der Dämon war ein Wesen aus einem anderen Zeitalter; er verfügte über Kräfte, die den menschlichen Kräften weit überlegen waren. Nur eine Kraft, die so groß war wie die seine, konnte ihn aufhalten. Wil Ohmsford allein besaß diese Kraft. Doch dies war nicht sein Kampf. Die Fahrensleute hatten ihn bestohlen; er schuldete ihnen nichts. Verantwortlich war er in erster Linie für Amberle. Das beste war, sie bei der Hand zu nehmen und rasch zu fliehen. Doch wenn er das tat, was würde dann aus den Fahrensleuten werden – nicht nur aus den Männern, sondern auch aus Frauen und Kindern? Hatten sie ihm etwas angetan? Ohne seine Hilfe hatten sie gegen den Dämon überhaupt keine Chance.

Seine Unschlüssigkeit wurde noch größer, als ihm einfiel, was sein Großvater ihm einmal berichtet hatte. Als er auf der Flucht vor dem Dämonen-Lord die Elfensteine gebraucht hatte, hatte er auf diese Weise dem Feind, ohne es zu wollen, genau gesagt, wo er gefunden werden konnte. So konnte es auch jetzt sein. Unter diesen Dämonen gab es zweifellos einige, die der Zauberkunst mächtig waren; Allanon hatte ihm das ja gesagt. Wenn er jetzt die Kraft der Elfensteine mobilisierte, würde er diesen Ungeheuern vielleicht verraten, wo er und Amberle sich im Augenblick befanden.

Er warf einen raschen Blick auf Amberle. Was sie in seinen Augen sah, verriet ihr sogleich, was er vorhatte. Wortlos ließ sie seinen Arm los. Er riß sich seinen rechten Stiefel herunter und griff hinein, um die Elfensteine herauszuholen. Versuchen wenigstens mußte er es, sagte er sich. Das war das mindeste, was er tun konnte. Er konnte diese Leute nicht einfach sterben lassen. Mit fliegenden Fingern zog er den Beutel auf und ließ die drei blauen Steine in seine Hand gleiten. Sie in der fest geschlossenen Faust haltend, machte er sich auf den Weg zurück ins Lager.

»Bleib du hier«, sagte er zu Amberle.

»Nein, warte!« rief sie ihm nach, doch er rannte schon über die Lichtung.

Der Dämon hatte sich von den Wagen abgewandt und trieb jetzt die Fahrensleute vor sich her, während er zur Mitte des Lagers strebte. Cephelo stand wieder auf den Füßen. Schwankend lehnte er an einem der Wagen und feuerte die Verteidiger mit lauten Rufen an. Wil rannte, bis ihn noch höchstens dreißig Schritte von den Kämpfern trennten. Da blieb er stehen, hob die Faust über seinen Kopf und beschwor die Kraft der Elfensteine.

Nichts geschah.

Eisiges Entsetzen erfaßte ihn. Das, was er am meisten befürchtet hatte, war geschehen – er konnte die Kraft der Elfensteine nicht lenken, Allanon hatte sich geirrt. Nur sein Großvater hatte die Kraft der Steine beschwören können; er vermochte es nicht. Ihm standen sie nicht zu Gebote. Ihm gehorchten sie nicht.

Aber sie mußten es! Er versuchte es noch einmal. Während er sich auf die Form und Substanz der Steine in seiner Hand konzentrierte, rief er die Zauberkräfte an, die irgendwo in ihrem Inneren verborgen lagen. Doch noch immer geschah nichts. Diesmal jedoch spürte er etwas, was ihm zuvor entgangen war – eine Sperre, die sich seinen Bemühungen entgegenstellte, eine Sperre, die sich irgendwo in seinem eigenen Inneren befand.

Die Rufe und Schreie der Fahrensleute brachen in seine Überlegungen ein, und er sah, daß der Dämon direkt auf ihn zukam. Die Verteidiger befanden sich jetzt hinter dem Geschöpf, stachen und hieben mit ihren Waffen nach seinen Beinen und Flanken, während sie sich bemühten, es von Wil abzulenken. Mit gewaltigem Arm schlug der Dämon zu, zwei der Männer stürzten, während die anderen angstvoll auseinanderstoben. Das dröhnende Gebrüll quoll aus dem aufgerissenen Rachen. Auf eine abgebrochene Lanze gestützt eilte Cephelo hinkend zu seinen kämpfenden Leuten. Seine Kleider waren zerfetzt und von Staub und Blut bedeckt. Wil sah das Geschehen wie aus weiter Ferne, während er sich verzweifelt bemühte, die Kraft freizusetzen, die in den Elfensteinen eingeschlossen war. Der Gedanke zu fliehen kam ihm gar nicht; unerschütterlich stand er in der Mitte des Lagers, eine einsame Gestalt, die einen Arm zum Nachthimmel emporgeschwungen hatte.

Plötzlich tauchte Eretria auf. Ihre schlanke, zierliche Gestalt huschte wie ein Schatten zwischen Dämon und Talbewohner hindurch, während eine braune Hand dem Ungeheuer eine lodernde Fackel ins Gesicht schleuderte. Der Dämon fing das brennende Holz mit seinem Maul auf, schlug krachend die mächtigen Kiefer darüber zusammen; doch er blieb dabei stehen, als machten ihm Feuer und Rauch etwas zu schaffen. Eretria nutzte diese Gelegenheit, um Wil am Arm zu packen und hastig nach hinten zu ziehen, bis sie beide stolperten und zu Boden stürzten.

Augenblicklich scharten sich die Verteidiger wieder um sie, rissen brennende Holzscheite vom Feuer und schleuderten sie dem Dämon entgegen, um ihn in Verwirrung zu bringen. Doch das Ungeheuer rückte schon wieder vor. Hastig sprang Wil wieder auf die Beine und zog Eretria mit sich hoch. In demselben Augenblick tauchte Amberle an seiner Seite auf. In ihren kleinen Händen hielt sie mit festem Griff einen langen Spieß. Wortlos nahm Wil sie beim Arm und stieß die beiden Frauen hinter sich, während er sich gleichzeitig umdrehte, dem herankommenden Dämon die Stirn zu bieten.

Fast schon hatte das Ungeheuer sie jetzt erreicht. Wil Ohmsford streckte die Hand aus, die die Elfensteine umschloß. Keine Unschlüssigkeit, keine Verwirrung verunsicherten ihn jetzt. In die Tiefe tauchend, sprengte er die Sperre, die zwischen ihm und der Kraft der Steine stand, zertrümmerte sie mit der Kraft seines Willens, die aus Verzweiflung und dringender Notwendigkeit geboren war. Und in diesem Moment spürte er, wie etwas in seinem Inneren sich veränderte, das er nicht erklären konnte. Er hatte nur den Eindruck, daß es nicht unbedingt gut war. Es blieb keine Zeit, darüber nachzudenken. Tief in das Herz der Elfensteine eindringend, brachte er sie endlich zum Leben. Leuchtend blaues Licht züngelte von seiner geballten Faust in die Höhe, sammelte sich, schoß in einer Stichflamme vorwärts und traf den Dämon. Das gewaltige Ungeheuer heulte brüllend auf, als die Kraft der Steine sich brennend in es hineinfraß. Dennoch stolperte es weiter, und seine Klauenhände suchten wild tastend nach einem Opfer. Wil hielt stand. Er tauchte noch tiefer in die Steine ein und spürte, wie ihre Kraft immer stärker wurde. Alles um ihn herum verschwamm in ihrem blauen Glühen, und wieder schlugen die Elfensteine nach dem Dämon. Diesmal konnte das Geschöpf des Bösen dem Zauber nicht widerstehen. Die massige Gestalt ging in Flammen auf und wurde zu einer Säule blendenden Lichts. Einen Moment lang loderte sie tiefblau im Dunkel der Nacht, dann zerfiel sie in Asche und war verschwunden.

Langsam senkte Wil Ohmsford den Arm. Dort, wo der Dämon gestanden hatte, war jetzt nur noch verkohlte Erde, von der ein schwarzer Rauchfaden in die Dunkelheit aufstieg. Grabesstille herrschte in den Wäldern rundum, und nur das Knistern des Lagerfeuers war zu hören. Unsicher blickte der Talbewohner in die Runde. Keiner der Fahrensleute regte sich; sie standen wie angewurzelt, die Männer noch mit kampfbereit gezückten Waffen in der Hand, die Frauen und Kinder dicht aneinandergedrängt. Und auf allen Gesichtern spiegelten sich Ungläubigkeit und Furcht. Schrecken fuhr durch alle Glieder. Würden sie sich jetzt gegen ihn wenden, da sie wußten, daß er sie getäuscht hatte? Rasch blickte er zu Amberle, doch auch die stand wie versteinert, und in ihren grünen Augen lag ein tiefes Staunen.

Dann endlich kam Cephelo hinkend auf ihn zu. Er warf die abgebrochene Lanze beiseite, als er vor dem Talbewohner stand. Sein dunkles, bärtiges Gesicht war von Ruß und Blut verschmiert.

»Wer seid Ihr?« fragte er leise. »Sagt mir, wer Ihr seid.«

Wil zögerte. »Ich bin der, der ich sagte, daß ich bin«, antwortete er schließlich.

»Nein.« Cephelo schüttelte den Kopf. »Nein, Ihr seid gewiß nicht nur ein schlichter Heiler. Ihr seid mehr als das.« Seine Stimme war barsch und drängend. »Ich habe von Anfang an recht gehabt, in Euch etwas Besonderes zu vermuten, nicht wahr?«

Wil wußte nicht, was er darauf entgegnen sollte.

»Sagt mir, wer Ihr seid«, forderte Cephelo wieder, und in seiner leisen Stimme lag ein gefährlicher Unterton.

»Ich habe Euch bereits gesagt, wer ich bin.«

»Gar nichts habt Ihr mir gesagt!« Das Gesicht des Führers der Fahrensleute färbte sich rot vor Zorn. »Ich glaube, daß Ihr von diesem Teufel wußtet. Ich glaube, daß er Euretwegen hierherkam. Ich glaube, daß all dies Euretwegen geschehen ist!«

Abwehrend schüttelte Wil den Kopf.

»Das Ungeheuer ist durch Zufall auf Euch gestoßen; und es war ebenso ein Zufall, daß ich bei Euch war, als es geschah.«

»Heiler, Ihr belügt mich!«

Wil spürte, wie auch in ihm sich der Zorn regte.

»Wer hat wen belogen, Cephelo? Das war doch Euer Spiel, das

hier gespielt wurde – Ihr habt die Regeln bestimmt!«

Der hochgewachsene, dunkle Mann trat einen Schritt näher.

»Gewisse Regeln muß man Euch vielleicht erst noch lehren!«

»Das glaube ich nicht«, versetzte Wil gelassen.

Er hob ein klein wenig die Faust, in der die Elfensteine eingeschlossen waren. Cephelo entging die Geste nicht. Langsam wich er zurück. Das Lächeln, das sich auf seinem Gesicht ausbreitete, war unverkennbar gezwungen.

»Ihr sagtet, daß Ihr nichts von Wert bei Euch habt, Heiler. Hattet Ihr diese da vergessen?«

»Die Steine besitzen für keinen einen Wert, außer für mich. In Eurer Hand wären sie wertlos.«

»In der Tat!« Cephelo sprach mit offenem Hohn. »Dann seid Ihr wohl ein Zauberer? Vielleicht selbst ein Teufel? Warum wollt Ihr nicht offenbaren, wer Ihr seid?«

Wil zögerte. Der Streit führte zu nichts. Er mußte dem ein Ende machen. Amberle trat neben ihn. Ihre kleine Hand berührte leicht seinen Arm. Wil fand es beruhigend, sie an seiner Seite zu wissen.

»Cephelo, Ihr müßt mir mein Pferd zurückgeben«, sagte er ruhig.

Das Gesicht des Fahrensmannes verschloß sich.

»Amberle und ich müssen unverzüglich weiter. Dieser Teufel, den ich vernichtet habe, ist nicht der einzige im Land – soviel will ich Euch immerhin sagen. Es sind noch andere Dämonen unterwegs, die es auf das Elfenmädchen abgesehen haben. Und jetzt, da ich die Steine gebraucht habe, werden sie wissen, wo wir zu finden sind. Wir müssen fort von hier – und auch Ihr müßt fort von hier.«

Eine Weile starrte Cephelo ihn wortlos an, offensichtlich unschlüssig, ob er ihm glauben sollte oder nicht. Am Ende siegte die Vorsicht über sein Mißtrauen. Er nickte kurz.

»Nehmt Euer Pferd und geht. Ich möchte mit Euch nichts mehr zu tun haben.«

Damit machte er auf dem Absatz kehrt und ging davon, während er seinen Leuten schon mit lauter Stimme Befehl gab, das Lager abzubrechen. Auch er, das war klar, hatte kein Verlangen, länger im Tirfing zu verweilen. Wil beobachtete ihn noch eine Zeitlang, dann ließ er die Elfensteine in den kleinen Lederbeutel fallen und steckte diesen wieder in seinen Kittel. Er nahm Amberle beim Arm und zog sie mit sich zu den Pferden. Dann fiel ihm Eretria ein. Er hielt nach ihr Ausschau und fand sie im Schatten der Wohnwagen. Ihre dunklen Augen sahen ihn unverwandt an.

»Leb wohl, Wil Ohmsford«, sagte sie leise.

Er lächelte schwach. Sie wußte, daß sie ihre Chance, mit ihm zu gehen, verloren hatte. Einen Augenblick lang zögerte er. Sie hatte ihm das Leben gerettet; dafür stand er in ihrer Schuld. Warum sollte er ihr jetzt nicht helfen? Doch er wußte, daß er es nicht konnte. Seine einzige Sorge mußte in diesen Tagen nur Amberle gelten. Davon durfte er sich nicht ablenken lassen, nicht einmal von diesem Mädchen, das ihn so bezauberte. Seine Schuld an sie mußte er ein andermal begleichen.

»Leb wohl, Eretria«, erwiderte er.

Ein Funke jenes strahlenden Lächelns blitzte in ihrem Gesicht auf.

»Wir sehen uns wieder«, rief sie, ehe sie davonlief.

Minuten später ritten Wil und Amberle auf Artaq in nördlicher Richtung aus dem Lager hinaus und verschwanden in der Nacht.

Knapp eine Stunde vor Sonnenaufgang erreichten sie das Südufer des Mermidon mehrere Meilen stromabwärts von der Stelle, wo der Fluß aus den Wäldern des Westlands auftauchte, um seinen Lauf weiter durch Callahorn zu nehmen. Fast die ganze Nacht waren sie in gleichmäßigem Trab in nördlicher Richtung durch das grüne Flachland geritten, um den Tirfing so weit wie möglich hinter sich zu lassen. Nur einmal hatten sie kurz gerastet, um zu trinken und die verkrampften Muskeln zu lockern, dann waren sie wieder aufgesessen. Als sie schließlich an das Flußufer gelangten, waren Pferd und Reiter der Erschöpfung nahe. Wil Ohmsford konnte nirgends eine Furt oder Untiefen entdecken, die ein Durchqueren des Flusses ermöglicht hätten. Breit und tief wälzte sich der Mermidon durch das Land, und den beiden jungen Leuten wurde bald klar, daß sie ihn entweder würden durchschwimmen oder seinem Lauf so lange folgen müssen, bis sie eine Furt fanden. Solange es noch dunkel war, wollten sie weder das eine noch das andere versuchen, und Wil fand, es sei das beste, bis Tagesanbruch Rast zu machen. Er führte also Artaq in einen Hain von Balsampappeln, nahm ihm dort den Sattel ab und band ihn fest und bereitete schließlich für Amberle und sich selbst Decken im Gras aus. Im Schutz der dichtbelaubten Bäume schliefen sie schnell ein.

Es war beinahe Mittag, als Wil erwachte. Die Wärme des Sommertags strömte von einem klaren, sonnenhellen Himmel durch das Laub der Balsampappeln herab. Behutsam berührte Wil das Elfenmädchen, und es erwachte. Sie standen auf, wuschen sich, aßen ein wenig und nahmen ihre Reise nach Arborlon wieder auf.

Mehrere Meilen ritten sie stromaufwärts fast bis zum Rand der Westland-Wälder, fanden aber keine seichte Stelle, die ihnen eine sichere Durchquerung des Flusses ermöglicht hätte. Weil sie nicht noch mehr Zeit darauf verwenden wollten, umzukehren und stromabwärts zu reiten, beschlossen sie, das Wagnis einzugehen und den Fluß zu durchschwimmen. Nachdem sie ihre wenigen Habseligkeiten an Artaqs Hals festgeschnallt hatten, banden sie sich selbst mit einem Strick an seinem Sattel fest, führten den mächtigen Rappen zum Wasser hinunter und sprangen hinein. Das Wasser war kalt, und die Kälte benahm ihnen einen Moment lang den Atem. Ein paar Minuten lang schlugen sie wild um sich, um gegen die eisige Kälte und den Sog der Strömung anzukämpfen, dann aber fanden sie einen gleichmäßigen Rhythmus, während ihre Hände fest das Sicherheitsseil faßten. Artaq schwamm kraftvoll und ruhig. Obwohl die Strömung sie beinahe eine halbe Meile flußabwärts trieb, erreichten sie wohlbehalten das gegenüberliegende Ufer.

Von dort aus ritten sie in gemächlichem Tempo weiter nach Norden, wanderten beträchtliche Strecken zu Fuß neben Artaq her, um ihn zu schonen. Wil glaubte, daß sie sich nun weit genug vom Tirfing entfernt hatten, um eventuelle Verfolger zu verwirren, und er sah keinen Grund, den Rappen noch länger zu ermüden. Der lange Ritt der vergangenen Nacht hatte das tapfere Pferd eine Menge Kraft gekostet, und es brauchte jetzt Gelegenheit, wieder zu Kräften zu kommen. Wenn es diese Gelegenheit nicht bekam, würde es später zu erschöpft sein – und Wil hielt es durchaus für möglich, daß sie seine Kraft und Stärke noch dringend brauchen würden, ehe sie endlich Arborlon erreichten. Im übrigen würden sie selbst in diesem ruhigen Tempo das Rhenn-Tal spätestens am folgenden Morgen erreichen. Und das genügte, so sagte er sich. Wenn sie erst einmal so weit waren, dann waren sie in Sicherheit.

Möglich, daß Amberle eine andere Meinung hatte, doch sie behielt sie für sich. Jetzt, nachdem sie den Fahrensleuten entkommen waren, zeigte sie sich merklich besserer Stimmung. Sie sang und summte vor sich hin, während sie marschierten, und blieb häufig stehen, um sich zu Blumen und Pflanzen hinunterzubeugen, die auf den grünen Matten der Ebene wuchsen. Mit Wil sprach sie wenig. Sie antwortete ihm freundlich, wenn er sie ansprach, und lächelte geduldig, wenn er ihr Fragen über das Pflanzenleben stellte, das sie so fesselnd fand. Die meiste Zeit jedoch blieb sie ihm gegenüber zurückhaltend und unzugänglich, lehnte es ab, sich in ein allgemeines Gespräch verwickeln zu lassen. Sie verkroch sich hinter den Mauern jener geheimen Eigenwelt, in die sie sich geflüchtet hatte, seit sie diese Wanderung aufgenommen hatten.

Im Laufe des Tages ertappte sich Wil immer wieder dabei, daß seine Gedanken zu Eretria wanderten. Er fragte sich, ob sie wirklich, wie sie gedroht hatte, Cephelo und seine Familie verlassen würde, ob er sie in der Tat eines Tages wiedersehen würde. Das Mädchen besaß eine sprühende Lebendigkeit, die ihn faszinierte. Sie erinnerte ihn an eine flüchtige Vision, wie sie die Sirenen heraufzubeschwören pflegten, die auf dem Schlachtengrund wuchsen – betörend und verlockend, ein Bildnis, das wilde und herrliche Gefühle weckte. Er lächelte über den Vergleich. Unsinnig im Grunde. Sie war aus Fleisch und Blut, sie war kein Bildnis.

Doch wenn er ihr je näherkommen sollte, würde er dann entdekken, daß sie, wie die Sirene, Blendwerk war? Sie hatte etwas an sich, das diesen Verdacht in ihm weckte, und es beunruhigte ihn stark. Er hatte nicht vergessen, wie sie ihr eigenes Leben aufs Spiel gesetzt hatte, um seines zu retten; schrecklich wäre es ihm gewesen, erkennen zu müssen, daß der Edelmut Schein gewesen war.

Als die Nacht hereinbrach, schwenkten sie nach Westen und folgten der Linie des Waldes, der sich nordwärts dehnte zu den Weiten der Streleheim-Ebene. Als die Dunkelheit sie umhüllte, lenkte Wil Artaq in den Wald hinein, und sie folgten einem kleinen Bach durch die Bäume bis zu einem weißschäumenden Wasserfall. Dort schlugen sie ihr Nachtlager auf. Sie fütterten und tränkten Artaq, ehe sie an sich selbst dachten. Da ein Feuer vielleicht zu gefährlich wäre, begnügten sie sich mit einem Mahl aus Früchten und Kräutern, die Amberle im Lauf des Tages gesammelt hatte. Wil war diese Kost fremd, doch sie schmeckte ihm. Mit der Zeit, dachte er, würde er sich vielleicht sogar daran gewöhnen. Er hatte die letzte der merkwürdigen, länglichen orangefarbenen Früchte beinahe verzehrt, als das Elfenmädchen ihn plötzlich mit einem fragenden Blick ansah.

»Macht es dir etwas aus, wenn ich dir eine Frage stelle?« wollte sie wissen.

Er lachte. »Woher soll ich wissen, ob es mir etwas ausmacht, wenn ich gar nicht weiß, was du mich fragen willst?«

»Du brauchst nicht zu antworten, wenn du es nicht willst – aber die Frage geht mir schon im Kopf herum, seit wir gestern abend aus dem Lager der Fahrensleute fortgeritten sind.«

»Dann frag doch.«

Auf der kleinen Lichtung, wo sie saßen, herrschte tiefe Dunkelheit. Das bleiche Licht des Mondes und der Sterne konnte nicht durch das Gewirr dichtbelaubter Äste hindurchdringen. Amberle rückte näher an Wil heran, so daß sie sein Gesicht schwach erkennen konnte.

»Versprichst du mir, ehrlich zu antworten?« Sie sah ihn eindringlich an.

»Ja.«

»Als du die Elfensteine gebrauchtest, hast du da –« Sie zögerte, als sei sie sich des Wortes nicht recht sicher, das sie verwenden sollte. »Hast du dich da – verletzt?«

Überrascht blickte er sie an, und in den Tiefen seines Geistes regte sich eine plötzliche Vorahnung, unbestimmt und verschwommen noch, aber spürbar.

»Das ist eine seltsame Frage.«

»Ich weiß.« Sie nickte, und ein schwaches Lächeln huschte über ihre Züge, dann wurde ihr Gesicht wieder ernst. »Ich kann es eigentlich nicht richtig erklären – es war ein Gefühl, das ich bekam, als ich dich beobachtete. Anfangs hatte es den Anschein, als könntest du den Elfensteinen gar nicht deinen Willen aufzwingen. Du hast sie hochgehalten und es geschah nichts, obwohl ganz deutlich zu sehen war, daß du versuchtest, dich ihrer Kraft zu bedienen, um den Dämon aufzuhalten. Und als die Steine dann schließlich doch reagierten, da ging eine Veränderung mit dir vor – dein Gesicht zeigte es ganz deutlich – es sah aus wie ein großer Schmerz.«

Wil nickte sinnend. Er erinnerte sich jetzt, und die Erinnerung war nicht erfreulich. Bis zu diesem Augenblick hatte er sie aus seinem Geist verbannt gehabt – ohne nachzudenken, beinahe wie im Unbewußten. Selbst jetzt wußte er nicht, warum er das getan hatte. Und erst in diesem Augenblick, als sie es ihm ins Gedächtnis zurückrief, erinnerte er sich dessen, was er empfunden hatte.

Anteilnahme spiegelte sich in den Augen des Elfenmädchens, als sie ihn jetzt anblickte.

»Wenn du nicht –«, begann sie hastig.

»Doch!« Seine Stimme war ruhig und fest. »Doch. Ich weiß nicht, ob ich selbst überhaupt verstehe, was vorgegangen ist – aber es wäre sicher eine Hilfe, darüber zu sprechen, denke ich mir.«

Er holte tief Atem und wählte seine Worte mit Bedacht.

»Irgendwo in meinem Inneren war eine Sperre. Ich weiß nicht, was es war, oder wodurch sie hervorgerufen wurde, aber sie war da, und sie hinderte mich daran, die Kraft der Steine einzusetzen. Es war so, als könnte ich diese Sperre nicht überwinden.« Er schüttelte nachdenklich den Kopf. »Dann stand der Dämon praktisch direkt vor mir, und du und Eretria ward neben mir. Ich wußte, daß wir alle sterben würden, und irgendwie brachte ich es fertig, die Sperre zu sprengen – ich zerschmetterte sie und konnte endlich ins Innere der Steine eindringen ...«

Er machte eine Pause, ehe er weitersprach.

»Ich spürte keinen Schmerz, aber ich hatte das Gefühl, daß etwas Unschönes in meinem Inneren geschah – etwas – ich weiß nicht, wie ich es beschreiben soll. Ich hatte das Gefühl, etwas Unrechtes getan zu haben – obwohl doch an dem, was ich getan hatte, gar nichts Unrechtes war.«

»Vielleicht wurde das Unrecht dir angetan«, murmelte sie nach einem Augenblick der Überlegung. »Vielleicht ist der Elfenzauber irgendwie schädlich für dich.«

»Vielleicht«, pflichtete er ihr bei. »Aber mein Großvater hat mir nie davon gesprochen. Kann es sein, daß der Zauber auf ihn keine Wirkung hatte, während er auf mich sehr wohl wirkt? Aber wenn das so wäre, weshalb dann der Unterschied?«

Sie schüttelte zweifelnd den Kopf.

»Der Zauber der Elfen ruft bei dem einzelnen Menschen verschiedene Wirkungen hervor. Es war immer schon so. Es ist ein Zauber, der aus dem Geist geboren ist, und der Geist ist nun mal keine Konstante.«

»Aber mein Großvater und ich, wir sind einander so ähnlich – nicht einmal meinem eigenen Vater war ich so ähnlich.« Wil schwieg grübelnd. »Verwandte Geister, könnte man sagen – und nicht so unterschiedlich geartet, daß sich diese – diese andersartige Reaktion damit erklären ließe.«

Amberle neigte sich zu ihm und legte ihm fest die Hand auf den Arm.

»Ich finde, du solltest die Kraft der Elfensteine nicht wieder einsetzen.«

Er lächelte. »Nicht einmal, um dich zu schützen?«

Er sagte es leichthin, doch sie erwiderte sein Lächeln nicht. Für sie war nichts Erheiterndes an diesem Gespräch.

»Niemals würde ich wollen, daß du meinetwegen Schaden nimmst, Heiler«, erwiderte sie still. »Nicht mein Wille war es, der dich zu dieser Reise zwang, und es ist mir arg, daß du überhaupt hier bist. Aber da du nun einmal hier bist, will ich offen sprechen.

Elfenzauber ist kein Spielzeug; er kann sich als gefährlicher erweisen als das Böse, das abzuwehren er geschaffen wurde. Unsere Geschichtsbücher haben uns diese Warnung hinterlassen, wenn auch sonst herzlich wenig. Der Zauber kann nicht nur auf den Körper, sondern auch auf den Geist wirken. Körperliche Wunden kann man behandeln. Was aber ist mit geistigen Schäden? Wie willst du die behandeln, Heiler?«

Sie neigte sich noch näher zu ihm. »Niemand ist dieses Wagnis wert – niemand! Und schon gar nicht ich.«

Er blickte sie schweigend an und war erstaunt, Tränen in ihren Augen zu sehen. Er legte seine Hand auf die ihre.

»Wir werden aufeinander achtgeben«, versprach er und versuchte nochmals ein aufmunterndes Lächeln. »Vielleicht werden wir die Steine nicht wieder brauchen.«

Der Blick, mit dem sie ihn ansah, verriet, daß sie seinen Worten nicht glaubte.

Es war Mitternacht, als das Heulen der Dämonen-Wölfe aus der Stille des Graslandes aufstieg, schrill, gierig, haßerfüllt. Wil und Amberle erwachten mit einem Schlage, und eine eisige Angst verscheuchte die Seligkeit ihres Schlummers. Sie fuhren unter ihren Decken hoch und saßen einen Moment lang reglos, während sie mit weit aufgerissenen Augen in die Dunkelheit starrten. Das Heulen erstarb, verklang in der Stille der Nacht, schwoll wieder an, durchdrang gellend und kreischend das Schweigen. Diesmal zögerten die beiden nicht. Ohne ein Wort sprangen sie auf, schlüpften in ihre Stiefel, warfen sich ihre Umhänge über die Schultern. Innerhalb von Sekunden hatten sie Artaq gesattelt, saßen auf und galoppierten wieder nach Norden.

Dem Saum des Waldgebietes folgend, ritten sie in scharfem Tempo und hielten sich dabei im offenen Flachland, das von Mond und Sternen beleuchtet war. Kühle Nachtluft, schwer von Feuchtigkeit und den Gerüchen der Nacht, strömte über sie hinweg, während sie dahinjagten. Das wütende Heulen hinter ihnen verstummte nicht; noch war es weit entfernt, irgendwo jenseits des Mermidon. Die Dämonen-Wölfe waren auf der Suche. Die Spur, der sie folgten, war einen Tag alt; sie ahnten nicht, wie nahe sie ihrer Beute tatsächlich waren.

Artaq lief ruhig und leicht. Ohne Anstrengung flog sein mächtiger Körper über das Grasland, einem der vielen Schatten gleich, die die Sommernacht belebten. Er hatte Ruhe genug gehabt, um sich zu erholen, und würde nicht so schnell an Kraft verlieren. Wil achtete sorgfältig darauf, daß die Geschwindigkeit gleichmäßig blieb, und dem Rappen nicht zuviel abverlangt wurde. Es war noch früh; die Jagd hatte gerade erst begonnen. Wil war zornig auf sich selbst; er hatte nicht geglaubt, daß die Verfolger ihnen so rasch auf die Spur kommen würden. Die Elfensteine mußten ihnen ihre Anwesenheit im Tirfing verraten haben. Und augenblicklich hatten die Dämonen-Wölfe die Verfolgung des Talbewohners und des Elfenmädchens aufgenommen, hatten ihre Spur nach Norden verfolgt, hatten sie jetzt aus den Wäldern des Westlands aufgescheucht. Wenn die Wölfe erst den fluchtartig verlassenen Lagerplatz entdeckt hatten, würden sie wie die Besessenen hinter ihrem Wild herjagen. Die Dämonen würden Wil und Amberle hetzen, bis sie sie faßten.

Mehr als eine Stunde ritten sie über das Land, ohne das Tal zu sichten, unaufhörlich verfolgt vom schrillen Geheul der Bösen. In das Heulen mischten sich jetzt Schreie, die aus dem Grasland unterhalb der Drachenzähne und aus den Ebenen im Norden aufstiegen. Wil erschrak. Die Wölfe hatten sie umzingelt. Nur der Weg in das Westland stand ihnen noch offen. Er fragte sich plötzlich, ob nicht auch dort schon die Feinde warteten. Er erinnerte sich, wie es am Silberfluß gewesen war. Vielleicht war auch das Rhenn-Tal eine Falle. Vielleicht trieben die Verfolger sie absichtlich in das Tal hinein, um sie dort zu vernichten. Aber hatten sie denn noch eine Wahl? Nein, es blieb ihnen gar nichts anderes übrig, als dieses Risiko einzugehen.

Sekunden später steigerte sich das Heulen hinter ihnen zur Raserei. Die Dämonen-Wölfe hatten ihr Lager entdeckt.

Wil spornte Artaq zu gestrecktem Galopp an. Jetzt würden die Dämonen rasch näherkommen, siegessicher, daß ihr Wild dicht vor ihnen floh. Aus Norden und Osten antwortete gellendes, blutgieriges Kreischen dem tollwütigen Geheul aus den Wäldern. Artaq schwitzte, während er mit weit vorgestrecktem Kopf, die

Ohren flach angelegt, über das flache Land jagte. Das Gras wurde spärlicher, wich dürren Krüppelbüschen und verdorrendem Gestrüpp; sie hatten die Streleheim-Ebene erreicht. Das Rhenn-Tal konnte nicht mehr weit entfernt sein. Wil neigte sich tief über Artaqs muskulösen Hals und trieb das tapfere Pferd noch mehr an.

In der dritten Stunde der Verfolgungsjagd, als sie das Grasland von Callahorn weit hinter sich gelassen hatten, und die Erde unter Artaqs donnernden Hufen hart und rissig geworden war, als das rasende Geheul der Dämonen-Wölfe so nahe herangekommen war, daß Wil meinte, die riesigen grauen Leiber müßten jeden Augenblick in Sicht kommen, als ihnen die Augen vom Wind tränten und vom Staub verklebt waren und ihre Körper fröstelten vor Angstschweiß, da endlich erblickten der Talbewohner und das Elfenmädchen den zerklüfteten Felskamm, der die Mündung des Rhenn-Tales bildete. Er erhob sich aus dem Flachland unterhalb der Elfenwälder, ein dunkler Felsrücken, der sich schwarz vor dem Nachthimmel abhob. Ohne das Tempo zu verlangsamen, nahmen die Reiter Kurs auf den Paß. Artaqs Flanken arbeiteten, und sein Atem kam mit keuchenden Stößen aus den geblähten Nüstern; der glatte schwarze Körper glänzte von Schweiß. Noch länger machte er sich, während er durch die Dunkelheit preschte, und die beiden jungen Leute, die auf seinem Rücken saßen, klammerten sich verzweifelt fest.

Innerhalb von Sekunden öffnete sich der Paß vor ihnen, zu beiden Seiten bewacht von zerklüfteten Felskämmen. Der Rappe jagte hinein in den engen Flaschenhals des Tals. Aus tränenden Augen spähte Wil in die Finsternis, während der Wind ihm ins Gesicht peitschte, und hielt Ausschau nach den Dämonen, die er hier erwartet hatte. Zu seiner Verwunderung entdeckte er nichts. Sie waren allein in dem kleinen Tal. Eine Aufwallung erleichterten Überschwangs überwältigte ihn. Sie würden entkommen! Die Verfolger lagen zu weit zurück, um sie einzuholen, bevor sie die Wälder des Westlands erreichten, das Land der Elfen. Dort wartete Hilfe...

Unvollendet blieb der Gedanke in seinem Hirn haften, wiederholte sich in endloser Monotonie mit dem Klang von Artaqs donnernden Hufen. Wil wurde eiskalt. Welchen Gedanken gab er sich da hin? Es gab keine Hilfe für sie. Niemand wußte ja, daß sie kamen – niemand außer Allanon, und der Druide war vernichtet. Hilfe? Welche Art Hilfe erwartete er denn? Schon waren die Dämonen bis ins Herz der Stadt Arborlon eingedrungen, um die Erwählten zu töten. Was könnte sie davon abhalten, einen unglaublich törichten Talbewohner und ein unbewaffnetes Elfenmädchen bis in die einsamen Wälder des Festlandes zu verfolgen? Sie hatten das Rhenn-Tal erreicht, doch was war damit gewonnen? Nichts. Im Gegenteil – draußen, im offenen Land, hatte Artaq ungehindert galoppieren können; und hier, im behindernden Gewirr der Wälder, konnte er es nicht. Nichts konnte hier die Dämonen-Wölfe daran hindern, sie zu verfolgen; diese Geschöpfe waren schneller und wendiger als sie, besser in der Lage, das Geschlinge von Ästen und Büschen zu durchdringen. Den Bösen würde die Verfolgung leichter fallen, als ihnen die Flucht. Am liebsten hätte er alles hinausgeschrien, was er empfand. Dummheit! Durch seine Kurzsichtigkeit hatte er sie ihrer einzigen Chance auf ein Entkommen beraubt. Sie würden nie entkommen. Sie würden eingeholt und getötet werden. Und das war seine Schuld. Er hatte ihnen das angetan.

Er mußte etwas unternehmen.

Seine Gedanken überstürzten sich, während er voller Verzweiflung überlegte. Nur eine Waffe blieb ihm. Die Elfensteine.

Da schrie Amberle plötzlich auf. Wil fuhr herum. Sein Blick folgte dem Arm des Elfenmädchens, das himmelwärts wies.

Durch die Talöffnung segelte ein gewaltiges schwarzes Geschöpf auf ledrigen Schwingen, die weit ausgespannt waren. Auf seinen Schultern saß ein Kopf, so schief und verdreht wie ein verkrüppeltes Glied. Kreischend flog das Ungeheuer aus der Streleheim-Ebene in die Talspalte hinein und setzte ihnen nach. Nie zuvor hatte Wil ein so gigantisches Wesen gesehen. Außer sich vor Angst und Entsetzen schrie er auf Artaq ein, doch der Rappe hatte nichts mehr zuzugeben – nur die Willenskraft trieb ihn noch vorwärts. Dreihundert Schritte entfernt ragte schwarz der Gebirgszug in die Dunkelheit, durch den ein zweiter Paß aus dem Tal hinausführte in die Wälder auf der anderen Seite. Dort konnten sie sich vor dieser Ausgeburt eines Alptraums verstekken, dorthin konnte ihnen ein Ungeheuer von solcher Größe nicht folgen. Nur ein paar Sekunden brauchten sie.

Das geflügelte Ungeheuer stieß aus der Luft herab. Wie ein riesiger Felsbrocken schien es auf sie hinunterzufallen, wie es da taumelnd durch die Nacht stürzte. Wil Ohmsford sah es kommen und erblickte flüchtig den Reiter, den es trug, ein menschenähnliches Wesen, doch bucklig und mißgestaltet, mit roten Augen, die im Schwarz des Gesichtes glühten. Die Augen schienen ihn zu durchbohren, und er spürte, wie sein Mut dahinschmolz.

Einen Moment lang dachte er, es sei aus mit ihnen. Doch da hatte Artaq mit einem letzten verzweifelten Sprung den Paß erreicht, jagte zwischen den hohen Felsgipfeln hindurch und tauchte in die Dunkelheit der Bäume.

Einen schmalen, von tiefen Furchen durchzogenen Pfad donnerte der große Rappe hinunter, wurde kaum langsamer, während sein mächtiger Körper sich geschmeidig durch das Gewirr von Bäumen und Büschen schlängelte. Wil und Amberle hielten sich mit der Kraft der Verzweiflung auf dem Rücken des Pferdes. Zweige und stachlige Ranken schlugen ihnen ins Gesicht, und bei jeder Wendung des Rappen drohten sie abgeworfen zu werden. Wil versuchte Artaq zu zügeln, doch der war nicht zu bändigen. Der Talbewohner hatte völlig die Kontrolle über ihn verloren. Der Rappe lief jetzt sein eigenes Rennen.

Verwirrt durch die Finsternis des Waldes, die sie jetzt einhüllte, und durch den gewundenen Pfad, verloren die Reiter innerhalb von Sekunden völlig die Orientierung. Obwohl Wil das Heulen der Dämonen-Wölfe und das Kreischen des fliegenden Ungeheuers nicht mehr hören konnte, stand er Todesängste aus, daß sie im Kreise reiten und am Ende eben den Ungeheuern in die Fänge geraten könnten, denen sie zu entrinnen suchten. Zornig riß er am Zügel, doch Artaq reagierte überhaupt nicht.

Wil hatte schon die Hoffnung aufgegeben, den Rappen jemals zum Stillstand zu bringen, als das mächtige Pferd plötzlich langsamer wurde und dann anhielt. Keuchend, mit geblähten Nüstern blieb es mitten auf dem Waldweg stehen, senkte den edel geformten Kopf und wieherte leise. Wil und Amberle tauschten einen fragenden Blick.

Da tauchte unversehens eine hochgewachsene schwarze Gestalt vor ihnen auf. Lautlos glitt sie aus dem Schatten der Waldnacht. Es geschah so schnell, daß Wil nicht einmal Zeit blieb, an die Elfensteine zu denken. Die dunkle Gestalt trat näher, und eine Hand berührte behutsam Artaqs schweißtriefenden Hals und streichelte das seidige Fell. Aus dem Schatten einer dunklen Kapuze hob sich ein Gesicht zum Licht.

Es war Allanon.

»Ist dir auch nichts geschehen?« fragte er leise, während er die Arme ausstreckte, um Amberle aus dem Sattel zu heben und sie sanft auf den Boden hinunterzulassen.

Das Elfenmädchen schüttelte stumm den Kopf. Verwunderung spiegelte sich in ihren meergrünen Augen – Verwunderung und ein Anflug von Zorn. Der Druide runzelte die Stirn, dann wandte er sich ab, um Wil zu helfen, doch der junge Mann schwang sich schon aus dem Sattel.

»Wir dachten, Ihr seid tot!« stieß er ungläubig hervor.

»Ich habe den Eindruck, daß irgend jemand mich dauernd für tot erklärt«, versetzte der Druide leicht gereizt. »Wie du siehst, bin ich völlig –«

»Allanon, wir müssen fort von hier.« Wil warf einen angstvollen Blick über die Schulter. Seine Worte überschlugen sich, so eilig hatte er es, sie herauszubringen. »Die Dämonen-Wölfe sind hinter uns her, sie haben uns den ganzen Weg verfolgt, und drinnen im Tal hätte uns so ein riesiges, schwarzes fliegendes Ungeheuer –«

»Langsam, Wil!«

»– beinahe erwischt. Es ist größer als alles, was mir je unter die Augen gekommen ist –«

»Wil!«

Wil Ohmsford verstummte. Allanon schüttelte mißbilligend den Kopf.

»Würdest du mich vielleicht auch einmal zu Wort kommen lassen?« Wil nickte errötend. »Danke. Zunächst einmal brauchst du dir keine Sorgen mehr zu machen, ihr seid hier in Sicherheit. Die Dämonen verfolgen euch nicht länger. Ihr Anführer wittert meine Anwesenheit. Ich bin ihm nicht geheuer, und er hat kehrt gemacht.«

Wil war skeptisch. »Seid Ihr ganz sicher?«

»Vollkommen. Niemand ist euch gefolgt. Kommt jetzt beide mit mir dort hinüber und setzt euch.«

Er führte sie zu einem umgestürzten Baumstamm, der neben dem Pfad lag, und die beiden jungen Leute ließen sich erschöpft darauf niedersinken. Allanon blieb stehen.

»Wir müssen noch heute abend nach Arborlon«, sagte er zu ihnen. »Aber ein paar Minuten Rast können wir uns schon erlauben, bis wir aufbrechen.«

»Wie seid Ihr hierher gekommen?« fragte Wil.

»Ich könnte euch die gleiche Frage stellen.« Der Druide ließ sich auf ein Knie nieder und zog die schwarzen Gewänder eng um seinen mageren Körper. »Ihr begreift wohl, was euch unten am Fluß geschehen ist?«

Wil nickte. »Ich glaube schon.«

»Es war der König vom Silberfluß«, warf Amberle ein. »Wir haben ihn gesehen; er hat mit uns gesprochen.«

»Er hat mit Amberle gesprochen«, berichtigte Wil. »Aber was ist Euch widerfahren? Hat er auch Euch geholfen?«

Allanon schüttelte den Kopf.

»Ich habe ihn leider nicht einmal zu Gesicht bekommen – ich habe nur das Licht gesehen, das euch einhüllte und davontrug. Er ist ein einsiedlerischer und geheimnisvoller Alter, und er zeigt sich nur sehr wenigen. Diesmal beliebte es ihm, sich euch zu zeigen. Den Grund dafür weiß nur er selbst. Wie dem auch sei, sein Auftauchen stiftete beträchtliche Verwirrung unter den Dämonen, und ich machte mir diese Verwirrung zunutze, um zu entkommen.«

Er hielt einen Augenblick inne und richtete das Wort dann an Amberle.

»Amberle, du sagtest, daß er mit dir gesprochen hat. Erinnerst du dich, was er sagte?«

Das Elfenmädchen war verlegen.

»Nein, nicht genau. Es war wie ein Traum. Er sagte etwas von – von einem Vereintsein.«

Flüchtig glomm ein Funke des Verständnisses in den dunklen Augen des Druiden auf. Doch weder Wil noch Amberle sahen ihn, und er erlosch sogleich wieder.

»Nun, es spielt keine Rolle.« Allanon tat die Episode mit einer gewissen Nachlässigkeit ab. »Er hat euch geholfen, als ihr Hilfe brauchtet, und dafür stehen wir in seiner Schuld.«

»O ja, in seiner Schuld ganz gewiß. Aber nicht in Eurer.« Amberle gab sich keine Mühe, ihren Zorn zu verbergen. »Wo seid Ihr gewesen, Druide?«

Allanon schien überrascht. »Ich habe nach euch gesucht. Als der König vom Silberfluß euch half, trennte er uns leider voneinander. Ich wußte natürlich, daß ihr in Sicherheit ward, aber ich wußte nicht, wohin der Alte euch gebracht hatte, oder wie ich euch wiederfinden sollte. Ich hätte es mit Zauberkraft versuchen können, doch das schien mir unnötig gefährlich. Der Führer dieser Dämonen, die die Mauer der Verfemung durchbrochen haben, verfügt über Kräfte, die so groß sind wie meine eigenen. Vielleicht sogar größer. Hätte ich Zauberkraft angewendet, so hätte ihm das womöglich den Weg zu mir und zu euch gewiesen. Ich entschied mich deshalb dafür, die Reise nach Arborlon fortzusetzen und unterwegs nach euch Ausschau zu halten. Ich hoffte, ihr würdet euch der Anweisungen erinnern, die ich euch gegeben hatte, und euch daran halten. Da ich gezwungen war, zu Fuß weiterzumarschieren – dein Grauer, Wil, kam in der Schlacht um –, war ich die ganze Zeit überzeugt, ihr wärt vor mir. Erst als du, Wil, die Kraft der Elfensteine gebrauchtest, erkannte ich, daß ich mich geirrt hatte.«

Er zuckte die Schultern.

»Da war ich schon fast in Arborlon. Ich kehrte augenblicklich um und marschierte in südlicher Richtung durch das Waldland, da ich glaubte, daß ihr schon unterhalb des Mermidon den Schutz der Wälder suchen würdet. Wieder irrte ich mich. Als ich das Heulen der Dämonen-Wölfe wahrnahm, wurde mir klar, daß ihr versuchtet, das Rhenn-Tal zu erreichen. Diese Erkenntnis führte mich hierher.«

»Ich habe den Eindruck, du hast dich sehr häufig geirrt«, bemerkte Amberle schnippisch.

Allanon antwortete darauf nichts. Ihre Blicke trafen sich.

»Meiner Meinung nach begingt Ihr den ersten Irrtum schon, als Ihr zu mir gekommen seid«, fuhr sie mit anklagender Stimme fort.

»Ich mußte zu dir kommen.«

»Das wird sich erweisen. Was mir im Augenblick Sorge macht, ist die Tatsache, daß die Dämonen uns von Anfang an immer einen Schritt voraus gewesen sind. Wie oft haben sie mich jetzt schon beinahe gefaßt?«

Allanon erhob sich. »Zu oft. Es wird nicht wieder vorkommen.«

Auch Amberle sprang auf. Ihr Gesicht war zornig.

»Eure Versprechungen sind mir längst keine Beruhigung mehr. Ich sehne das Ende dieser Reise herbei. Ich möchte zurück nach Hause – nach Havenstead, nicht nach Arborlon.«

Das Gesicht des Druiden zeigte keinerlei Ausdruck.

»Begreife doch: Ich tue für dich, was ich kann.«

»Vielleicht. Vielleicht tut Ihr aber auch nur das, was Euch paßt.«

Der Druide war gekränkt.

»Das ist ungerecht, Elfenmädchen. Du weißt weniger über diese Sache, als du glaubst.«

»Aber eines weiß ich – ich weiß, daß weder Ihr noch der Beschützer, den Ihr mir an die Seite gestellt habt, sich als sonderlich hilfreich erwiesen habt. Viel glücklicher wäre ich, wenn ich keinen von euch beiden je gesehen hätte.«

Sie war so zornig, daß sie nahe daran war, in Tränen auszubrechen. Trotzig starrte sie Allanon und Wil an, als wolle sie ihren Widerspruch herausfordern. Da sich beide in Schweigen hüllten, wandte sie sich ab und stapfte energischen Schrittes den dunklen Pfad hinunter.

»Ihr habt gesagt, daß wir noch heute Arborlon erreichen müssen, Druide«, rief sie nach einer Weile. »Ich möchte diese Sache endlich hinter mich bringen!«

Wil Ohmsford blickte ihr wortlos nach. Ärger und Verwirrung spiegelten sich auf seinen Zügen. Einen Lidschlag lang dachte er ernsthaft daran, einfach hier sitzen zu bleiben und das Elfenmädchen seines Wegs gehen zu lassen. Sie empfand offensichtlich ohnehin nichts für ihn. Dann spürte er Allanons Hand auf seiner Schulter.

»Sei mit deinem Urteil nicht zu voreilig«, mahnte der Druide leise.

Dann trat er zu Artaq hin und nahm die Zügel des Pferdes. Wil stand auf. Mitgehangen, mitgefangen, sagte er sich.

Der Druide hatte sich schon auf den Weg gemacht, der zierlichen Gestalt des Elfenmädchens zu folgen, die unter den Bäumen verschwunden war. Grollend trottete Wil hinterher.

Es war am Abend des folgenden Tages. Die Schatten über der Waldstadt Arborlon wurden länger, und graues Zwielicht verdunkelte sich langsam zur Nacht. Eventine Elessedil saß allein in der Abgeschiedenheit seines Studierzimmers, vor sich eine von Gael aufgestellte Liste aller jener Angelegenheiten, die am folgenden Morgen erledigt werden sollten. Müdigkeit zeichnete sein Gesicht, und seine Augen blinzelten matt in das Licht der Öllampe, die vor ihm auf dem Schreibtisch stand. Es war still in diesem Zimmer, in dem der hochbetagte König der Elfen in die Tiefe seiner Gedanken eintauchte.

Er warf einen Blick zu Manx hinüber, der in tiefem Schlummer vor einem Bücherregal lag. Die ergrauenden Flanken des Wolfshundes hoben und senkten sich in gleichmäßigem Rhythmus, während er mit einem seltsamen dünnen Winseln den Atem durch die Nase stieß. Eventine lächelte. Getreuer alter Hund, dachte er, dich flieht der Schlaf nicht, dir wird er Nacht um Nacht geschenkt, tief und traumlos und ohne Sorgen. Er schüttelte den Kopf. Viel hätte er darum gegeben, nur eine einzige Nacht ungestörten Schlafs genießen zu können. Er fand kaum noch Ruhe. Alpträume bedrängten seinen Schlaf – Alpträume, die Verzerrungen der bedrückenden Realität seiner wachen Stunden waren. Sie quälten und peinigten ihn, schlichen sich boshaft in seinen Schlaf und ließen ihn keine Ruhe finden. Jede Nacht kehrten sie wieder und geisterten beängstigend durch seinen Schlaf, so daß er sich wieder und wieder selbst wachrüttelte, bis endlich die Morgendämmerung dem Kampf ein Ende machte.

Er rieb sich die Augen und drückte die Hände auf die geschlossenen Lider, um das Licht nicht durchzulassen. Bald würde er schlafen müssen, denn er brauchte den Schlaf dringend. Er wußte dennoch, daß er kaum Ruhe finden würde.

Als er die Hände wieder vom Gesicht nahm, erblickte er Allanon vor sich. Für einen Augenblick lang traute er seinen Augen nicht, glaubte, die Phantasie spiele ihm einen Streich. Doch als er mit scharfem Blick die Augen zusammenkniff, und das Bild noch immer stehenblieb, sprang er auf.

»Allanon! Ich dachte, ich litte unter Wahnvorstellungen!«

Der Druide trat näher zu ihm, und sie reichten einander die Hände. Ein schwaches Flackern von Unsicherheit zitterte in den Augen des Elfenkönigs.

»Habt Ihr sie gefunden?«

Allanon nickte. »Sie ist hier.«

Eventine wußte nicht, was er darauf sagen sollte. Die beiden Männer blickten einander wortlos an. Manx hob den Kopf und gähnte.

»Ich hätte nicht geglaubt, daß sie je zurückkehren würde«, sagte der König schließlich. Er zögerte. »Wohin habt Ihr sie gebracht?«

»An einen Ort, wo sie beschützt werden kann«, erwiderte Allanon. Er ließ die Hand des Königs los. »Wir haben nicht viel Zeit. Ich möchte, daß Ihr Eure Söhne und diejenigen Eurer Berater zusammenruft, denen Ihr größtes Vertrauen entgegenbringt – jene, denen Ihr die Wahrheit über die Gefahr, die den Elfen droht, mitgeteilt habt. Laßt ihnen ausrichten, sie mögen sich in einer Stunde im Saal des Hohen Rats der Elfen versammeln. Laßt ihnen ausrichten, daß ich mit ihnen sprechen möchte. Sagt sonst keinem Menschen etwas. Sorgt dafür, daß Eure Garde draußen wacht. In einer Stunde. Wir sehen uns dann.«

Er machte kehrt und steuerte wieder auf die offene Fenstertür zu, durch die er eingetreten war.

»Amberle...?« rief Eventine ihm nach.

»In einer Stunde«, wiederholte der Druide. Der Vorhang teilte sich, und Allanon war in der Nacht verschwunden.

Der Ratssaal war ein großer, sechseckiger Raum, aus Stein und Eichenbalken errichtet. Die schweren dunklen Balken der gewölbten Decke liefen in der Mitte des Sechsecks sternförmig zusammen. Eine hohe Flügeltür aus massivem Holz führte in den Saal, der von tiefhängenden, an schwarzen Eisenketten befestigten Öllampen beleuchtet wurde. An einer Wand befand sich das Podium, auf dem der König Platz zu nehmen pflegte. Mehrere Stufen führten zu einem wuchtigen, kunstvoll geschnitzten Eichenthron, zu beiden Seiten von Fahnenstangen flankiert, an denen die Banner der Königshäuser des Elfenreichs herabhingen. An den übrigen Wänden reihten sich in Stufen aufgebaut lange Sitzbänke, von denen man auf ein weites Rund glänzend polierten Steinbodens hinunterblickte, das wie eine Arena von einem niedrigen Eisengitter umschlossen war. Genau in der Mitte des Raumes stand ein großer ovaler Tisch mit einundzwanzig Stühlen, wo die Mitglieder des Hohen Rats der Elfen ihren Platz innehatten.

Nur sechs der Stühle waren an diesem Abend besetzt. Auf einem hatte Andor Elessedil Platz genommen. Er sprach kaum mit den fünf anderen, die mit ihm am Tisch saßen. Seine Augen wanderten immer wieder rastlos und ungeduldig zu der geschlossenen Flügeltür am anderen Ende des Saales. Die Gedanken an Amberle beschäftigten seinen Geist. Obwohl sein Vater nicht von dem Mädchen gesprochen hatte, als er ihm von der Rückkehr Allanons berichtet hatte, war Andor überzeugt, daß es dem Druiden gelungen war, sie nach Arborlon zurückzubringen; sonst wäre diese Ratssitzung nicht in solcher Eile einberufen worden. Ebenso überzeugt war er, daß Allanon die Absicht hatte, Amberle vor den Hohen Rat zu bringen, um die Ratsmitglieder zu bitten, ihr die Suche nach dem Blutfeuer zu übertragen. Er war nicht sicher, wie die Ratsmitglieder darauf reagieren würden. Wenn der König sich dafür entschied, als erster zur Bitte des Druiden Stellung zu nehmen und sie seiner Unterstützung zu versichern, dann würden die anderen sich wahrscheinlich stillschweigend seinen Wünschen fügen – fest damit rechnen konnte man allerdings nicht angesichts der heftigen Emotionen, die Amberles Verhalten bei den Elfen ausgelöst hatte. Aber er glaubte ohnehin nicht, daß sein Vater das tun würde. Er würde sich vielmehr zuerst die Meinung der Männer anhören, die er im Rat zusammengerufen hatte, und dann entscheiden.

Andor streifte mit einem kurzen Blick seinen Vater. Wozu, fragte er sich plötzlich, würde er selbst raten? Er würde aufgefordert werden, seine Meinung zu sagen, wie aber konnte er hoffen, objektiv zu sein, wenn es um Amberle ging? Widerstreitende Gefühle stritten miteinander in seiner Brust. Liebe und Enttäuschung vermischten sich. Vielleicht, dachte er, war es am besten, wenn er schwieg. Vielleicht war es am besten, wenn er sich einfach dem Urteil der anderen anschloß.

Sein Blick glitt über die verschiedenen Gesichter. Abgesehen von Dardan und Rhoe, die draußen vor der Flügeltür Wache standen, war niemand sonst von dieser Sitzung unterrichtet worden. Es waren noch andere da, an die sein Vater sich hätte wenden können – gute, zuverlässige Männer. Doch er hatte sich für diese entschieden. Eine ausgewogene Wahl, dachte Andor bei sich, während er sich den Charakter jedes einzelnen vor Augen hielt. Aber welches Urteil würden sie fällen, wenn sie hörten, worum es ging?

Arion Elessedil saß zur Rechten seines Vaters, auf dem Platz, der dem Kronprinzen des Reiches vorbehalten war. Arions Rat würde der König zuerst suchen, wie er das immer tat, wenn eine wichtige Entscheidung anstand. Arion war die Stütze seines Vaters, und der alte Mann liebte ihn von ganzem Herzen. Seine Anwesenheit allein vermittelte Eventine ein Gefühl der Sicherheit, das er – Andor – ihm niemals geben konnte, mochte er sich noch so sehr bemühen. Doch Arion mangelte es an Mitgefühl, und es gab Zeiten, da zeigte er eine Starrköpfigkeit, die alle gesunde Einsicht verdrängte. Es war schwer vorherzusagen, wie er im Hinblick auf Amberle reagieren würde. Früher einmal hatte er sie geliebt, die einzige Tochter seines Bruders Aine. Doch das lag lange zurück. Mit dem Tod des Bruders hatten seine Gefühle sich gewandelt – hatten sich noch tiefer gewandelt mit Amberles Verrat an ihrer Aufgabe als Erwählte. Eine große Bitterkeit wohnte im Herzen des Kronprinzen, und sie hatte ihren Ursprung großenteils in der Kränkung, die Amberle dem König angetan hatte. Es war unmöglich zu sagen, wie tief diese Bitterkeit ging. Sehr tief, dachte Andor, und war beunruhigt.

Auf dem Sessel neben Arion hatte der erste Minister des Königs, Emer Chios, seinen Platz inne. Er war es, der in Abwesenheit des Königs den Vorsitz bei einer Ratsversammlung führte. Er war ein Mann, der es verstand, sich in seiner Rede klar auszudrükken, und man konnte sich darauf verlassen, daß er auch in diesem Fall offen und unmißverständlich seine Meinung äußern würde. Eventine und sein erster Minister waren zwar nicht immer einer Meinung, doch sie hatten große Achtung voreinander, und einer schätzte die Ansichten des anderen. Eventine würde den Worten seines ersten Ministers große Beachtung schenken.

Kael Pindanon, der Befehlshaber des Elfenheeres, war der älteste und engste Freund des Königs. Obwohl zehn Jahre jünger als der König, sah er mindestens um soviel älter aus. Sein Gesicht war so rissig und spröde wie dürres Holz, seine Gestalt so verwittert und knorrig wie ein alter Baum, aber gestählt von ständigem Kampf. Weißes Haar floß ihm über die Schultern herab, und ein gewaltiger, herabhängender Schnauzbart wölbte sich über der schmalen Linie seiner Lippen. Eisenhart und geradlinig in der Verfolgung seiner Ziele, war Pindanon jener unter Eventines Beratern, dessen Reaktionen sich am ehesten voraussagen ließen. Der alte Kämpe war dem König treu ergeben; bei seinen Ratschlägen hatte er stets das Wohl des Königs im Auge. Und so würde es auch in diesem Fall sein, da es um Amberle ging.

Der letzte Mann am Tisch war kein Mitglied des Hohen Rates. Er war jünger noch als Andor, ein schlanker, dunkelhaariger Elf mit einem wachen Gesicht und begierigen braunen Augen. Er saß neben Pindanon, seinen Sessel ein Stück vom ovalen Tisch abgerückt, stumm, aber voll gespannter Aufmerksamkeit. Zwei Dolche trug er an seinem Gürtel, und ein breites Schwert hing in seiner Scheide von der Rückenlehne des Sessels. Abgesehen von einem kleinen Medaillon mit dem Wappen der Elessedils, das an einer silbernen Halskette auf seiner Brust lag, trug er keinerlei Amtszeichen. Sein Name war Crispin. Er war der Hauptmann der Leibgarde, der Elitetruppe von Elfenjägern, deren einzige Aufgabe der Schutz des Königs war. Seine Anwesenheit bei dieser Ratssitzung war ungewöhnlich; er war kein Mann, bei dem Eventine Elessedil Rat zu suchen pflegte. Aber nun, sagte sich Andor, sein Vater tat eben nicht immer das, was man gemeinhin von ihm erwartete.

Immerhin, eines verband all diese Männer so unterschiedlicher Herkunft, Werdegang und Persönlichkeit: ihre absolute Treue zu dem alten König. Und deshalb vielleicht glaubte Eventine, die Entscheidung vertrauensvoll in ihre Hände legen zu können, wie schwierig auch immer sie sein mochte. Vielleicht aber hatte er sie auch zusammengerufen, weil sie es waren, deren Rat er suchen würde, wenn es notwendig wurde, die Heimat zu verteidigen.

Und dieser Tag war nahe. Auf Schritt und Tritt sahen sie sich mit der Unvermeidlichkeit eines schrecklichen Kampfes zwischen Elfen und Dämonen konfrontiert. Jeden Tag siechte der Ellcrys mehr dahin, da Verfall und Welke sich unerbittlich in seinen Zweigen ausbreiteten und ihm Schönheit und Leben raubten, die Kraft untergruben, die den Bannspruch der Verfemung hielt. Tag für Tag liefen neue Meldungen von fremdartigen, erschreckenden Geschöpfen ein, die, aus Alpträumen und finsteren Phantasien geboren, an den Grenzen des Westlands ihr Unwesen trieben. Soldaten des Elfenreichs patrouillierten in dem Gebiet vom Rhenn-Tal bis zum Sarandanon, von Wirrnismoor bis zum Kershalt, und noch immer wuchs die Zahl dieser Kreaturen. Es war sicher, daß noch viele folgen würden, bis ihre Schar so groß war, daß sie sich zu einem Heer vereinigen und die Elfen mit geballter Kraft angreifen konnten.

Andor stützte die Ellbogen auf den Tisch und drückte die gefalteten Hände an seine Stirn, um seine Augen zu beschatten. Der Ellcrys verfiel so rasch, daß er sich fragte, ob überhaupt noch genug Zeit blieb, um das Blutfeuer zu erreichen, selbst wenn es Allanon gelungen war, Amberle heimzuführen. Zeit! Darauf lief alles hinaus.

Die hohe Flügeltür am anderen Ende des Saales tat sich auf, und sechs Köpfe flogen herum. Groß und ehrfurchtgebietend in seinen schwarzen Gewändern, trat Allanon über die Schwelle. Er wurde von zwei kleineren Gestalten begleitet, die weite Umhänge trugen. Ihre Gesichter waren in der Tiefe fülliger Kapuzen verborgen.

Amberle! dachte Andor sogleich. Eine dieser Gestalten mußte Amberle sein.

Aber wer war der zweite Begleiter?

Ohne ein Wort schritten die drei zum gegenüberliegenden Ende des breiten ovalen Tisches. Dort wartete der Druide, bis seine Begleiter sich gesetzt hatten, dann hob er sein dunkles Gesicht zum König auf.

»Mein König und Herr, Eventine.« Er verneigte sich leicht.

»Allanon«, erwiderte der König. »Ihr seid willkommen.«

»Sind alle versammelt?«

»Ja, alle«, bestätigte Eventine und nannte dann einen nach dem anderen beim Namen. »Bitte sagt jetzt, was Ihr mitzuteilen gekommen seid.«

Allanon trat ein paar Schritte vor. Auf halbem Weg zwischen den Elfen und den beiden verhüllten Gestalten blieb er stehen.

»Nun gut. Ich werde dies alles nur einmal sagen, deshalb, ich bitte Euch, hört mir aufmerksam zu. Schweres Unheil droht dem Volk der Elfen. Der Ellcrys stirbt. Er verfällt rasch, mit jedem Tag schneller. Mit seinem Verfall beginnt auch die Mauer der Verfemung zu bröckeln. Schon ist es den ersten der Dämonen, die Eure Vorväter hinter diese Mauer verbannt haben, gelungen, sich zu befreien und wieder in Eure Welt einzudringen. Bald werden sie alle frei sein, und dann werden sie Euch für immer zu vernichten trachten.«

Der Druide trat noch einen Schritt vor.

»Tut das nicht als unglaubwürdige Schwarzseherei ab, Ihr Herren Räte. Noch kennt Ihr nicht, wie ich, das Ausmaß des Hasses, der diese Geschöpfe antreibt. Nur einer Handvoll von ihnen bin ich begegnet, einigen wenigen, denen es bereits gelungen ist, die Mauer der Verfemung zu überwinden, doch die zeigten mir in aller Deutlichkeit die ganze Gewalt des Hasses, der in jedem einzelnen von ihnen brennt. Alles vernichtend ist dieser Haß. Er verleiht ihnen Kräfte, größer als jene, die sie besaßen, als Ihr sie von der Erde verbanntet. Ich glaube nicht, daß Ihr in der

Lage sein werdet, diesen Kräften standzuhalten.«

»Ihr kennt das Heer der Elfen nicht!« Pindanons Miene war finster.

»Befehlshaber.« Eventine sprach leise. Der alte Soldat drehte sich sofort um. »Wir wollen ihn doch zu Ende hören.«

Pindanon lehnte sich wieder zurück, mühsam unterdrückter Zorn stand in seinem Gesicht.

»Der Ellcrys ist Garantie für den Fortbestand Eures Volkes«, fuhr Allanon fort, ohne weiter auf Pindanon zu achten. »Wenn der Ellcrys stirbt, verliert der Bannspruch seine Wirkung. Die Zauberkraft, die ihn und die Mauer der Verfemung geschaffen hat, ist verloren. Es gibt nur eine Möglichkeit, das zu verhindern, nur eine einzige. Gemäß der Überlieferung der Elfen und gemäß den Gesetzen der Magie, die ihn zum Leben erweckten, muß der Ellcrys wiedergeboren werden. Es gibt nur einen Weg, eine solche Wiedergeburt herbeizuführen. Ihr kennt ihn. Ein Mitglied aus dem Kreise der Erwählten, die im Dienst des Baumes stehen, muß sein Samenkorn zum Quell allen Lebens bringen, zum Blutfeuer der Erde. Dort muß der Keim in das Feuer eingetaucht, und dann dort, wo der Mutterbaum wächst, an die Erde zurückgegeben werden. Nur dann wird es neues Leben für den Ellcrys geben. Nur dann wird die Mauer der Verfemung wiedererstehen, und die Dämonen werden wieder von der Erde verbannt sein.

Männer von Arborlon! Vor zwei Wochen, nachdem ich entdeckt hatte, daß der Ellcrys dem Tode nahe ist, kam ich zu Eventine Elessedil, ihm meine Hilfe anzubieten. Ich kam nicht rechtzeitig. Die Wirkung des Bannspruchs hatte bereits angefangen nachzulassen, einigen der Dämonen, die hinter der Mauer eingeschlossen waren, war der Ausbruch schon gelungen. Ehe ich es verhindern konnte, hatten sie die Erwählten ermordet, im Schlaf getötet, alle, die sie antrafen.

Dennoch sagte ich dem König, daß ich versuchen würde, den Elfen in zweierlei Hinsicht zu helfen. Zunächst wollte ich nach Paranor reisen, zur Burg der Druiden, und dort in den Geschichtsbüchern meiner Vorgänger forschen, um dem Geheimnis des Wortes ›Sichermal‹ auf die Spur zu kommen. Dies habe ich getan. Ich weiß jetzt, wo das Blutfeuer zu finden ist.«

Er schwieg, und sein Blick wanderte über die Gesichter der Männer, die ihm gebannt lauschten.

»Ich versprach dem König außerdem, jene zu suchen, die das Samenkorn des Ellcrys zum Blutfeuer bringen könnten, denn ich war überzeugt, daß es einen solchen Erwählten noch gab. Auch dies habe ich getan. Ich habe ihn mit mir nach Arborlon gebracht.«

Andor blickte voll gespannter Erwartung auf Allanon, während die Männer am Tisch murmelnd ihre Ungläubigkeit kundtaten. Allanon drehte sich um und winkte die kleinere der beiden verhüllten Gestalten zu sich.

»Tritt vor.«

Zaghaft erhob sich die dunkle Gestalt und ging auf Allanon zu.

»Nimm deine Kapuze ab.«

Wieder zögerte die vermummte Gestalt. Ungeduldig beugten die Versammelten sich vor – alle außer Eventine, der kerzengerade in seinem Sessel saß und mit beiden Händen die geschnitzten Armlehnen umklammerte.

»Nimm deine Kapuze ab«, wiederholte Allanon freundlich.

Diesmal gehorchte die vermummte Gestalt. Schmale braune Hände kamen unter dem Faltenwurf des Gewandes hervor und schoben die Kapuze zurück. Amberles meergrüne Augen blickten voll banger Unsicherheit auf Eventine Elessedil. Es war totenstill im Saal.

Dann sprang Arion auf, kreidebleich vor Zorn.

»Nein! Nein, Druide! Bringt sie hinaus! Bringt sie dorthin zurück, wo Ihr sie gefunden habt!«

Auch Andor sprang auf, Bestürzung im Gesicht über die Worte seines Bruders, doch sein Vater faßte ihn am Arm und zog ihn auf seinen Sessel zurück. Zornige Bemerkungen flogen hin und her, doch die Worte gingen im Gewirr der Stimmen unter.

Mit einer gebieterischen Bewegung hob Eventine die Hand, und es wurde wieder still im Saal.

»Wir werden Allanon zu Ende anhören«, erklärte er mit Entschiedenheit, und Arion sank wieder auf seinen Sessel nieder.

Der Druide nickte. »Euch alle möchte ich bitten, eines zu bedenken: Nur ein Erwählter, der im Dienst steht, kann den

Keim des Ellcrys zum Blutfeuer tragen. Zu Beginn des Dienstjahres waren es sieben. Sechs sind tot. Amberle Elessedil ist Eure letzte Hoffnung.«

Wieder sprang Arion auf.

»Sie ist keine Hoffnung! Sie ist längst keine Erwählte mehr!«

Die Stimme des Elfenprinzen klang hart und bitter. Kael Pindanon nickte zustimmend, Unwillen auf den verwitterten Zügen.

Wieder trat Allanon einen Schritt vor.

»Ihr bezweifelt, daß sie noch immer zum Kreis der Erwählten gehört?« Ein schwaches, spöttisches Lächeln flog über seine Lippen. »Dann wißt, daß sie selbst es ebenfalls bezweifelt. Aber ich habe ihr gesagt, und ich habe ihrem Großvater gesagt, und ich sage jetzt Euch, weder ihre noch Eure persönlichen Gefühle in dieser Sache sind für die Wahrheit dessen, was sie ist, von Bedeutung. Sie sind völlig ohne Belang. Enkelin des Königs oder Ausgestoßene ihres Volkes – was spielt das für eine Rolle, Elfenprinz? Eure Sorge sollte dem Überleben Eures Volkes gelten – Eures eigenen Volkes und der Völker anderer Länder, denn diese Gefahr bedroht auch sie. Wenn Amberle ihnen und Euch helfen kann, dann muß das, was geschehen ist, vergessen sein.«

Arion ließ sich nicht beschwichtigen.

»Ich werde es aber nicht vergessen. Niemals werde ich es vergessen!«

»Was verlangt Ihr denn von uns?« unterbrach Emer Chios eilig, und Arion setzte sich wieder nieder.

Alanon wandte sich dem Ersten Minister zu.

»Nur dies: Weder Ihr noch ich noch Amberle selbst besitzen das Recht, darüber zu entscheiden, ob sie noch eine Erwählte ist oder nicht. Der Ellcrys allein hat dieses Recht, denn der Ellcrys war es, der sie zur Erwählten erkor. Wir müssen daher den Baum befragen. Laßt Amberle vor den Ellcrys treten; laßt den Ellcrys darüber entscheiden, ob er sie annehmen oder zurückweisen will. Wenn sie als Erwählte angenommen wird, dann wird sie sein Samenkorn bekommen und aufbrechen und das Blutfeuer suchen.«

»Und wenn sie zurückgewiesen wird?«

»Dann können wir nur hoffen, daß Kael Pindanons Vertrauen

in das Elfen-Heer berechtigt ist.«

Wieder erhob sich Arion, ohne auf den warnenden Blick seines Vaters zu achten.

»Ihr verlangt zuviel von uns, Druide. Ihr verlangt von uns, daß wir einer Frau Vertrauen schenken, die sich dieses Vertrauens bereits als unwürdig erwiesen hat.«

Allanons Stimme war ruhig.

»Ich verlange, daß Ihr dem Ellcrys Euer Vertrauen schenkt, so wie Ihr das Jahrhunderte hindurch getan habt. Laßt ihn entscheiden.«

Arion schüttelte den Kopf.

»Nein, ich spüre, daß Ihr hier Euer Spiel mit uns treibt, Druide. Der Baum spricht zu niemandem; er wird auch nicht mit diesem Mädchen sprechen.« Sein zorniger Blick wanderte zu Amberle hinüber. »Wenn ihr an unserem Vertrauen liegt, so soll sie uns doch erklären, warum sie Arborlon verlassen hat. Soll sie uns doch erklären, warum sie sich und ihre Familie in Schande stürzte.«

Allanon schien sich die Forderung einen Moment lang durch den Kopf gehen zu lassen. Schließlich blickte er auf das Elfenmädchen hinunter, das neben ihm stand. Amberles Gesicht schimmerte bleich.

»Es war nicht meine Absicht, irgend jemanden in Schande zu stürzen«, sagte sie still. »Ich tat, was ich tun mußte.«

»Du hast Schande über uns gebracht!« schrie Arion heftig. »Du bist die Tochter meines Bruders, und ich habe meinen Bruder sehr geliebt. Ich möchte gern verstehen, was du getan hast, aber ich kann es nicht. Mit deinem Handeln hast du Schmach und Schande über deine Familie gebracht – über uns alle. Schmach und Schande über das Andenken deines Vaters. Kein Erwählter hat jemals die Ehre zurückgewiesen, als bedeutete sie nichts!«

Amberle war wie erstarrt.

»Ich war nicht zur Erwählten bestimmt, Arion. Es war ein Irrtum. Ich habe mich bemüht, wie die anderen zu dienen, aber ich konnte es nicht. Ich weiß, daß es von mir erwartet wurde, aber ich – ich konnte es nicht.«

»Du konntest es nicht?« Arion näherte sich ihr mit drohender

Gebärde. »Warum nicht? Ich möchte wissen, warum nicht! Jetzt hast du Gelegenheit, dich zu erklären – tu es!«

»Ich kann nicht!« erwiderte sie tonlos. »Ich kann nicht. Ich könnte es dir nicht begreiflich machen, selbst wenn ich es wünschte, selbst wenn ich –« Flehend sah sie Allanon an. »Warum habt Ihr mich hierher zurückgebracht, Druide? Das ist doch sinnlos. Ich bin hier nicht gelitten. Ich habe nicht den Wunsch hier zu sein. Ich habe Angst, versteht Ihr? Laßt uns nach Hause zurückkehren.«

»Du bist zu Hause«, entgegnete der Druide sanft, eine Traurigkeit in der Stimme, die vorher nicht darin mitgeschwungen hatte. Er blickte zu Arion hinüber. »Deine Fragen haben weder Sinn noch Zweck, Elfenprinz. Denke doch einmal nach über den Zweck dieser Fragen! Denke nach über ihre Quelle. Schmerz weicht Bitterkeit, Bitterkeit weicht Zorn. Reist man zu weit auf dieser Straße, dann verirrt man sich für immer.«

Er verstummte, und seine dunklen Augen richteten sich auf die Männer am Tisch.

»Ich will nicht behaupten, daß ich verstehe, was dieses Mädchen veranlaßte, ihr Volk zu verlassen. Ich will nicht behaupten, daß ich verstehe, was sie veranlaßte, ein Leben zu wählen, das so ganz anders war als jenes, das sie in Arborlon erwartete. Es ist nicht an mir, über sie zu richten, und es ist auch nicht an Euch. Was geschehen ist, ist abgeschlossen. Sie hat Mut und Entschlossenheit gezeigt, indem sie die Reise zurück nach Arborlon auf sich nahm. Die Dämonen haben von ihrer Existenz erfahren; sie haben sie verfolgt und gejagt. Sie machen noch immer Jagd auf sie. Sie hat Mühsal und Gefahr auf sich genommen, um nach Arborlon zurückzukehren. Soll das alles vergebens gewesen sein?«

Als Allanon von Gefahr sprach, flackerte Erschrecken in Eventines Augen auf. Andor erkannte es; es blitzte auf und erlosch wieder.

»Ihr hättet das Mädchen vor den Ellcrys führen können, ohne uns zu befragen«, bemerkte Emer Chios plötzlich. »Warum habt Ihr das nicht getan?«

»Amberle wünschte nicht, nach Arborlon zurückzukehren«,

antwortete Allanon. »Sie kam zurück, weil ich sie davon überzeugte, daß es notwendig ist, daß sie ihrem Volk helfen muß, wenn sie es vermag. Nicht heimlich und verstohlen sollte sie hierher zurückkehren, sondern ganz offen. Und wenn sie vor den Ellcrys treten soll, dann mit Eurer Zustimmung.«

Er legte Amberle den Arm um die schmalen Schultern. Sie blickte zu ihm auf. Überraschung spiegelte sich in ihrem kindlichen Gesicht.

»Ihr müßt Euch entscheiden.« Die Miene des Druiden war unbewegt. »Wer von Euch ist bereit, sich an ihre Seite zu stellen, Ihr Herren Räte?«

Wieder legte sich Totenstille über den Saal. Wortlos starrten die Elfen und der Druide einander an, und ihre Blicke bohrten sich ineinander. Die zweite vermummte Gestalt saß ruhelos am anderen Ende des Tisches. Die Zeit verrann. Keiner der Räte erhob sich.

Dann spürte Andor Elessedil plötzlich, daß Allanon ihm direkt in die Augen sah. Ein unsichtbares Band spannte sich zwischen ihnen, beinahe wie ein Band des Verständnisses. Und in demselben Augenblick wußte Andor, was er zu tun hatte.

Langsam richtete er sich auf.

»Andor!« hörte er seinen Bruder rufen.

Er warf rasch einen Blick auf Arions dunkles Gesicht, sah die Warnung in den harten Augen, wandte sich wieder ab. Wortlos ging er um den Tisch herum zu Amberle. Ängstlich blickte sie zu ihm auf, einem scheuen Waldtier gleich, das zu sofortiger Flucht bereit ist. Behutsam legte er seine Hände auf ihre Schultern und beugte sich nieder, um ihre Stirn zu küssen. In ihren Augen schimmerten Tränen, als sie ihn umarmte.

Emer Chios erhob sich.

»Ich sehe keine Schwierigkeit, mich hier zu entscheiden, meine Herren«, wandte er sich an die anderen. »Die Möglichkeiten, die sich uns bieten, sollten wir nutzen.«

Damit trat er zu Andor und Amberle.

Crispin blickte Eventine flüchtig an. Der König saß noch immer wie gelähmt, und seine Miene war ohne Ausdruck, als er dem Blick des Hauptmanns begegnete. Crispin stand auf und trat neben Andor.

Der Rat war zu gleichen Teilen gespalten. Drei seiner Mitglieder standen bei Amberle; drei blieben am Tisch sitzen. Eventine sah Arion an. Der Kronprinz der Elfen begegnete dem Blick seines Vaters, richtete dann seine Augen voll Bitterkeit auf Andor.

»Ich bin nicht der Narr, der mein Bruder ist. Ich sage nein.«

Der König wandte sich an Pindanon. Das Gesicht des alten Kämpen war hart.

»Ich setze mein Vertrauen in das Elfenheer, nicht in dieses Kind.« Dann schien er zu zögern. »Sie ist Euer Fleisch und Blut. Ich werde mit Euch stimmen, mein König.«

Alle Augen waren jetzt auf Eventine gerichtet. Einen Moment lang schien er nicht gehört zu haben. Reglos starrte er auf die glänzende Tischplatte, und auf seinen Zügen lag ein Ausdruck von Traurigkeit und Resignation. Langsam glitten seine Hände über das schimmernde Holz, schlossen sich dann fest ineinander.

Er stand auf.

»Dann ist es beschlossen. Amberle soll vor den Ellcrys treten. Damit ist die Sitzung beendet.«

Arion Elessedil sprang auf, warf einen vernichtenden Blick auf Andor und stakte ohne ein Wort aus dem Saal.

Im verhüllenden Schatten seiner Kapuze sah Wil Ohmsford den Schmerz und die Ungläubigkeit, die sich in Andor Elessedils Augen spiegelten, als dieser seinem Bruder nachblickte. Eine Kluft hatte sich zwischen den beiden Brüdern geöffnet, die sich so schnell nicht wieder schließen würde. Plötzlich traf der Blick des Elfenprinzen den seinen, und verlegen senkte er die Lider.

Allanon nahm wieder das Wort, teilte den Zurückgebliebenen mit, daß Amberle ein bis zwei Tage brauche, um sich von den Strapazen der langen Reise zu erholen, bevor sie vor den Ellcrys treten könne. Sobald das geschehen war, würden sie wieder zusammenkommen.

Wil stand auf, den Umhang noch immer fest um sich gezogen, da Allanon ihn ermahnt hatte, sich nicht zu erkennen zu geben. Rasch leerte sich der Saal, und Wil trat nun hinüber zu Amberle. Er sah, wie Andor Elessedil sich noch einmal nach ihnen umdrehte, zögerte, dann den anderen nach draußen folgte. Allanon hatte Eventine beiseitegenommen und sprach mit gesenkter Stimme auf ihn ein. Es erweckte den Eindruck, als gäbe es zwischen ihnen eine Meinungsverschiedenheit. Mit einem widerwilligen Nicken schritt schließlich auch der Elfenkönig aus dem Saal. Wil und Amberle blieben mit dem Druiden allein zurück.

Allanon winkte ihnen.

»Folgt mir.«

Rasch führte er sie aus dem Ratssaal den Gang hinunter, bis sie wieder im kühlen Dunkel der Vorhalle standen. Dort hielt der Druide inne, lauschte, wandte sich dann ihnen zu.

»Amberle.« Er wartete, bis ihre Augen ihn ansahen. »Ich möchte, daß du heute abend den Ellcrys aufsuchst.«

Überraschung und Verwirrung spiegelten sich auf dem Gesicht des Elfenmädchens.

»Warum?« fragte sie erstaunt und schüttelte dann hastig den Kopf. »Nein. Nein, das geht mir zu schnell! Ich brauche Zeit, um mich auf dieses Zusammentreffen vorzubereiten. Außerdem habt Ihr soeben meinem Vater und den anderen erklärt, ich würde erst in ein oder zwei Tagen zu dem Baum gehen.«

Allanon nickte ungeduldig. »Eine kleine, aber notwendige Täuschung. Darf ich fragen, welcher Art die Vorbereitungen sind, die du noch treffen willst? Es handelt sich doch hier nicht um eine Erprobung deiner Fähigkeiten oder deiner Ausdauer; Vorbereitung hilft dir hier nicht. Entweder bist du noch eine Erwählte im Dienste des Baumes, oder du bist es nicht mehr.«

»Ich bin müde, Druide!« Sie war jetzt zornig. »Ich bin müde und ich will schlafen. Ich kann jetzt nicht zu dem Baum gehen.«

»Du mußt.« Er schwieg einen Augenblick. »Ich weiß, daß du müde bist; ich weiß, daß du Schlaf brauchst. Doch das muß warten. Zuerst mußt du zu dem Baum gehen – jetzt!«

Sie erstarrte bei seinen Worten, und in ihren Augen flackerte der Ausdruck eines gehetzten Tieres. Dann begann sie zu weinen. Es war, als wolle all das, was geschehen war – das unerwartete Auftauchen des Druiden in ihrem Häuschen, die Nachricht vom Sterben des Ellcrys und vom Tod der Erwählten, die Erkenntnis, die beängstigende Flucht nach Norden, die Konfrontation mit dem Hohen Rat und ihrem Großvater und jetzt dies – als wolle dies alles sie mit einem Schlag überwältigen. All ihre Schutzmauern schienen einzustürzen. Klein und hilflos stand sie vor ihnen und schluchzte herzzerreißend. Als Allanon sie trösten wollte, fuhr sie scheu zurück, wandte sich von ihnen beiden ab. Wil Ohmsford starrte ihr hilflos nach.

Schließlich hörte sie auf zu weinen. Als sie sprach, das Gesicht noch immer abgewandt, war ihre Stimme nur ein Flüstern.

»Ist es wirklich notwendig, Allanon – wirklich und wahrhaftig notwendig –, daß ich noch heute abend zu dem Baum gehe?«

Der Druide nickte. »Ja, Elfenmädchen.«

Es folgte ein langes Schweigen.

»Dann werde ich es tun.«

Ruhig und gefaßt kehrte sie zu ihnen zurück. Ohne ein Wort führte Allanon die beiden jungen Leute in die Stadt hinaus.

Die Fortsetzung dieser Abenteuer finden Sie in »Der Druide von Shannara«. 23832